人民共和國文化與文學叢書

二 編

李 怡 主編

第 14 冊

當代文學的意義與立場

張 鴻 聲 著

花木蘭文化出版社

國家圖書館出版品預行編目資料

當代文學的意義與立場／張鴻聲 著 -- 初版 -- 新北市：花木蘭
文化出版社，2015〔民 104〕
目 2+190 面；19×26 公分
（人民共和國文化與文學叢書 二編：第 14 冊）
ISBN 978-986-404-226-5（精裝）
1. 中國當代文學 2. 文學評論
820.8   104011329

特邀編委（以姓氏筆畫為序）：

吳義勤 孟繁華 張 檸
張志忠 張清華 陳思和
陳曉明 程光煒 劉福春
（臺灣）宋如珊
（日本）岩佐昌暲
（新西蘭）王一燕
（澳大利亞）鄭 怡

ISBN- 978-986-404-226-5

9 789864 042265

人民共和國文化與文學叢書
二 編 第十四冊   ISBN：978-986-404-226-5

當代文學的意義與立場

作　　者　張鴻聲
主　　編　李 怡
企　　劃　北京師範大學民國歷史文化與文學研究中心
　　　　　四川大學現代中國文化與文學研究中心
總 編 輯　杜潔祥
副總編輯　楊嘉樂
編　　輯　許郁翎
印　　刷　普羅文化出版廣告事業
出　　版　花木蘭文化出版社
社　　長　高小娟
聯絡地址　235 新北市中和區中安街七二號十三樓
　　　　　電話：02-2923-1455 ／傳真：02-2923-1452
網　　址　http://www.huamulan.tw 信箱 hml810518@gmail.com
初　　版　2015 年 9 月
全書字數　177505 字
定　　價　二編 16 冊（精裝）台幣 28,000 元

當代文學的意義與立場

張鴻聲　著

作者簡介

張鴻聲，生於河南開封，文學博士，中國傳媒大學文學院教授，博士生導師，復旦大學博士後，「中國現當代文學史」國家級精品課主持人，中國作家協會會員，教育部中文教學指導委員會委員。主持國家社科基金《中國當代城市題材文學研究（1949～1976）》、北京市社科基金《中國現當代文學中的北京城市形象研究》、教育部重大項目《全媒體時代的文藝形態研究》與國家軟科學重大項目等課題，出版《文學中的上海想像》等個人專著6部，主編、合著《北京文學地圖》、《上海文學地圖》、《河南文學史（當代卷）》等5部，合著著作6部，主編、合著《中國現當代文學史教程》等教材4部（3部在臺灣出版），主編叢書4種。在國內外刊物發表論文130餘篇。

提　　要

　　本書分為四章。第一章「城市意義的表達」，主要討論了百年來中國城市文學對於中國城市身份的現代性想像。其中包括了自晚清到民國，再到「十七年」與新時期，對於中國城市，特別是上海的現代性賦予。雖然每個階段由於現代性訴求不同，其強調的現代性各一，但這種借城市來表達國家現代性的傳統是一致的。本書從當代文學表現的城市空間、文學中的「城市人民公社」現象以及幾個當代文學史事件出發討論了這一問題。第二章「文學史之思」，思考了當代文學的幾個主要問題，如中國現當代文學學科誕生以來的幾種文學史敘述、文學啓蒙立場的變異、文學的歷史觀、手抄本的接受等等問題，也包括如何評價中國現當代文學的經典問題。第三章「文藝時評種種」收錄了發表在《光明日報》、《文藝報》等報刊的一些對於當下文藝現象的文字。第四章「當下文化思考的立場與方法」討論了當下文藝的文化現象，包括新近流行的山寨文化、微文化等等。第四章「鄉土與地方」，集中討論了當代的鄉土文學現象，包括鄉土文化與地域、鄉土文化在當今文學中的狀況，等等。

世界知識、地方知識
與人民共和國文學研究

李　怡

　　無論我們如何估價近 30 年來的中國文學研究成果，都不得不承認這樣一個事實，即當代中國文學研究的發展演變與我們整個知識系統的轉化演進有著密切的聯繫，這種聯繫不僅勾畫了迄今為止我們文學研究的學術走向，而且也將為未來的學術前行提供新的思路。

　　回顧近 30 年來的中國文學研究的知識背景，我們注意到存在一個由「世界知識」與「地方知識」前後流動又交互作用過程。考察分析「知識」系統的這些變動，特別是我們對「知識系統」的認識和依賴方式，將能折射出我們學術發展過程中的值得注意的重要問題，促使我們作出新的自我反省。

一

　　在對人民共和國文學的研究之中，「世界」的知識框架是在新時期的改革開放中搭建起來的。「世界」被假定為一個合理的知識系統的表徵，而「我們」中國固有的闡釋方式是充滿謬誤的，不合理的。新時期當代中國文學的研究是以對「世界」知識的不斷充實和完善為自己的基本依託的，這樣的一個學術過程，在總體上可以說是「走向世界」的過程。「走向世界」代表的是剛剛結束十年內亂的中國急欲融入世界，追趕西方「先進」潮流的渴望。在中國現當代文學研究界乃至中國學術界「走向世界」呼籲的背後，是整個中國社會對衝出自我封閉、邁進當代世界文明的訴求。在全中國「走向世界」的合奏聲中，走向「世界文學」成了新時期中國現代文學研究的「第一推動力」。

　　在那時，當代中國文學研究是努力以中國之外「世界」的理論視野與方法爲基礎的。以國外引進的自然科學的研究方法——「三論」（系統論、信息論、控制論）爲起點，經過 1984 年的反思、1985 年的「方法論年」，西方文學理論與批評得到了到最廣泛的介紹和運用，最終從根本上引導了當代中國文學批評的主潮。

　　人民共和國文學的研究也是以中國之外的「世界」文學的情形爲參照對象的，比較文學成爲理所當然的最主要的研究方式，比較文學的領域彙集了當代中國文學研究實力強大的學者，中國學術界在此貢獻出了自己最重要的成果。新時期中國學人重提「比較文學」首先是在外國文學研究界，然而卻是在一大批中國現代文學研究者介入，或者說是在中國現代文學研究界將它作爲一種「方法」加以引入之後，才得到長足的發展。正如王富仁先生所說：「我們稱之爲『新時期』的文學研究，熱熱鬧鬧地搞了 10 多年，各種新理論、新觀念、新方法都『紅』過一陣子。『熱』過一陣子，但『年終結帳』，細細一核算，我認爲在這十幾年中紮根紮得最深，基礎奠定得最牢固，發展得最堅實，取得的成就最大的，還是最初『紅』過一陣而後來已被多數人習焉不察的比較文學。」〔註1〕

　　這些文學研究設立了以「世界」文學現有發展狀態爲自己未來目標的潛在意向，並由此建立著文學批評的價值取向。曾小逸主編《走向世界文學》一書不僅囊括了當時新近湧現、後來成爲本學科主力的大多數學者，集中展示了那個時期的主力學者面對「走向世界」這一時代主題的精彩發言，而且還以整整 4 萬 5 千餘字的「導論」充分提煉和發揮了「走向世界文學」的歷史與現實根據，更年輕一代的學人對於馬克思、歌德「世界文學」著名預言的接受，對於「走向世界」這一訴求的認同都與曾小逸的這篇「導論」大有關係。一時間，僅僅局限於中國本身討論問題已經變成了保守封閉的象徵，而只有跨出中國，融入「世界」、追逐「世界」前進的步伐，我們才可能有新的未來。

　　進入 1990 年來之後，我們重新質疑了這樣將「中國」自絕於「世界」之外的思想方式，更質疑了以「西方」爲「世界」，並且迷信「世界」永遠「進化」的觀念。然而，無論我們後來的質疑具有多少的合理性，都不得不承認，

〔註 1〕王富仁：《關於中國的比較文學》，見王富仁《說說我自己》125 頁，福建人民
　　　　出版社 2000 年。

一個或許充滿認知謬誤的「世界」概念與知識，恰恰最大限度地打破了我們思維閉鎖，讓我們在一個全新的架構中來理解我們的生存環境與生命遭遇。這就如同 100 多年前，中國近代知識分子重啓「世界」的概念，第一次獲得新的「世界」的知識那樣。「世界」一詞，本源自佛經。《楞嚴經》云：「世爲遷流，界爲方位。」也就是說，「世」爲時間，「界」爲空間，在中國文化的漫長歲月裏，除了參禪論道，「世界」一詞並沒有成爲中國知識分子描述他們現實感受的普遍用語。不過，在近代日本，「世界」卻已經成爲了知識分子描述其地理空間感受的新語句，當時中國的知識分子在談及其日本見聞的時候，也就便將「世界」引入文中，例如王韜的《扶桑遊記》，黃遵憲的《日本國志》，20 世紀初，留日中國知識分子掀起了日書中譯的高潮，其中，地理學方面的著作占了相當的數量，「大部分地理學譯著的原本也是來自日本」。〔註2〕隨著中國留學生陸續譯出的《世界地理》、《世界地理誌》等著作的廣泛傳播，「世界」也才成爲了整個中國知識界的基本語彙。世界，這是一個沒有中心的空間概念。

「世界」一詞回傳中國、成爲近現代中國基本語彙的過程，也是中國知識分子認知現實的基本框架——地理空間觀念發生巨大改變的過程：我們所生存的這個世界並非如我們想像的那樣以中國爲中心。是的，在 100 年前，正是中國中心的破滅，才誕生了一個更完整的「世界」空間的概念，才有了引進「非中國」的「世界」知識的必要，儘管「中國」與「世界」在概念與知識上被作了如此不盡合理「分裂」，但「分裂」的結果卻是對盲目的自大的終結，是對我們認識能力的極大的擴展。這，大概不能被我們輕易否定。

二

1990 年代以後人們憂慮的在於：這些以西方化的「世界」知識爲基礎的思想方式會在多大的程度上壓抑和遮蔽了我們的「民族」文化與「本土」特色？我們是否就會在不斷的「世界化」追逐中淪落爲西方「文化殖民」的對象？

其實，100 餘年前，「世界」知識進入中國知識界的過程已經告訴我們了一個重要事實：所謂外來的（西方的）「世界」知識的豐富過程同時伴隨著自我意識的發展壯大過程，而就是在這樣的時候，本土的、地方的知識恰恰也

〔註 2〕鄒振環：《晚清西方地理學在中國》244 頁，上海古籍出版社 2000 年版。

獲得了生長的可能。

　　100 餘年前的留日中國學生在獲得「世界」知識的同時，也升起了強烈「鄉土關懷」。本土經驗的挖掘、「地方知識」的建構與「世界」知識的引入一樣的令人矚目。他們紛紛創辦了反映其新思想的雜誌，絕大多數均以各自的家鄉命名，《湖北學生界》、《直說》、《浙江潮》、《江蘇》、《洞庭波》、《鵑聲》、《豫報》、《雲南》、《晉乘》、《關隴》、《江西》、《四川》、《滇話》、《河南》……這些本土的所在，似乎更能承載他們各自思想的運動。在這些以「地方性」命名的思想表達中，在這些收錄了各種地域時政報告與故土憂思的雜誌上，已經沒有了傳統士人的纏綿鄉愁，倒是充滿了重審鄉土空間的冷峻、重估鄉土價值的理性以及突破既有空間束縛的激情，當留日中國知識分子紛紛選擇這些地域性的名目作為自己的文字空間之時，我們所看到的分明是一次次的精神的「還鄉」。他們在精神上重返自己原初的生存世界，以新的目光審視它，以新的理性剖析它，又以新的熱情激活它。

　　出於對普遍主義與本質主義的批判立場，美國著名的文化人類學家克利福德·格爾茲教授（Clifford Geertz）提出了「地方性知識」這一概念，在他的《地方性知識》一書中有過深刻的表述。「所謂的地方性知識，不是指任何特定的、具有地方特徵的知識，而是一種新型的知識觀念。而且地方性或者說局域性也不僅是在特定的地域意義上說的，它還涉及到在知識的生成與辯護中所形成的特定的情境，包括由特定的歷史條件所形成的文化與亞文化群體的價值觀，由特定的利益關係所決定的立場、視域等。」它要求「我們對知識的考察與其關注普遍的準則，不如著眼於如何形成知識的具體的情境條件。」〔註3〕作為後現代主義時代的思想家，克利福德·格爾茲強調的是那種有別於統一性、客觀性和真理的絕對性的知識創造與知識批判。雖然我們沒有必要用這樣的論述來比附百年前中國知識分子的「地方意識」的萌發，但是，在對西方現代化的物質主義保持批判性立場中討論中國「問題」，這卻是像魯迅這樣知識分子的基本選擇，當近現代中國知識分子提出諸多的地方「問題」之時，他們當然不是僅僅為了展示自己的地方「獨特性」，而是表達自己所領悟和思考著的一種由特定區域與「特定的歷史條件」所決定的價值追求。而任何一個不帶偏見地閱讀了中國現代文學作品的人都可以發現，這些價值追求既不是西方文化的簡單翻版，也不是地方歷史的簡單堆積，它們屬於一

〔註 3〕 盛曉明：《地方性知識的構造》，《哲學研究》2000 年 12 期。

種建構中的「新型的知識觀念」。

所以我認為，近代中國知識分子這種依託地方生存感受與鄉土時政經驗的思想表達分明不能被我們簡單視作是「外來」知識的移植和模仿，更不屬於所謂「文化殖民」的內容。

同樣，在新時期的當代中國文學批評中，在重點展示西方文學批評方法的「方法熱」之同時，也出現了「文化尋根」，雖然後來的我們對這樣的「尋根」還有諸多的不滿；1990 年代以降，文學與區域文化的關係更成為了文學研究的重要走向。竭力倡導「走向世界」的現代學人同樣沒有忽視中國文學研究的地方資源問題，在「後現代主義」質疑「現代性」、後殖民主義批判理論質疑西方文化霸權的中國影響之前，他們就理所當然地發掘著「地方性」的獨特價值，1989 年的中國現代文學研究會蘇州年會就以「中國現代作家與吳越文化」議題之一，在學者看來：「20 世紀中國新文學是在西方近代文學的啓迪下興起的。但就具體作家而言，往往同時也接受著包括區域文化在內的中國傳統文化的影響——有時是潛移默化的濡染，有時則是相當自覺的追求。」〔註4〕為 20 在中國當代批評家的眼中，引入「地方性」視野既是一種「豐富」，也是一種「尊嚴」，正如學者樊星所概括的那樣：「在談論『中國文化』、『中國民族性』、『中國文學的民族特色』這些話題時，我們便不會再迷失在空論的雲霧中——因為絢麗多彩的地域文化給了我們無比豐富的啓迪。」「當現代化大潮正在沖刷著傳統文化的記憶時，文學卻捍衛著記憶的尊嚴。」〔註5〕在這裏，「地方性」背景已經成為中國學者自覺反思「現代化大潮」的參照。

三

重要的在於，「世界知識」與「地方知識」完全可以擺脫「二元對立」的狀態，而呈現出彼此激發、相互支撐的關係，中國文學從晚清到人民共和國的演化就說明了這一點。

在「世界知識」與「地方知識」相互支持的關係構架中，起關鍵性作用的是中國知識分子的自我意識的成長。對於文學批評而言，自我意識的飽滿

〔註4〕 嚴家炎：《二十世紀中國文學與區域文化叢書·總序》，《二十世紀中國文學與區域文化叢書》，湖南教育出版社 1995 年版。
〔註5〕 樊星：《當代文學與地域文化》21 頁，華中師範大學出版社 1997 年版。

和發展是我們發現和提煉全新的藝術感受的基礎，只有善於發現和提煉新的藝術感受的文學批評才能推動人類精神的總體成長，才能促進人生價值新的挖掘和發揚。在我們辨別種種「知識」的姓「西」姓「中」或者「外來」與「本土」之前，更重要是考察這些中國知識分子是否將獨立人格、自由意志與人的主體性作為了自覺的追求，換句話說，在「知識」上將「世界」與「本土」暫時「割裂」並不要緊，引進某些「外來」的偏激「觀念」也不要緊，重要的在於在這樣的一個過程當中，作為知識創造者的我們是否獲得了自我精神的豐富與成長，或者說自我精神的成長是否成為了一種更自覺的追求，如果這一切得以完成，那麼未來的新的「知識」的創造便是盡可期待的，從「世界知識」的引入到「地方知識」的重新創造，也自然屬於題中之義，而且這樣的「地方知識」理所當然也就不是封閉的而是開放的。

從「世界知識」的看似偏頗的輸入到「地方知識」的開放式生長，這樣的過程原本沒有矛盾，因為知識主體的自我意識被開發了，自我創造的活性被激發了。

在晚清以來中國的思想演變中，浸潤於日本「世界知識」的魯迅提出的是「入於自識，趣於我執，剛愎主己」，即返回到人的自我意識。〔註6〕

在1980年代，不無偏頗的「方法熱」催生了文學「主體性」的命題：「我們強調主體性，就是強調人的能動性，強調人的意志、能力、創造性，強調人的力量，強調主體結構在歷史運動中的地位和價值。」〔註7〕雖然那場討論尚不及深入展開。

過於重視「知識」本身的辨別和分析，極大地忽略了「知識」流變背後人的精神形態的更重要的改變，這樣我們常常陷入中/外、東/西、西方/本土的無休止的糾纏爭論當中，恰恰包括中國文學批評家在內的現代知識分子的精神創造過程並沒有得到更仔細更具有耐性的觀察和有說服力量的闡釋，其精神創造的成果沒有得到足夠的總結，其所遭遇的困難和問題也沒有得到深入細緻的分析。

在這個意義上，我們也可以認為，現當代中國文學研究與「世界知識」、「地方知識」的關係又屬於一種獨特的「依託——超越」的關係，也就是說，

〔註6〕魯迅：《文化偏至論》，《魯迅全集》1卷50頁，人民文學出版社1981年版。

〔註7〕劉再複：《論文學的主體性》，《文學主體性論爭集》3頁，紅旗出版社 1986年版。

我們的一切精神創造活動都不能不是以「知識」為背景的，是新知識的輸入激活了我們創造的可能，但文學作為一種更複雜更細微的精神現象，特別是它充滿變幻的生長「過程」，卻又不是理性的穩定的「知識」系統所能夠完全解釋的，對於文學創作與文學研究的考察描述，既要能夠「知識考古」，又要善於「感性超越」，既要有「知識學」的理性，又要有「生命體驗」激情，作為文學的學術研究，則更需要有對這些不規則、不穩定、充滿偏頗的「感性」與「激情」的理解力與闡釋力。

人類不僅是邏輯的知性的存在物，也是信仰的存在物，是充滿感性衝動與生命體驗的複雜存在。

自晚清、民國到人民共和國，中國文學現象的發生發展，不僅是與新「知識」的輸入與傳播有關，更與「知識」的流轉，與中國知識分子對「知識」的「理解」有關。我們今天考察這樣一段歷史，不僅僅需要清理這些客觀的知識本身，更要分析和追蹤這些「知識」的演化過程，挖掘作為「主體」的中國知識分子對這些「知識」的特殊感受、領悟與修改，換句話說，我們今天更需要的不是對影響中國文學這些的「中外知識」的知識論式的理解，而是釐清種種的「知識」與現代中國人特殊生存的複雜關係，以及中國知識分子作為創造主體的種種心態、體驗與審美活動，所謂的「知識」也不單是客觀不變的，它本身也必須重新加以複述，加以「考古」的觀察。這就是我們著力強調「民國歷史文化」、「人民共和國文化」之於文學獨特意義的緣由。

所有這些歷史與文學的相互對話，當然都不斷提醒我們特別注意中國知識分子的自由感受、自我生成著精神世界，正如康德對文藝活動中自由「精神」意義的描述那樣：「精神(靈魂)在審美的意義裏就是那心意付予對象以生存的原理。而這原理所憑藉來使心靈生動的，即它為此目的所運用的素材，把心意諸和合目的地推入躍動之中，這就是推入那樣一種自由活動，這活動由自身持續著並加強著心意諸力」〔註8〕

〔註 8〕 康德：《判斷力批判》上卷第 159～160 頁，宗白華譯，商務印書館 1964 年版。

目次

世界知識、地方知識與人民共和國文學研究 李怡

第一章　城市意義的表達⋯⋯⋯⋯⋯⋯⋯⋯⋯　1

　第一節　文學中的上海想像 ⋯⋯⋯⋯⋯⋯⋯⋯　1

　第二節　「十七年」文學：城市現代性的另一種
　　　　　表達 ⋯⋯⋯⋯⋯⋯⋯⋯⋯⋯⋯⋯⋯　14

　第三節　城市空間與「革命史」的政治意義——
　　　　　「十七年」影劇中的外灘與南京路 ⋯⋯　29

　第四節　批判《我們夫婦之間》在當代文學史中的
　　　　　意義 ⋯⋯⋯⋯⋯⋯⋯⋯⋯⋯⋯⋯⋯　37

　第五節　「城市人民公社」與文學中的「女性獨立」
　　　　　主題——以茹志鵑「大躍進」時代小說
　　　　　為例 ⋯⋯⋯⋯⋯⋯⋯⋯⋯⋯⋯⋯⋯　41

　第六節　文化的缺失——新時期以來城市文學
　　　　　論略 ⋯⋯⋯⋯⋯⋯⋯⋯⋯⋯⋯⋯⋯　53

第二章　文學史之思⋯⋯⋯⋯⋯⋯⋯⋯⋯⋯⋯　65

　第一節　現代文學史敘述中的記憶與遺忘 ⋯⋯⋯　65

　第二節　史觀呈現與歷史觀的表達——歷史文學
　　　　　中的史觀與時間狀態 ⋯⋯⋯⋯⋯⋯⋯　69

　第三節　娛樂類「文革」手抄本熱的大眾文化
　　　　　解析 ⋯⋯⋯⋯⋯⋯⋯⋯⋯⋯⋯⋯⋯　82

　　第四節　啓蒙的變異與堅執——90 年代文學的
　　　　　　一個側面 ……………………………………… 88
　　第五節　對待文學經典應有的態度 …………………… 93
第三章　文藝時評種種 …………………………………… 99
　　第一節　文學在災難之後何為 ………………………… 99
　　第二節　文學中的底層敘事 …………………………… 102
　　第三節　紅色經典與宏大敘事 ………………………… 105
　　第四節　一部影片與一個時代 ………………………… 108
　　第五節　發達傳媒時代的小說敘事危機 ……………… 111
　　第六節　「故事」敘述與文學性的回歸 ……………… 115
　　第七節　小小說的可能性 ……………………………… 119
第四章　當下文化思考的立場與方法 …………………… 123
　　第一節　電影之與文學 ………………………………… 123
　　第二節　大眾文化背景下的藝術審美教育 …………… 130
　　第三節　文化傳播的民族性與民族使命 ……………… 137
　　第四節　當代「山寨」文化解讀 ……………………… 140
　　第五節　當代微文化解讀 ……………………………… 147
第五章　鄉土與地方 ……………………………………… 157
　　第一節　「鄉土」與現代：傳統的斷裂 ……………… 157
　　第二節　鄉土寫作在當下的可能性 …………………… 160
　　第三節　鄉土文化與 20 世紀河南文學 ……………… 163
　　第四節　生命與社會的分離——讀張宇小說
　　　　　　疼痛與撫摸》 ………………………………… 175
　　第五節　大運河與劉紹棠 ……………………………… 180
後　記 ……………………………………………………… 189

第一章　城市意義的表達

第一節　文學中的上海想像

　　無可置疑，上海是現代中國最重要的現代化城市。這不僅在於其政治、經濟地位，更在於其精神意義。那麼，上海城市的精神意義是如何確定的，在這中間，百多年來關於上海的文學又是如何參與其中，構築了一個文學中的上海呢？而且，這文學中上海的意義，在多大程度上是經驗性的，還是被想像的？

一、現代性與上海想像

　　在中國城市中，上海的情形相當特殊。上海建城雖有 700 年，但通常被看作鴉片戰爭後開埠的城市，其功能以工商貿易為主，並被納入到全球資本主義經濟文化的體系之中。由於其起源與功能迥異於傳統中國城市，因而被稱之為「飛地」。應該說，這是中國極少數不太具有古城記憶與城市史邏輯的大都市之一，它的歷史起點，通常是在與古代中國文化的斷裂中被人們給予「歷史終結」式的理解，也即：上海史只是一部現代史，一部不斷獲得和已經獲得現代性的歷史。

　　對上海作為精神現象的理解，其基礎是它的文化身份。但是，文化身份可能並不是一個統一的事實。按斯圖亞特·霍爾的看法：「我們先不要把身份看作已經完成的、然後又由新的文化實踐加以再現的事實，而應該把身份視做一種『生產』，它永不完結，永遠處於過程之中，而且總是在內部而非在外部構成的再現」。〔註 1〕既然是「生產」出來的，也就不是完成狀態的，其本

〔註 1〕斯圖亞特·霍爾：《文化身份與族裔散居》，《文化研究讀本》，羅崗、劉象愚主編，中國社會科學出版社 2000 年版，第 208 頁。

身是不統一、有差異和變化的。對於上海來說，通常人們所認爲的現代性主導特徵，並不能涵容其所有文化形態，而是在與非現代性的衝突、分裂、融合中形成不穩定、不成熟的狀態。「就在這個城市，勝於任何其他地方，理性的、重視法規的、科學的、工業發達的、效率高的、擴張主義的西方和因襲傳統的、全憑直覺的、人文主義的、以農業爲主的、效率低的、閉關自守的中國——兩種文明走到一起來了。」〔註2〕

文化身份是需要敘述才能表達出來的，它來自一種話語實踐，並深陷社會權力之中，「它們決不是永恒地固定在某一本質化的過去，而是屈從於歷史、文化和權力的不斷『嬉戲』。」〔註3〕上海是一個城市文本，既需要敘述也需要閱讀，我們可能藉憑了權力而對上海進行了敘述，而獲得了對其文化身份單一性現代性的理解。在敘述中，其文化身份自身原有的不統一、差異與未完成狀態，由於敘述者的需要而依據整體化原則統一了起來。

那麼，對上海城市的敘述究竟要服從於什麼呢？

王德威在《想像中國的方法》中曾說：小說之類的敘事文體，「往往是我們想像、敘述『中國』的開端」，「小說不建構中國，小說虛構中國」。〔註4〕這一看法或許與本尼迪克特·安德森「臆想的共同體」不謀而合。對於城市文本來說，對其敘述也往往摻雜著想像成份，因而受制於不同時期的中心意識形態。上海，由於其在20世紀中國國家現代化進程中的至尊地位，對其文化身份敘述中的最大權力因素就是現代性中有關世界主義的內涵，進而產生關於上海知識的兩大譜系：一是從現代性有關民族國家意識出發，去認知舊上海作爲世界主義殖民體系中的邊緣性，和關於它的消費性、工業破敗、墮落畸形等等派生特點，以及它最終擺脫殖民體系、獲得解放並成功擺脫資產階級遺存的國家元敘事；二是作爲中國現代化進程中的中心地位所包含的現代性普遍價值，其與西方的同步，引領著中國現代化的進程，表現爲物質的擴張與物質烏托邦、大工業的、組織化的與摧毀傳統力量的。種種情形，使人們在認識上海現代性意義的同時，往往將上海視爲現代中國的中心，將對上海城市形態與歷史的理解上昇爲超越其自身的與超越其特定區域的（包括

〔註2〕羅茲·墨菲：《上海——現代中國的鑰匙》，上海社科院歷史所譯，上海人民出版社1986年版，第4頁。

〔註3〕斯圖亞特·霍爾：《文化身份與族裔散居》，《文化研究讀本》，羅崗、劉象愚主編，中國社會科學出版社2000年版，第211頁。

〔註4〕王德威：《想像中國的方法》，三聯書店2003年版，第1、2頁。

國家區域、地域區域與文化區域），具有了烏托邦的國家意義或世界性意義，城市邏輯也被等同於國家的邏輯與世界現代化史的邏輯了。

近代以來文學表現上海，應從晚清通俗小說開始。其對於上海的觀察，在於「維新」與「腐敗」兩個方面，即寫洋場與歡場，兩者都存在想像成份。由「維新」所衍發的，是對於「進步」的上海融入世界的想像。由於「五四」進化主義學說的建立，「進步」逐漸成爲新文化的世界觀，進而以工具論形成進入文學之中，開啓了百多年來表現上海現代性的主導表意系統。「五四」以來，上海被作爲新文化領地而被納入到城市現代性表現模式之中。至 30 年代與 50 年代，這一系統又添加進了關於世界主義背景下的國家表述和國家工業化的構想。到 90 年代，以消費主義爲號召，又開始以對舊上海的想像爲基礎，構劃關於上海過去的與未來的全球化圖景。而晚清小說描寫腐敗的傳統，也在後來漸漸地與現代圖景相聯繫，如金錢萬能、欲望主體和資產階級生活方式等等。我們看到，百年來主流文學對上海的表現，大都是以世界主義的現代性邏輯爲依照。由於受制於不同時期中心意識形態的要求，呈現出階段性。每一時期對於上海的想像可能有所不同，但想像的邏輯沒有變化。而每一次的想像，可能都是以淡化、甚至取消城市的現代性中心之外的多元特性爲代價的。因而，在對上海城市文化身份的敘述中，現代性整體敘事往往代替了特定的上海敘事。

二、上海的國家想像：從殖民地到新中國

美國學者羅茲・墨菲的《上海——現代中國的鑰匙》一書對 1843～1949 年的上海進行了研究，書中說：「上海，連同它在近百年來成長發展的格局，一直是現代中國的縮影」，「上海提供了用以說明現代中國已經發生和即將發生的新事物中的鎖鑰。」〔註5〕這一說法，幾乎成爲學術界公持的結論，在官修的上海史觀念中也大量出現。〔註6〕事實上，上海比之任何其他城市都具有

〔註 5〕 羅茲・墨菲：《上海——現代中國的鑰匙》，上海社科院歷史所譯，上海人民出版社 1986 年版，第 4、5 頁。

〔註 6〕 上海研究中心與上海人民出版社編：《上海 700 年》，上海市委宣傳部副部長龔心瀚作序，中云：「上海——近代和現代中國的鑰匙，這是史學界的普遍認識。誠然，上海是中國的上海，上海是中國的一個縮影。《上海七百年》提供的歷史事實和知識，可以幫助人們特別是青年人塡補一部分歷史知識的明顯的不足和缺乏，可以幫助他們認識『沒有共產黨就沒有新中國』，『只有社會主義才能救中國』和『中國社會主義才能發展中國』的歷史眞諦」。上海人民出版社 1999 年版，第 4 頁。

表達國家意義上的優勢，常常被當作現代中國歷史元敘事的文本，因此，上海問題也就被賦予了民族國家意義，其自身的邏輯有時倒退居其次。

茅盾是將上海問題國家化的最典型代表。他將上海生活上昇為國家意義，源於他的文藝觀念，即唯物辯證法。他認為作家對「社會科學應有較為透徹的知識，並且能夠懂得，並且運用那社會科學的生命素——唯物辯證法；並且以這辯證法為工具，去從繁多的社會現象中分析出它的動律與動向。」〔註7〕在茅盾的理解中，文學表現生活應有兩種要求，即社會性（本質）與時代性（動向），而能夠恰當地承擔起兩者要求的便是城市題材。在這中間，上海自然首當其衝。也就是說，上海是現代中國最複雜、最集中、最能體現現代中國社會本質與動向的城市，這奠定了茅盾文學以上海轉述國家問題的基礎。《子夜》的創作動機，就在於解剖整個中國。茅盾在《〈子夜〉是怎樣寫成的》一文中，明確打算寫出三個方面的國家問題，〔註8〕進而回答托派：「中國並沒有走向資本主義發展的道路，中國在帝國主義的壓迫下，是更加殖民地化了。」

所謂對於現代中國社會「本質」的把握，在相當程度上建立於茅盾世界主義的視野中，也即在20、30年代資本主義世界體系之中上海城市的殖民性。他將上海納入到世界經濟背景下去考察，得出的結論是：在西方資本主義中心之下，上海的更加邊緣化。吳蓀甫等上海民族資本家的破產，即是這種邊緣化的具體表徵。因此，相對於晚清民初小說中對於上海世界主義的表述，茅盾的小說存在較多對世界主義本身殖民性的思考，即中國一方面進入世界，一方面又被世界中心所排斥。同時，茅盾將這一結論導向有關國家「動向」的「革命」表述，而這一表述不同於「五四」啟蒙文學有關國民性的闡釋，而是轉換為「階級」的敘事立場。在更早的小說《虹》中，梅女士一方面憤然於革命者的腐爛，一方面又發現了上海作為真正革命主體的可能：「你沒有看看真正的上海的血液在小沙渡、楊樹浦、爛泥渡、閘北，這些地方的蜂窩樣的矮房子裏跳躍。」這種情形，在以後左翼的作品中有更多的表述，

〔註7〕茅盾：《〈地泉〉讀後感》，《茅盾選集》第5卷，四川文藝出版社1985年版，第153頁。

〔註8〕茅盾說：「我那時打算用小說形式寫出以下三個方面：（一）民族工業在帝國主義經濟侵略的壓迫下，在世界經濟恐慌的影響下，在農村破產的環境下，為要自保，使用更加殘酷的手段加以對工人階級的剝削；（二）因此引起了工人階級的經濟的政治的鬥爭；（三）當時南北大戰，農村經濟破產及農民暴動又加深了民族工業的恐慌。」

比如殷夫《上海禮贊》中，把上海說成「中國無產階級的母胎」。從靜安寺到黃浦江口這一段南京路，不僅是中國經濟走向世界的道路，也是政治上以工人運動加入世界的象徵。通過上海經濟上的殖民性，茅盾企圖以政治上的世界主義，即無產階級革命來完成國家使命。因為，吳蓀甫等資本家既然不能成為國家力量，這一使命便被賦予在既能體現工業化現代性同時又體現階級立場的新的國家力量——產業工人身上。

茅盾《子夜》對上海經濟的認識明顯帶有國家意義的邏輯，即殖民地經濟對於宗主國的依附。照這一邏輯，上海的工業破產是一種邏輯的必然。但是，上海的情形之特殊，恰恰是國家邏輯很難代替的。作為中國的一塊「飛地」，上海城市歷史的自身邏輯有時常常與國家邏輯表現出不同的情形。在茅盾認定「中國更加半殖民地化」時期，有研究界稱為「上海效應」的奇特現象：「上海在近代經濟的發展自有其獨特的規律可循……即近代中國戰亂頻仍，而上海卻往往由於其獨特的政治條件維持著相對的安定……甚至出現內地戰亂愈烈，上海經濟的發展反而愈快的局面」，〔註9〕主要原因是內地資金流與人流大量進入上海。從現有資料看，每一次動蕩時期，如太平天國、「孤島」與解放戰爭，上海經濟都會迅速上昇。這便是上海城市邏輯不同於國家邏輯之處。對於另一種國家邏輯——產業工人經由鬥爭而成為城市主人，茅盾完全無法表現。這倒並不是說茅盾將罷工領袖都寫成色情狂，而是說產業工人的鬥爭在全書中並未與其所描寫的主體內容渾然一體，以致成為全書最差的一部分。茅盾一生都沒有寫出像樣的工人運動題材的作品，這便是國家想像的局限。

茅盾為了以上海來表現國家意義，這使他的每一篇小說都只能表現在時代潮頭上的上海，成為一部國家意義上的上海編年史。如《虹》之於五卅，《蝕》之於北伐，《第一階段的故事》、《鍛鍊》、《走上崗位》之於抗戰初期的最大的國家政治——抗戰等等。在「八一三」抗戰與工廠內遷之後，茅盾已很少去寫上海了。因為這之後的中國社會重心已由上海轉至內地，這與茅盾的現代性想像完全不符。照茅盾的理論，他無法面對一個鄉土中心的國家現狀。因此，他既便有相當多的鄉鎮小說與散文，但大體都是表現其對上海經濟政治的依附與聯動。這使他的小說只能表現上海，或者還有少量受上海影響的江浙鄉鎮。他曾訂立的《子夜》寫作計劃中「城市與鄉村的交響曲」，事實上根本無法完成。

〔註9〕上海研究中心：《上海700年》，上海人民出版社1991年版，第167頁。

　　左翼的寫作模式在 30 年代是一種時尚，海派文學中也不乏對於上海的國家想像。新感覺派的穆時英曾計劃創作長篇《中國一九三一》（又名《中國行進》），該書並未面世，但從卷首引子《上海的孤步舞》中可以看出類似「上海，造在地獄上的天堂」一類的路子。《良友》雜誌曾爲此作廣告說：「寫一九三一年大水災和九‧一八前夕中國農村的破落，城市里民族資本主義與國際資本主義的鬥爭」。其友人曾談到他的創作計劃：「他雄心勃勃地想描繪一幅 1931 年中國的橫斷面：軍閥混戰、農村破產、水災、匪患；在都市裏，經濟蕭條，燈紅酒綠、失業、搶劫。」〔註10〕這幾乎可以說是《子夜》的翻板。「大水災」也好，「九‧一八」也好，都是國家問題的標誌，而「民族資本主義與國際資本主義的鬥爭」，正恰恰是《子夜》的內容。當然，這倒不是說，海派作家有嚴重的國家想像表述，因爲海派特別是後期海派多數作家恰恰是去尋找上海城市中與「國家」無關的經驗，而是說，即使是海派這樣的文學群體，也未能脫離以上海來表述國家意義的情況。

　　1949 年後表現上海的文學，其基礎是新上海作爲社會主義的工業城市，這必然採取對城市的「斷裂式」理解，即「新上海」與「舊上海」的區別：舊上海是半殖民地「冒險家的樂園」，而新上海則是勞動人民當家作主的新中國象徵，「它由國際花花公子變成了中國的工人老大哥。」〔註11〕這樣一來，多元的上海城市的歷史邏輯再一次被終止。很大程度上，上海作爲一座城市，被當做了新舊國家的區別。與此相應的，是對於上海的「血統論」：上海是誰創造的。這引發大量的工人階級反抗帝國主義與國內軍閥勢力壓迫的國家敘事，並將無產階級的財富創造與政治鬥爭作爲連貫上海城市史唯一的邏輯線索。如電影劇本《黃浦江故事》（艾明之、陳西禾）、《我的一家》（夏衍、水華）、《七月流火》（于伶），話劇《上海戰歌》（杜宣）、《地下少先隊》（奚里德）、《無名英雄》（杜宣）以及小說《照片引起的記憶》（趙自）等等。在《戰上海》一劇中，解放軍曾因久攻蘇州河北岸不下導致戰士犧牲而產生焦慮：「我們，是愛我們的無產階級戰士，還是愛那些官僚資產階級的大樓？」軍長的回答既表明了新舊上海的斷裂意義，同時也表述了在「革命」意義中上海的血統：「那些官僚資產階級的樓房、工廠，是無產階級弟兄們用鮮血創造出來的。今天，我們無產階級的戰士，是以主人的身份來到了上海……那些被敵

〔註10〕黑嬰：《我見到的穆時英》，載《新文學史料》1989 年第 3 期。
〔註11〕曠新年：《另一種摩登》，載《中國現代文學研究叢刊》2004 年第 1 期。

人佔據著的官僚資產階級的樓房、工廠，再過幾個小時，它就永遠是我們無產階級和全國人民的財產」。其實，「血統論」並不強調舊上海作爲新上海的母體意義，因爲，舊上海的面貌恰恰是需要血統辯析才能夠被顛覆的，因此「血統論」只是在「無產階級」這個層面上尋找到一種邏輯，並把這個邏輯誇大爲整個城市與整個國家的邏輯，或者說，城市的歷史形態邏輯被國家政治替代了。

更有趣的是，在 80 年代，上海作爲中國最大的工業中心，又被作爲了保守、停滯、僵化的國家計劃體制代表。《尋找男子漢》、《血，總是熱的》等作品，都在改革這一層面將上海定格。城市自身邏輯中符合商品經濟傳統與潛質的一面，只是在後來的《大上海沉沒》、《藍屋》等篇中才有所反映，國家意義上的上海想像才稍稍有所改變。但是，另一種基於全球化與消費性的國家想像又在 90 年代上海文學中開啓。當然，這是另一種國家想像的意義了。

三、大工業與物質烏托邦：現代化意義的想像

在有關上海知識的另一譜系中，上海一直被看作是世界性的工業經濟中心，並被置於一種現代化的邏輯之中。上海似乎被賦予了類似巴黎、倫敦、紐約等國際性都會的意義，而很少被當作純然的中國城市去看待。這一對上海身份的認定，當然並不完全錯誤，但是，在文學層面的表述中，往往又是以取消上海作爲一個東方都市的特性來獲得的，從而以一種單一性、整體性的面目出現。

如前所述，茅盾的現實主義創作原則，是基於全球資本主義所造成的中心——邊緣的格局，這使茅盾對於現代性的理解發生悖離：一方面表現上海在全球資本主義中的邊緣性，同時，由於過於強調世界主義原則，又將上海工業經濟以及相伴隨的現代性對城市的主導誇大，其中包括鄉村政治、經濟對於城市的附屬，人的各種倫理屬性對於經濟屬性的附屬，城市中心現代性對鄉村文化的摧毀（以吳老太爺、蕙芳、阿萱爲代表）。因此，在現代化這一層面，茅盾對上海進行了潛在結構中的想像，即上海非常資本主義化。這使他一定程度上忽略了上海文化的鄉土中國基礎，並造成了淺層結構與深層結構的矛盾，產生出另一種上海想像。

在這裡，我們接觸到一個難題。從茅盾的國家表述中看，上海是更加半殖民地化了，但在潛在的現代性邏輯中，又對上海懷有憧憬的激情成份。尤

其是對吳蓀甫的描寫。朱自清在談到對《子夜》的感受時曾說：「可是，吳（蓀甫）、屠（維岳）兩人寫得大英雄氣概了，吳尤其如此，因此引起了一部分讀者對於他的同情與偏愛，這怕是作者始料不及的罷」。〔註12〕夏濟安也談到這一點，說作者「對自己筆下的男主角的讚賞幾乎不加掩飾，這個工業資本家吳蓀甫既使倒臺崩潰，也落得象個巨人」。〔註13〕因為，吳蓀甫的失敗是一種「殖民地化」的國家邏輯表述，但他的野心、才干與膽略，與其說是現實的，勿寧說是一種對中國工業化的想像。因此，在想像的層面上，《子夜》有兩個上海，一個是工業破敗的、半殖民地的，一個則是理想中的，甚至是浪漫主義的。對此，日本學者是永駿指出：「他心裏本來帶有這樣的憧憬，所以才能寫出來大都市工業化的宏偉情景。對於作家來說，不能吸引他的事物，他決不會把它屢次寫在作品裏。按簡明的看法來說，我們應該指出茅盾是把自己的憧憬化為了作品。」〔註14〕茅盾一生偏嗜、堅執上海題材，既使是寫鄉村，也往往是率先承受上海城市政治與經濟聯繫的江浙沿海地區，其原因在於此。

再說海派中的新感覺派。新感覺派表現上海的全部基礎，是力圖表現上海在物質文化上趨近歐美的最新動態，所以，它採用的是一種巨大、全能的都市生活自身呈現的審美方式，尋找到的是上海時尚生活中與歐美同步的國際風格。由於其敘事策略取決於對上海巨大的物質想像力，它必須將城市中的中國式成份，如鄉土性、傳統家庭生活、鄉民式的不適感等特定的時間（歷史感）與空間（東方性）內容統統取消。唯有「去」城市歷史的做法才可能使巨大的現代性物質場得以呈現，以突出上海在消費性層面的世界性意義。所以，新感覺派似乎很少觸及鄉土中國中那種靠血緣、宗族、鄰里所造成的穩定性的人群際合，而是在泯去了門弟、階級、血緣等傳統關係之後，讓人物以流動身份介入都市外在場景，人物與生活方式呈現出國際化的現代圖景。新感覺派賦予上海的意義是工業的、暴力的，與男性的、征服的，它將對上海城市的體驗化為世界資本主義的冒險性經歷，如性、賽馬、競技、烈酒、恐怖與高大建築物。有趣的是，城市自身物質、暴力性特質恰恰被賦予在女性人物身上，如「脫離了爵士樂、孤步舞、混合酒、流行色、八汽缸的跑車，埃及煙，我便成了沒有靈魂的人」（穆時英《黑牡丹》）。女性人物符號

〔註12〕朱自清：《子夜》，《朱自清序跋書評集》，三聯書店，第 199 頁。

〔註13〕夏濟安：《黑暗的閘門》，《茅盾研究在國外》，湖南人民出版社 1984 年版，第559 頁。

〔註14〕是永駿：《茅盾小說文體與二十世紀現實主義》，載《文學評論》1989 年 4 期。

化敘述所帶來的是作者寫作中對於物質征服感的獲取，女性正像是巨大的都市本身，其身上神秘的物質性成爲上海現代性的隱喻。這樣一來，新感覺派將中國都市生活化爲一種西方殖民主義全球性拓殖的經驗，一種「歐洲在場」，如同一些學者說的：「二毛子的雙重『東方主義』的陳述」〔註15〕，

由非歷史時間狀態出發，新感覺派完成了其空間的想像。新感覺派在體式形式上採用了一套被稱之爲「巡禮」式的表現方法。正如同穆時英慣常使用的用汽車飛馳瀏覽城市街景一樣，它只浮於城市外在場景，而不企圖進入馬路背後有著歷史滄桑的小巷，消除的是中西城市生活因時空不同而帶來的差異。而在表現人物關係時，大量使用「聚散」式〔註16〕的模式，即在物質與時尚多變情況下喪失歷史感，一切都在此時此地的實用感官中證明價值所在。對於這種城市的現時性的捕捉，電影鏡頭式的時空剪切、并置是最好的方法。取消城市深度，以避免造成對上海與歐美都市的差異性理解，這便是其創作的深意。

事實上，關於上海作爲工業化「先進生產力代表」的文本表述，已經成爲一個譜系，並不因其政治屬性的改變而變更。表現上海的文學與電影素來都有以輝煌物質文明開頭的寫作模式，特別是電影中由低角度拍攝高大樓房已經成爲一個傳統，〔註17〕因爲高大的洋房恰是跨越地域性的世界性符號。在 50 年代，這一表述由於獲得了國家工業化藍圖的支持而得到強化。在 50～70 年代，關於上海作爲工業、商業、金融中心的身份指認已經符號化，在消泯了外灘、百老匯大樓等外在場景原有的殖民與消費文化含義之後，成爲純然的有關工業化生產的符號式表述。這使得這一時期的文學，開頭部分大都也採用了「巡禮」式的表現方式，其目的一是突出上海城市的現代面貌，一是便於放棄對有關建築場景所包含的殖民意義與市民消費意義的深究，而僅僅是以背景出現。《霓虹燈下的哨兵》中開場便是：「時隱時現的炮火染紅了午夜的天空，火光中時而看到百老匯大樓的輪廓，時而看到江海關大樓的剪影。」電影《不夜城》最後公私合營成功的狂歡，也是在中蘇友好大廈（在原哈同花園舊址）前進行，最後的鏡頭推至萬家燈光的南京路先施公司、永

〔註15〕 王德威：《想像中國的方法》，三聯書店 2003 年版，第 365 頁。
〔註16〕 在此，我使用「男女聚散」這一指稱。見張鴻聲：《都市文化與中國現代都市小說》，河南大學出版社 1997 年版，第 114 頁；吳福輝則使用「邂逅」式，見《都市漩流中的海派小說》，湖南教育出版社 1995 年版，第 174 頁。
〔註17〕 比如 30、40 年代左翼電影《馬路天使》、《萬家燈火》。

安公司一段。至於工廠背景更是一種常見樣式。在廠礦文學中，高大的廠房與機器要麼直接出現，要麼作爲背景。陳耘等人的四幕話劇《年青的一代》中有一段關於布景的說明：小客廳「通過窗口可以看見上海近郊景色和遠處的工廠」；胡萬春等人的六場話劇《一家人》則出現了作爲金屬結構車間的中景與動力機械廠煙囪、水塔的遠景。

廠礦題材成爲這一時期上海文學的重要表現領域。除了政治意義外，「這一領域，因爲聯繫著國家現代化的期待，它的重要性更是不言而喻」。〔註18〕除了廠房等物質的符碼指代外，關於大工業組織社會形態與技術進步是其寫作的兩大內容。作爲前者，作品強調的是由大工業造成的社會公共性，即由現代工業邏輯所造成的組織化，以全面保證社會關係對於工業生產體制的服從。蕭繼業（《年青的一代》）等人表現出的是個體生活被抑制而造成的公共性，他與貪圖享樂的林育生之間的矛盾，不僅是一場意識形態衝突，也是以抑制消費與私人欲望爲前提的國家工業化邏輯。與此相應的，是工人作爲產業性主體的突出。產業工人作爲先進生產力的代表，其身上的現代生產屬性被前所未有地發掘出來（如關於技術革新）。在《年青的一代》、《家庭問題》中，工人們取消作息，加班加點，不僅是抽象的社會主義道德，也是工業化邏輯擴張對於生活形態的征服。至樣板戲《海港》，則成爲這一模式的集大成者。

隨之而來的問題是，對國家工業化的想像使這一時期上海題材文學相當外在化。爲了刻意求得對上海作爲工業中心的身份認定，城市大都被抽去了個人生活體驗的具體形態。作品中的場景大都爲工廠與標準化的職工宿舍，以體現大工業的組織化原則，而較少涉及石庫門、棚戶這樣的居住形式。工業化公共空間最大程度地壓制了市民生活形態，也就是說，只有符合國家大工業進程的一面才被許可寫進作品。從這一點來看，它和新感覺派創作沒有過多的區別。不過是新感覺派的起點是「消費」，而此時文學的起點是「生產」，都是一種極端中心性的文化編碼。

四、本地特性的弱化

把上海作爲普遍現代性與國家表述對象無疑是以犧牲上海特性中的多元性、不統一爲代價的。在將上海城市整體化這一方面，其最大代價是消除本地性。

〔註18〕洪子誠：《中國當代文學史》，北京大學出版社1999年版，第131頁。

本地性應當說是較之都市外在場景更加內在的城市傳統。在這個傳統中，基於江南一隅並包含有地域性的鄉土文化是其基礎，以潛在形式構成了上海城市的民間傳統。鄉土文化加之西洋文化的進入，形成彌散整個城市的小市民抑或中產階級文化，並集中體現在日常性方面。這才是張愛玲所說的「上海人是傳統的中國人，加上近代高壓生活的磨練」〔註 19〕一語的含義，也正是上海區別於巴黎、紐約等西方都市的根本所在。但近百年上海主流文學在賦予上海普遍現代性意義的同時，本地特性遭到了最大程度的削弱。在這方面，作為中國城市的鄉土性之被忽略，應該說是首當其衝。在茅盾的《子夜》中，上海城市的鄉土性被作了寓言式的處理，古老中國的文化，似乎不再構成上海社會的部分。開頭一場，吳老太爺的迅速風化，其喻義格外明顯。顯然，作者將來自鄉村的文化作為與上海完全隔絕的文化形式，不僅不能融入上海，而且也不堪與之對陣。鄉土文化要麼如馮雲卿、蕙芳、阿萱一樣迅速投降，要麼如吳老太爺一樣被擊垮。而吳蓀甫作為鄉紳的兒子，其與老太爺父子之間沒有任何文化血脈。

問題稍微複雜一些的是海派。關於早期海派文學中的鄉土性表述，是一個不太被人提及的事情，其原因在於其並不構成早期海派文學的主體。劉吶鷗與穆時英雖都有所謂為逃避都市文明而返回鄉間的反現代性主題，但存在明顯的「鄉村洋場化」傾向，不過是把洋場把戲搬到了鄉下，甚至連場景也不改變——鄉下小站居然「JAZZ」快調；或者在鄉下有「羊皮書」那樣雅致的紳士，還有「作為遺產的洋房」躺在「米勒的田園畫裏」。稍有不同的是施蟄存、杜衡。施蟄存的《善女人行品》集倒是大量表現了上海人的鄉民式心理以及在上海的種種不適，但問題在於，施蟄存僅僅是把鄉民文化作為外在於城市的狀態，並不構成上海自身的邏輯與傳統。也即是說，他也沒有把鄉土性理解為城市歷史與現狀中的一種。當然，這種缺陷在張愛玲手中得到克服。張愛玲不僅將鄉土中國作為背景，而且作為了都市自身的民間性，並集中體現在小市民性與中產階級傳統方面。但是，張愛玲的創作，對於整個 20世紀上海文學來說，只是一個特例，而不是普遍的情況。同時，上海城市特性中的日常性、小市民性只是在後期海派張愛玲、蘇青等人身上曇花一現。這種情形，往往發生在上海不再是國家中心城市的時候，如「孤島」時期。作為非國家中心的上海史畢竟短暫，當上海作為中心城市的地位不被撼動

〔註 19〕張愛玲：《到底是上海人》、《流言》，五洲書報社 1944 年版，第 58 頁。

時，這種日常性表述往往成爲邊緣，而被人遺忘。

在 50～70 年代，由於日常性文學敘述被逐出文學，因此，以此爲基礎的上海市民生活形態也就難以有所附麗。此期的文學中，能夠在城市歷史中找到的唯一精神來源，是工人階級的鬥爭傳統，這使作品中的主人公似乎都具有在解放前參加工潮的背景。而消費與娛樂，也不在生活經驗與形態中具有任何合理因素，而只是作爲資產階級的精神遺產。這無疑是對多元城市生活形態的一種否定。至於鄉土特性，則更是被排除在外。具有鄉村背景的老工人通常只是在履行對青工的倫理教育職責時才偶一回城（如《海港》），被當作了隔離於城市之外的道德力量。既使是土生土長的本地作家，如胡萬春、費禮文等，也只有在敘寫舊上海生活時，才能觸及城市底層的城市特性，而在描寫廠礦生活等現實題材時，幾乎遵循同一模式，基本上沒有地方性可言。

相應地，百年來的上海文學，除卻後期海派張愛玲等人，通常都在形式文體上排斥地域性，不具有「在場的有效性」（吉登斯語），從而導致上海文學不再是地域文學，而是一種國家文學。這種與地域文學的差異，恰恰印證了上海作爲現代性公共空間的普遍意義。茅盾《子夜》式的藝術特徵，特別是其結構，已經成爲表現國家形態的經典形式，爲以後眾多長篇小說所摹仿，以至有人認爲，它已經成爲史詩性文學最經典的模式。〔註20〕新感覺派「巡視」式的表現模式，也在不同時期反覆出現，成爲大都市文學的經典文體，〔註21〕表明了相當外在化的現代化憧憬。而 50～70 年代上海文學嚴重的模式化則更是共識。究其原委，在於，以現代性想像來建築文學中的上海形象是近代以來中國人的集體行爲，基於地域經驗的文體個性是不容易獲得的。對此，我們可以印證於關於北京的文學。近代北京，以其傳統形態的大量遺存，在文學中充當了保守、停滯的老中國的代表，所體現的是「逝去年代」的中國。由於北京與傳統中國禮俗社會形態的一致性，因此，愈是地域性強的敘述，愈能獲得「老中國性」。老舍之獲得文體風格上的成功與認同，其原因亦在於此。而對於上海來說，過分地強調本地性（包括地域性），則會使其「普遍」的現代意義降低。不管是國家意義，還是現代性意義，都需要

〔註20〕陳思和主編：《中國當代文學史教程》，復旦大學出版社 1999 年版，第 76 頁。

〔註21〕只須看一下邱華棟《手上的星空》中主人公對 90 年代北京的感受，便可知道「巡禮」式寫作方式仍在 90 年代延續。有人稱這「顯然還是一幅初期都市化的圖景」，有一種「外在的現代化的嚮往」，見趙稀方《小說香港》，三聯書店 2003 年版，第 224 頁。

以「去域化」手段來完成，即消除文化與地理的、區域的某種自然關係，以獲得上海作爲現代性城市的普遍意義。上海文學，表現出鮮明的「孤島意識」或「飛地」意識。「上海城市越來越國際化，而與中國則越來越遠。」〔註22〕

五、上海懷舊：從經驗到想像

90年代，中國文學進入個體時代，一些本地作家開始在文學中挖掘「上海特性」。有趣的是，挖掘對象恰恰是以前上海文學中較爲缺乏的東西，即中產階級傳統。最初的創作是程乃珊《藍屋》、《女兒經》、《金融家》，到後來有王安憶、陳丹燕的小說或跨文體寫作。創作的動機是在經歷了大的國家動盪之後，尋找與自己個體經驗有關的老上海歷史遺存，以抵制有關上海想像的宏大敘事。諸如雖然困頓但不失精緻且有些許榮光的生活方式，舊日的顯赫在後裔心理喚取的微妙自尊，等等。這一寫作是價值的，並呈現出一種個體特徵。它將對於城市的感覺化爲城市歷史的延續，並以不被知曉的潛在狀態的民間形式表現出來。寫弄堂而不是寫洋房，構成了一部眞正的城市精神。因爲舊時資產者的生活形態，經歷幾十年的消磨，也經顯得極其內在化。恰如王安憶說的，《長恨歌》要尋找的是「城市的街道，城市的氣氛，城市的思想和精神」，〔註23〕從而較大程度上克服了上海現代性想像所造成的本地性的缺乏。從某種意義上說，這也是當初張愛玲創作的路子。或許只有脫離了宏大的現代性想像，「本地」的上海特性才被充分地表現出來。

但歷史如宿命般地不可抗拒，原本以個體形式出現的上海本地中產階級傳統的懷舊書寫，又在90年代宏大的舊上海集體想像中成爲玩偶。由於90年代全球化的迅速推進，中國又一次被捲入一種關於「世界化」的神話魔咒之中，舊上海被不可思議地重新賦予現代性發達的、充分「全球化」的想像，大量舊上海題材的文學影視作品泛濫成災，使中產傳統的懷舊書寫再一次脫離個體層面，成爲「臆想的其同體」。其實，舊上海的所謂「充分全球化」根本未曾實現，它不過表現了國人對全球化的一種迫切嚮往而已。正如傑姆遜說的：「懷舊的模式成爲『現在』的殖民工具，它的效果是難以叫人信服的」，〔註24〕也如王安憶在評論上海懷舊時說的：「看見的是時尚，不是上海」，「又發現上海也不在這城市裏」，「再要尋找上海，就只

〔註22〕曠新年《另一種摩登》，載《中國現代文學研究叢刊》2004年第1期。
〔註23〕齊紅、林舟：《王安憶訪談》，載《作家》1995年第10期。
〔註24〕詹明信：《晚期資本主義的文化邏輯》，三聯書店1997年版，第459頁。

能到概念裏去找了」。〔註25〕如同「新天地」石庫門一樣，上海懷舊也成爲一種想像中的贋品。在這一層面，上海懷舊其實與衛慧、棉棉的創作殊途同歸，一者是對過去想像，一者是對未來的想像，都在傳達著公共的世界性神話。只是相對於茅盾等人來說，「上海懷舊」悄悄地把全球化過程中的殖民性抹掉了。上海城市的多元複雜，又在另一個層面被加以普遍化、中心化地推廣，公共的清晰的現代性意義再一次取代了本地意義。

第二節 「十七年」文學：城市現代性的另一種表達

對 20 世紀中國城市文學的研究已經蔚爲大觀，但也隱含著巨大的不足。其最明顯的問題是「斷代」，即對 1949～1976 年間城市題材作品研究的嚴重缺失。從表面上看，導致這一情況出現的原因是，這一時期的城市題材多數並不表現甚至是有意迴避城市文化形態。如果將城市文學看作對城市形態的表現的話，這一時期自然很難談得上有著獨立形態意義的城市文學。在各種當代文學的著述中，城市題材作品往往被忽略，或者被肢解在「廠礦文學」、「文革」文學等中作簡單地描述。一般情形中，這些作品被當作了「工業文學」。但從更深層次上講，「斷代」的問題其實另有原因。近年來，中西方學界都有「文學中的城市」概念的提出〔註26〕。按照這個說法，「十七年」時期的城市題材，雖然不是嚴格意義上的城市文學，但肯定也存在著對城市的表述。只是，目前學界對於城市文學研究的最大策略是城市現代性闡述，但這種「現代性」，又僅僅被理解爲口岸城市的日常性、消費性、公共領域、市民文化之類。對「十七年」城市題材的文學，顯然無法使用這一研究策略。由於沒有相應的研究方法，即使納入研究之列，也無法研究。

西方的梅斯納〔註27〕、德里克〔註28〕，中國的汪暉〔註29〕、劉小楓等學者都曾指出，該時期中國社會仍然具有某種特殊的現代性。應當說，這一時

〔註25〕王安憶：《尋找上海》，學林出版社 2001 年版，第 22 頁。
〔註26〕即美國學者 Richard Lehan（1998 年）以及德國學者謝爾普的城市敘事（1989年）和美籍華裔學者張英進「文學賦予城市意義」（1996 年）的研究方法，也包括中國學者陳平原對此方法的提倡（2005 年）。
〔註27〕見梅斯納：《毛澤東的中國及其發展——中華人民共和國史》，張瑛等譯，社會科學文獻出版社 1992 年版。
〔註28〕見德里克：《世界資本主義視野下的兩個文化大革命》，載《二十一世紀》1996年 10 月。
〔註29〕見汪暉：《當代中國的思想狀況與現代性問題》，載《天涯》1997 年第 5 期。

期的城市現代性並不缺乏，甚至還非常強烈。在 20 世紀 50 年代之初，中國口岸城市原有的現代化過程與新中國的國家使命之間，有著某種邏輯上的銜接：「民族國家的建構有兩種基本類型：資本主義式的和社會主義式的」，「社會主義民主式的民族國家的理想，源流於法國啓蒙運動，它同樣是現代性的一種構想。中國的社會主義建設是現代性方案之一」〔註 30〕。事實上，不管是「新民主主義」還是「社會主義」，都是一種現代性過程。前者是後者的基礎，後者是前者的延續。情形也如有些學者所說，「恰恰是根據典型的現代化理論，社會主義的人民中國不但在現代化的生產力方面，而且在整個社會結構特別是社會動員方面，也是充分『現代的』」〔註 31〕。不過，這種現代性特徵與此前與此後都不同。新中國的國家現代化理想，被限定在了某一層面，即「社會主義」性質的現代化，而遠非現代性的全部含義。與產生於市民社會之上的資本主義國家相比，某些後發國家的現代化進程，採用具有極強「公共性」的社會主義制度。國家「公共化」因素的加入，使中國現代化的設計有了某種獨特性質。

中國當代城市的特性由此被確定。在新中國的現代性設計裏，已經勾畫出了新中國城市的「社會主義」性質。即：一是「公共性」，「也即集體化和公有化」。這當然首先是生產資料、所有制的「公共性」，但同時也「指全社會個人及其財產、思想、情感、話語都屬於集體，服從於集體」〔註 32〕。二是以工業化爲現代性的核心，甚至是唯一內容。「公共化」和工業化是相輔相成的關係，也即，「公共性」保證了社會主義的工業化方向，而工業化則是社會主義「公共性」在經濟上的表現形式。只是，在以「公共性」爲基礎的社會主義工業化的概念中，口岸城市原有的自由經濟、豐富多彩的消費性、日常生活內容，都在某種程度上被視爲國家現代化的障礙。因此，「十七年」中國的城市現代性設計包含了三個方面：首先，必須排除口岸城市原有歷史線索的多元性，尋找到城市歷史起源與發展中的「左翼」主導意義——也即社會主義的線索；其次，在城市現代性中，只有其符合社會主義工業化的一面才被許可存在；第三，城市的資本主義私人性、消費性的日常生活，必須被「公共性」加以改造甚至剷除，以保障高速的社會主義工業化進程。因此，

〔註 30〕劉小楓：《現代性社會理論緒論》，上海三聯書店 1998 年版，第 388 頁。

〔註 31〕韓毓海：《20 世紀中國：學術與社會·文學卷》，山東人民出版社 2001 年版，第 240 頁。

〔註 32〕王一川：《中國現代的卡里斯馬典型》，雲南人民出版社 1994 年版，第 160 頁。

城市的「左翼」性質、城市的「公共性」和工業化，便是「十七年」城市現代性的基本內容。當然，這也構成了這一時期文學城市敘述的基本原則。

筆者曾經歸納了近代以來上海等城市形象的兩大譜系：一是城市脫離殖民體系獲得解放，二是城市在近代化、工業化進程中包含的現代性價值〔註33〕。辯證地看，「十七年」文學對城市的表述，也承續了上海開埠以來中國城市形象的譜系，並將現代性譜系嫁接於社會主義國家意識形態的圖景之上。但是，「十七年」文學只將城市表述為「公共性」的大工業生產樣態，並規定為唯一的城市意義，而將其它的現代性意義消除，也就忽視了城市原本具有的多元形態。

一、「左翼」的城市起源與歷史

「十七年」文學對於城市社會主義現代性的認定，首先在於對城市歷史「左翼」性質的確立。以上海為例。1959年，在經歷了10年的經濟建設之後，對於上海城市社會主義特性的認識，開始成為一個國家話題〔註34〕。在官方的影響下，上海全民都參與到討論之中。其中，關於上海的「左翼」歷史線索是討論的核心，即：舊上海不僅是「冒險家的樂園」，同時「又是我國工人階級最集中的地方，是中國革命的搖籃，上海的工人階級在黨的領導下一直在進行著鬥爭。上海的工人群眾是有光榮的革命傳統的」〔註35〕。很明顯，這種對於上海城市起源和歷史的基本看法，脫胎於中國近代史意義的意識形態。其隱含的潛在話語是：「紅色血統」是近代城市的基本歷史線索，並與新中國城市在現代性邏輯上形成關聯。對於城市敘述來說，要賦予其「紅色的」意義，必須將它置於「革命史」的範疇裏。在這裡，「革命」不僅是一場運動，一種意識，更構成了城市「時間」的本質。因為「『革命』的最初意義及其仍然擁有的基本意義，是圍繞一個軌道所做的進步運動，以及完成這一個運動所需要的時間。歷史上的大多數革命都把自己設想成回歸到一種較純淨的初始狀態，任何一貫的革命理論也都隱含著一種循環的歷史觀，——無論那些前後相繼的周期被看成交替式的（光明、黑暗），還是根據一種較系統的進步

〔註33〕 參見張鴻聲：《文學中的上海想像》，載《文學評論》2005年第4期。
〔註34〕 《上海文學》、《文藝月刊》、《收穫》等刊物中均有大量文章發表。1959年，特寫集《上海解放十年》出版。上海文藝出版社出版《上海十年文學選集》(1949～1959)，包括了各種文體結集共十種。
〔註35〕 姚延人、周良才、楊秉岩：《歡呼〈上海解放十年〉的出版》，載《上海文學》1960年第4期。

學說被看成有象徵意義的螺旋式上昇」〔註36〕。城市起源與進程，構成了一部完整的「左翼」政治史，或者說就是一部黨史。於是，城市的「紅色敘事」大規模出現了。

中國共產黨的建立是上海「左翼」歷史的起點，話劇《戰上海》劇中人所說的「多好的城市，我們黨就誕生在這裡」這句話，直接點明了中共黨史的上海淵源。因此，直接選取中共一大會址與龍華古塔爲場景是常見的情況。如果出現南京路或外白渡橋等場景，則是著眼於反殖民主義的鬥爭。電影劇本《晶耳》中先後出現的外灘、寶興路、龍華、碼頭、江灣市政府，等等，基本上就是一部空間意義的革命史。此類詩歌有蕭崗《上海，英雄的城》、黎家《星光從這裡點燃》、仇學寶《龍華古塔放歌》、謝其規的《上海抒情・大廈》。這種情形，在 1959 年出版的《上海十年文學選集・詩選》和 1980 年出版的多人詩集《啊，黃浦江》中體現得非常集中。敘事類作品更多。話劇《霓虹燈下的哨兵》以南京路爲場景表達「紅色血統」，將南京路歸之爲殖民者、「國民黨反動派」以及「革命同志和工人兄弟」三種線索。也就是說，即使是「南京路」這樣的資產階級符號，「革命」也具有本地性。在《戰上海》中，上海的「紅色血統」作爲隱性線索，一直伴隨著整個劇情：作品中的解放軍軍長曾在北伐戰爭時組織過上海工人運動，是作品中黨史的人格化體現；上海工人家庭出身的班長趙強，可以看作上海的第二代革命者。對於後兩者來說，進攻上海其實就是「上海回到我們手中」。所謂「回到」，意味著其原本就是「我們的」。作品甚至還強調了趙強「從小就生長在這裡」的本地人身份。還有，早年與軍長一起從事上海工運的同事林楓，其地下黨身份，更說明了上海「左翼」政治線索的本地性質。三個人的會合，構成了紅色力量分別以外在和內在形式的「回歸」。除了「回歸」，城市「左翼」史還有一種形式。杜宣的話劇《動蕩的年代》構築了「上海——九江——南昌——湘贛蘇區」的政治空間結構。這更像一種「倒尋」。劇中人從上海逐漸深入到蘇區腹地，直接與蘇區的紅軍活動相連。後者當時是中共活動的中心。爲了體現城市的「紅色血統」，大量以民族資產階級從掙扎到破產爲總體敘事的作品，如《上海的早晨》（周而復）、《不夜城》（于伶）、《上海灘的春天》（熊佛西）、《春風化雨》（徐昌霖、羽山）等，都硬性加入了無產階級的建黨、罷工等情節。這一點似乎與茅盾的《子夜》有相似之處。《上海的早晨》中的湯阿英、《上海

〔註36〕卡林內斯庫：《現代性的五幅面孔》，商務印書館 2002 年版，第 27 頁。

灘的春天》中的田英、孫達與《不夜城》中的銀娣夫婦，在解放前都參加過反抗資本家的鬥爭，並在解放後成為新時代的幹部。既構成無產階級左翼歷史的線索，又是新中國城市政治性質的說明。與此相伴隨的是城市資本主義性質的逐漸弱化。《上海灘的春天》中的王子澄、《不夜城》中的張文崢等人物，其背叛家庭的行為，都說明了這一點。但這種表現顯得非常說教。由於「左翼」政治敘述在文本結構上一直與資本家經營活動的情節游離，不免有概念化圖解之嫌。

表現北京、廣州的作品當然也有相似之處。在歐陽山的《三家巷》中，廣州西關的周、何、陳三家頗有代表性。在空間上，何家的舊式大宅、陳家的花園洋房和周家的竹筒式平房共處一巷，構成了城市無產階級、官僚地主與買辦資產階級三條線索。如歐陽山所說，包括《三家巷》、《苦鬥》在內的系列小說，是要反映「中國革命的來龍去脈」。《三家巷》開頭對於三家巷歷史沿革的講述，從三家「五重親」（即表親、姻親、換帖、鄰居、同學五種關係）的因緣際會開始，但在講敘到周炳一家的時候，「五重親」關係被階級關係替代。因此，《三家巷》開始是民間敘事，之後成為現代性「革命」敘事。不過，由於這些城市的近代產業工人較上海缺乏，其「左翼」歷史的主題表達，顯然處於較弱小的層級。比如以北京為題的作品，多將城市與北京之外的紅色革命史作修辭上的橫向連接。因此在體式上，詩歌作品也遠遠多於敘事類作品。以天安門為場景的詩歌作品，往往將其與人民英雄紀念碑上表現新民主主義革命的巨型浮雕形成意義連接，而不是向北與端門、午門、景山、地安門構成古典性城市的意義，從而將城市空間轉向了對於「左翼」革命史的時間聯想。如郭沫若的《五一節天安門之夜》、臧克家的《我愛新北京》、蕭三的《毛主席來到天安門》、朱子奇《我漫步在天安門廣場上》、徐剛的《天安門組詩》，等等。這種表達上的微妙，使得「北京」承載的「左翼」史意義只能以詩歌式的跳躍、遠譬來進行。否則，「左翼城市史」或者「左翼國家史」的敘述目的就無法完成。而北京本地最主要的「左翼」城市史，是自「五四」以來的進步學生爭取自由、解放的傳統。因此，「五四」運動，特別是「一二九」運動，成為《青春之歌》等敘事類作品最常見的城市「左翼」歷史注腳。

闡釋城市「左翼」歷史的作品，對於歷史時間進行了符合「左翼」政治革命各個歷史階段的劃分。這是一種現代性時間狀態，構成了完整的「黨史」時間意義。在這種時間敘述中，「代際」成為一種重要敘述範式。在古典敘事

中，「代際」往往構成循環歷史觀，但在「十七年」文學中，常見以人物家族、家庭的「繼承」故事，但由於代際關係與中國近代政治相連接，也就成了現代性的「左翼」城市敘述。《三家巷》開頭還頗有「分久必合、合久必分」的循環歷史觀痕迹；之後，線型的現代性時間意識開始出現。在各類文本中，工人階級的家族歷史與城市重要的政治事件，在時間上是完全疊合的，並形成倫理與政治主題的同構關係。兩者互為強調，使「左翼」敘事主題更加鞏固。一般來說，代際線索往往是在父與子之間（親生父子）或隱性的父子（養父母、養子）之間，也包括擴大了的「父子」關係如叔侄、舅甥、師徒等等。比如歐陽山的《三家巷》，胡萬春電影劇本《鋼鐵世家》、話劇《一家人》，艾明之的小說《火種》、電影劇本《黃浦江故事》，錢祖武的話劇《鍛鍊》等。但也有像《我的一家》、《為了和平》（柯靈）、《七月流火》（于伶）一類的作品，將代際之間的「事業繼承」線索放在了夫妻之間。事實上，夫妻關係，也被置於革命繼承意義上的代際關係中。夫（或妻）之於妻（或夫），也體現著「父」的角色。《青春之歌》雖然沒有代際與夫妻關係，但在林道靜與盧嘉川、江華之間，有某種「尋父」意味。在敘事功能上，作品還以某種體現革命傳導性的「介質」來體現「事業繼承」。常見的「介質」有「血衣」、「遺書」等上一代遺留的紀念性物品。較典型的是《年青的一代》中的林育生生身父母的「遺書」和京劇《海港》中階級教育展中的「槓棒」。

　　「十七年」文學作品將舊城市作為背景，是表現城市「左翼史」的起源。但「左翼史」的終極指向，是為了表達新中國城市的社會主義現代化圖景。杜宣創作於 1959 年的「大躍進」時期的話劇《上海戰歌》，雖然也是解放上海的題材，但與《戰上海》就不完全相同。作者稱其主題是表現「軍政全勝」。「軍」當然指的是佔領的意思；所謂「政」，即保護上海的現代工業設施。因此，劇本將工人護廠的情節作為了重點。也就是說，在深層意義上，社會主義生產性是城市「紅色血統」的最終指向。這裡隱含著上海作為無產階級城市「左翼」性質的完整意義，即城市史既是新民主主義的，也是社會主義的；既是「革命」的，也是「生產」的。胡萬春等的話劇《一家人》也是「大躍進」時期的工業題材作品，在劇本第一場的場景中，專意設置了一棵銀杏樹下的「本地老式房子——小工房」的場景。劇中楊家的第一代工人因研究發動機裝置而遭英國人毆打，死於銀杏樹下。這個場景既是對上海「左翼」歷史的重溫，又是「為中國工人爭一口

氣」這一關於新上海社會主義工業化圖景起點的憧憬。前者是城市「左翼史」的源頭,後者是城市「左翼史」的結果。兩劇都創作於「大躍進」時代,可以看出當時對社會主義城市工業生產意義的強調。在北京文學方面,由於舊北京相對缺少殖民歷史,加之新北京的首都地位,對於「新北京」社會主義政治特性的表現相對直接。比如將北京與莫斯科、哈瓦那等城市直接進行比附,如鄒荻帆的《兩都賦》、田間的《北京——平壤》、韓憶萍的《北京——仰光》,作品名稱就提供了一個最直接的對應;或者是出現具有社會主義國際政治意義的建築空間,如北京的蘇聯展覽館(如「金塔的紅星」一類的詩句),對城市性質加以確認。與此相應,北京的傳統形態往往被弱化。在敘事類作品中,老舍的話劇雖然還是較多地出現北京舊城的傳統社區,但也表明了建立社會主義現代性敘事的訴求。劇本情節的發動與推進,依靠的是社區之外新社會的群眾運動。《龍鬚溝》一劇的後半部分,也有從大雜院轉向社會主義街道和廣場的空間敘述企圖。類似艾青的《好!》、馮至的《我們的西郊》、韓憶萍的《東郊之春》、鄒荻帆的《北京》、顧工《在北京獲得的靈感》等詩歌,則將空間敘述從北京老城轉向充滿現代性的郊外新城工廠區。以舊城市爲敘述起點,以新城市的未來工業化圖景爲終點,是一種完整的社會主義城市政治邏輯。

二、社會主義城市的「公共性」表達

需要辨析的是,20 世紀 50 年代後中國的所謂「公共性」,並非歐洲意義上的「公共領域」,而是表現出一種國家特徵﹝註37﹞。在「十七年」文學中,眞正公共性的表現,只存在於反對官僚主義等「干預」類作品中。在《組織部新來的青年人》、《本報內部消息》、《科長》、《改選》等篇的報社、工會等機構中,官僚主義對於眞正的公共利益形成壓制。而按照哈貝馬斯的說法,報社、工會是典型的對話性公共空間。這一類作品也試圖建立一種眞正的公共性社會生活。林震、曾剛、黃佳英、老郝等人,都表現了「群眾」基於個體政治利益的訴求。這些作品遭到批判,說明了眞正個體意義的政治公共性在當時還沒有建立起來。事實上,「十七年」文學的「公共性」表達,只是集

﹝註37﹞ 中國的「公共空間」有強烈的中國語境。即使是清末民初,按照美國的羅威廉、黃宗智等人的說法,「公共空間」實是中國士紳社會的結果,即國家權力和宗法社會之間以城市紳商爲主體的組織場域,有著較多對國家事務的參與,如賑災、水利、救火會等等,是國家政治的一個補充。

中於其對日常生活的管制方面。所以，在當代之初的文學中，只有將日常生活與重大「公共性」問題相連才是被允許的，否則就會被指責爲「趣味」、「噱頭」乃至「歪曲」。

　　日常生活敘事本是自晚清以來城市文學的一個傳統。既與「左翼」敘事不同，也有別於「五四」新文學的啓蒙敘事。創作於 1949 年的《我們夫婦之間》是這個傳統的最後一個承繼者，當然，也是終結者。蕭也牧被認爲是第一個試圖表現新中國城市生活的作家。有論者認爲，蕭也牧「敏銳地感覺到了生活環境的變化與人的精神生活要求的關係」〔註 38〕，它的被批判表明了「進入城市的革命者和左翼文學家對於城市，也對於產生於都市『舊小說』的深刻疑懼」〔註 39〕。這些結論無疑是正確的。但是，僅僅從城市題材方面去理解《我們夫婦之間》還不夠。儘管解放區文學傳統對表現城市的確存在著某種禁忌，但事實上，城市題材在整個「十七年」時期仍然大量存在。這種禁忌，主要不是題材問題，而是要表達什麼樣的意義。即：城市題材表現出的是社會「公共性」問題，還是日常性問題？《我們夫婦之間》恰恰因爲沒有將日常生活以「公共性」主題來敘寫，而是遵循了日常性原則而遭到批判。在同一時期，還發生過關於「可不可以寫小資產階級」的爭論和對「人性論」、人道主義、「寫『中間人物』論」的批判，城市文學的日常性書寫傳統被規避。因爲，「人性」、「中間人物」都是一種日常生活狀態。此後的城市題材作品，都把從日常生活洞悉重大政治問題作爲寫作模式。《霓虹燈下的哨兵》、《年青的一代》等後來的劇作就「克服」了蕭也牧《我們夫婦之間》日常性寫作的「弊病」，從日常的「新人新事」發現了「新主題」：「能從常見的生活現象中發現和觀察到階級鬥爭」，因而被稱之爲「社會主義教育劇」。叢深創作《千萬不要忘記》的立意在於以「階級和階級鬥爭的顯微鏡來分析工廠的日常生活」〔註 40〕，把年青人的生活欲求放大到階級鬥爭的「公共性」視野：「這種階級鬥爭，沒有槍聲，沒有炮聲，常常在說說笑笑之間進行著」〔註 41〕。唐小兵在討論《千萬不要忘記》時說：「劇本隱約地透露出一種深刻

〔註 38〕陳曉明主編：《現代性與中國當代文學轉型》，雲南人民出版社 2003 年版，第 150 頁。

〔註 39〕洪子誠：《中國當代文學史》，北京大學出版社 1999 年版，第 130 頁，203 頁，131 頁。

〔註 40〕叢深：《〈千萬不要忘記〉主題的形式》，載《戲劇報》1964 年第 4 期。

〔註 41〕叢深：《千萬不要忘記》，中國戲劇出版社 1964 年版，第 128 頁。

的焦慮，關於革命階段的日常生活焦慮。」〔註42〕這就是所謂「新主題」的真實含義。

將城市日常生活轉化為「公共性」意義表達的原則是，生活細節必須要被縫合成關於「公共性」的意義。茹志鵑的《如願》中的何大媽、《春暖時節》中的女工靜蘭，艾明之《妻子》中的韓月貞，還有電影劇本《女理髮師》、《萬紫千紅總是春》中的家庭女性，從表面上看，都因勞動獲得了人的「尊嚴」。但其實，這種「尊嚴」只在於勞動具有了「公共性」，勞動者成為了「公家人」才能得到。比如何大媽上班一定要帶上「一隻鋼筆」、「一個登記本」、「手提袋」。雖然完全派不上用場，但卻是「公共性」勞動的符碼，這使她格外看重。在這裡，「家務」對於人的尊嚴似乎沒有意義，因為其屬於私人屬性。何大媽做了一輩子家務，居然算不得「勞動」！但仍然是「家務」，在與「公共性」發生關聯時又有了意義。《妻子》一篇中韓月貞等女家屬慰問在鋼廠做爐工的丈夫們時說：「第一，讓男同志吃得好，穿得好，睡得好；第二，保證做好家務，帶好孩子」。由此看來，作品表現「勞動」是次要的，重要的是表現「公共性」的「勞動」。這是一種整體性的敘述方式，取消了現代社會應有的「公」與「私」的分離狀態，包括「公共空間／時間」與「私人空間／時間」的邊界。否則，就會被批評為「狹小的角度取材，片面追求對人物的細節描寫，片面追求人物性格的複雜性和情節的曲折離奇，捨棄或忽略了重要的方面，而將瑣細的東西加以腐俗的渲染，流露了不健康的思想和感情，或是將我們的生活加以庸俗化」〔註43〕。在這裡，「瑣細」、「細節」指的是文學的原始材料，但如果不能做「公共性」的處理，便是「庸俗」。李天濟的電影劇本《今天我休息》就是一個在時間上抹去「公」、「私」分離的典型樣本。相反，話劇《幸福》（艾明之）中的王家有、「六加一」，話劇《千萬不要忘記》的丁少純，還有京劇《海港》中的韓小強，其缺乏社會主義的「公共性」，即在於過分強調「八小時以外」的私人屬性。電影劇本《六十年代第一春》中更有一個女工，綽號「標準鐘」，因為其下班過於準時，從不加班。劇中經常出現她「已經穿好大衣，掏出梳子梳了梳頭髮，正要往外走」的下班情形。這一情形還大量出現在工業生產、「知青」、「爭奪接班人」等題材中。

〔註42〕唐小兵：《英雄與凡人的時代：解讀 20 世紀》，上海文藝出版社 2001 年版，第 140 頁。

〔註43〕張霪、曾文淵、孫雪嶺、吳長華：《一九五九年上海短篇小說創作簡評》，載《上海文學》1960 年第 2 期。

個體性意義，包括身體、情感、性格、家庭屬性與物質性，等等，都被「公共性」主題全面否定。我們以正面人物身體上的「公共性」特徵為例。通常，「公共性」表達並不意味著否定一般意義上的身體，只是反對屬於個人「肉體」的生物學與消費意義，比如衣、食等消費行為以及「性」的要求。張鉉的小說《上海姑娘》就表明了對於時裝、燙髮化妝品等口岸城市消費品的強烈貶斥。一般而言，只有在指涉到資產階級生活時，身體的生物性、消費性書寫才是被允許的。恰如《霓虹燈下的哨兵》裏林乃嫻自稱的「我做人，向來是吃飯睡覺，不問天下大事的」。落後階級是沒有「公共性」的。《上海的早晨》描寫徐義德等人的身體物質享用，儘管篇幅巨大，但仍然被允許，是因為「物質性」恰恰強化了對資產階級政治「腐朽」的表現；馮永祥、江菊霞等人身體的「派頭」，也是資產階級掮客慣有的政治性格。或者如張科長那樣，物質享用成為政治墮落的開始。類似的例證還有《霓虹燈下的哨兵》中有關陳喜「襪子」的細節。而「公共性」的身體，被認為是勞動「工具」，而且是「公共性」的勞動工具。其所要服從的，是「公共化」的國家社會生活和工農業勞動。因此，即使有身體敘述，也必須小心翼翼地進行。在《我們夫婦之間》的結尾，張同志開始在集會和遊行時注重衣著了。本來，這有著身體美學的意味，也是中產階級色彩的市民倫理，屬於張同志的市民化過程，但作者還是將其轉化為了「公共性」敘述：「組織上號召過我們：現在我們新國家成立了！我們的行動、態度，要代表大國家的精神」。《上海的早晨》中，湯阿英穿著簇新的紫紅對襟小襖和藍色咔嘰布西式女褲，頭髮燙成了波浪式，但這一裝束，是為了出席在中蘇友好大廈舉行的公私合營的國家慶典。身體美學有了政治合法性。

身體雖然具有肉體屬性，但也會演變為極端的「公共性」主題表達。只有在涉及「公共性」人物因獻身事業「受虐」時，人的肉體屬性才出現。洪子誠曾說：「在『樣板』作品中，可以看到人類的追求『精神淨化』的衝動，一種將人從物質的禁錮、拘束中解脫的欲望。這種拒絕物質主義的道德理想，是開展革命運動的意識形態。但與此同時，在這種禁欲式的道德信仰和行為規範中，在自覺地忍受（通過外來力量）施加的折磨，在自虐式的自我完善（通過內心衝突）中，也能看到『無產階級文藝』的『樣板』創造者本來所要『徹底否定』的思想觀念和情感模式。」〔註44〕也就是說，身體的「自虐」

〔註44〕洪子誠：《中國當代文學史》，北京大學出版社 1999 年版，第 130 頁、203 頁、131 頁。

是一種「公共性」人格的「自我完善」行為（比如作品中經常出現的「帶病加班」等）。由於身體是服從於「公共性」需要的，幾乎所有身體的「受虐」都發生在正面人物甚至是英雄人物身上。而且，身體受虐的程度也與「公共性」實現的程度成正比例關係。《年青的一代》就以身體是否真的「有病」來做出人物是否具有「公共性」人格的判定。蕭繼業雙腿患重病以至幾乎要被鋸掉，是因為長期的野外勘探工作；而林育生聲稱「有病」，卻沒有任何病理和病狀，只是向組織上提出「留在上海」的藉口。在這裡，身體是否真的有病，成為了人物「正面」與「落後」的區分。

　　與「公共性」人格相聯繫的還有人物家庭屬性的缺乏。我們看到，在一些典型的「公共性」表達的作品中，人物多數都未婚或婚姻狀況不明。《年青的一代》中的蕭繼業沒有父母、姐妹也沒有戀愛對象。惟一的親人奶奶與他只是構成「公共性」政治的代際繼承關係，而不是日常生活層面的贍養關係。還有一些人物雖有家庭，但家庭屬性極弱。此劇中的林崗，還有話劇《鍛鍊》中的姚祖勤，雖有家庭，但常年在外地工作，只是偶而回到上海。「逃離城市」的現象更強化了人物的「非家庭化」特徵。與此相似，「戀愛」題材雖然並沒有被完全杜絕，但也並非表現「欲望」，而只是強調「克制欲望」的含義。《幸福》中的劉傳豪深愛著師傅的女兒，但他壓抑著自己，甚至不惜違背人倫，支持情敵〔註 45〕。類似的情況還有《千萬不要忘記》中的季友良，等等。而作為女性人物，「未婚」或「婚姻不明」則還有另外一種隱喻意義。因為「未婚」當然意味著「無性」，表明了她們獻身的「公共性事業」的純潔性。《年青的一代》的林嵐不僅離開了家庭去了井岡山農村，而且「不找愛人」，原因是「怕找了愛人丟了事業」。其所指的「事業」，顯然不是個體意義的。即使是有婚姻或戀愛行為，也要高度服從於「公共性」的事業，有時甚至是以「事業」來否定婚姻意義，從而保證私人生活完全被「公共化」。田漢的話劇《十三陵水庫暢想曲》中，小楊的未婚夫胡錦堂寫信阻止她去工地參加公共勞動，這成為了一個「公共性」事件。小楊雖然拒絕了未婚夫的勸阻，但在作品看來，這只是一種私人解決方式，還沒有上昇到「公共性」層面，小楊也因為沒有將情書「交給黨組織」而自責。最後，她不僅交出了情書，而且在工地上公佈出來，以此來完成「公共性」人格。而胡錦堂當場被批鬥，其遭受懲

〔註45〕女工胡淑芬曾送票給劉傳豪去看自己的演出，但劉傳豪居然將票讓予情敵王家有，在意義呈現上顯示出劉傳豪對個人欲望的壓抑。

罰的方式也是充分「公共性」的。在這裡，作品強調的是「否定婚姻」的意義，而非表現「婚姻」本身。

三、城市的國家工業化意義

在「十七年」，對於新中國城市工業化生產性功能的認定，導致大量城市工業題材作品的出現，即「嚴格窄化的所謂『工業題材』創作」〔註 46〕。即使是常見的「政治鬥爭」主題，也往往和「生產鬥爭」相聯繫。話劇《上海戰歌》中「瓷器店裏捉老鼠」的「軍政全勝，保存上海」主題，已經顯示出這一迹象。「老鼠」當然指的是國民黨守軍，而「瓷器店」則是城市生產功能的指喻，表明了城市功能從「軍事鬥爭」轉向「工業生產」的過渡。國家工業化生產是這一時期文學中城市敘述的核心。其中較常見的，包括艾蕪的《百鍊成鋼》、周立波的《鐵水奔流》、草明的《乘風破浪》等地域指向不明的作品以及胡萬春、唐克新、費禮文、萬國儒等滬、津工人作家的作品。而其中，工礦的「技術革新」成為最主要的題材。有人在總論上海工人創作時就認為：「大鬧技術革命及在技術革命中人們的精神面貌和思想鬥爭，是許多作品著力描寫的一個中心。」〔註 47〕在康濯為《工人短篇小說選》所作序言中，也將技術革命看作當時文學最重要的一項內容〔註 48〕。孔羅蓀還將技術問題列為解放後十年工人創作的四大方面之一，並說「生產過程、技術問題同每個人的品質、思想感情是有緊密聯繫的」〔註 49〕。特別是在「大躍進」時期，文學中的「技術」問題一時泛濫，並充斥著極富於專業化色彩的工業技術術語，以至於沒有生產技術方面的知識，以至於普通讀者甚至都難以讀懂。

「生產」、「技術」成為了當代中國工業化的主導因素，也成為一種新的現代性神話。一方面，「生產」作為生活各領域的主導邏輯，與政治生活結合，兩者形成同構關係。夏衍創作於 1954 年的話劇《考驗》，就將正確的「政治路線」與工業理性，甚至工業科層制度相連。在階級鬥爭主題的文本中，「兩條道路」的雙方都有一套技術路線，分別與政治立場形成對應關係。另一方

〔註 46〕洪子誠：《中國當代文學史》，北京大學出版社 1999 年版，第 131 頁。

〔註 47〕《春風桃李花開日——談談群眾業餘創作中反映工人生活的一些優秀的小說和特寫》，《文藝月報》1959 年第 5 期，並收入《上海十年文學選集·論文選（1949～1959）》，上海文藝出版社 1960 年版。

〔註 48〕康濯：《為工人創作而歌——〈工人短篇小說選〉序》，中華全國總工會宣傳部編《工人短篇小說選》，工人出版社 1963 年版。

〔註 49〕羅蓀：《上海十年工人創作的輝煌成就》，載《上海文學》1959 年第 10 期。

面，「生產」敘述也體現了國家大工業邏輯對城市多元意義的排斥。人作為工業的、生產的屬性（諸如技術革新）等被無限誇大，與「生產」無關的人性內容被無限縮小。與「生產性」相伴隨的政治意義與倫理意義，事實上也被「技術化」或「生產化」了。

對於工業技術對人的控制，芒德福、馬爾庫塞、舒馬赫、盧卡契都表達了同樣的認識：發達工業社會的「單一技術」，即使不是極權主義的，也是非人性的。盧卡契認為人是「被結合到一個機械體系中的一個機械部分」、「無論他是否樂意，他都必須服從它的規律」，工業生產「存在著一種不斷地向著高度理性發展，逐步地消除工人在特性、人性和個人性格上的傾向」〔註50〕。應該說，「技術」是工業的主導概念，也是構成工業形態的要素。在「十七年」文學中，我們看到了相似的情形。是否具有社會主義現代性人格，在於人物性格和身體是否具有完全的「生產性」與「技術」因素。萬國儒的《快樂的離別》就將生產工具與人的一生構成神秘的對應：舊技術意味著工人的悲慘，新技術則體現著新的人生。以上海工人創作為例，人物作為「生產力」的體現大致有以下方面：人物暴躁的「火燒鬼」性格，如胡萬春的小說《特殊性格的人》、《內部問題》，艾明之的話劇《性格的喜劇》，張英的小說《溫吞水》，唐克新的小說《金剛》；性別敘述上的「雄化」特徵，如徐俊傑的小說《女車間主任》；群體關係上往往有意忽略人際的倫理關係，甚至父子關係都被處理為具有生產技術傳遞意義的「師徒式」關係，構成工業倫理，如胡萬春的《一家人》、《鋼鐵世家》、《家庭問題》、《步高師傅所想到的……》，陸文夫的《只准兩天》，阿鳳的《在崗位上》，費禮文的《一年》；人物身體上的「勞動力」特徵，如張英的小說《老年突擊隊》，裔式娟的特寫《我們的倪玉珍》；節儉性格也經常被賦予「政治上的先進性意義」，如費禮文的《黃浦江浪潮》，等等。

大多數「先進」人物的「先進性」，體現在私人生活與工業生產之間的服從關係上。正面人物往往持有很高的技術水準，其人格、品性表現也是通過對技術的掌握、發揮而表現的。「技術」已經被神化，理想的人格形態也是一種典型的工業型或技術型的。也就是說，人物的日常生活，包括人格、情感、倫理都被「工業化」甚至「技術化」了。像唐克新的《種子》、《金剛》，胡萬

〔註50〕盧卡契：《歷史與階級意識》，張西平譯，重慶出版社 1989 年版，第 97～99頁。

春的《特殊性格的人》，便製造了工業時代的超級烏托邦人格。《種子》中多病的小腳女工我小妹，居然能在車間的轟鳴聲中聽到落針的聲音。《特殊性格的人》中的科長，被稱爲「合金鋼」，具有工業人格的所有優勢：既有知識者的理性，又有實際的管理、調度的組織能力，還有其暴躁的性格。在《幸福》中，劉傳豪的家庭布置就是工業技術侵入個人生活的典型寫照，也是個人生活從屬於技術邏輯的表現：「裏屋門邊，有一個水槽，水槽上有一個木架，上面安了一個面盆，木架邊垂下一條繩子，這是劉傳豪自己設計的自動沖涼的設備」。私密的個人生活充滿了「公共性」的「工業技術」符碼。如劇中人對他的評價：「把自己整個拴在機器上，一天到晚就是從家裏到工廠，從工廠到家裏」。工業化的邏輯，使具有工業人格的人物，分別在倫理、政治乃至情感等方面擁有強大優勢。陸文夫小說《介紹》的主題正如作者所說：「『機器』這兩個字就是十分神奇」。一位性格上存有缺陷的青年工人，在相親時木訥、寡言、笨拙，而一旦說起「機器」，就「臉上發光，神態變得自然，說話也十分流暢」。《內部問題》中的王剛，由於其被誇張的人格美學形態，在黃佐臨將其改編爲話劇時，特意強調「劇中主人公王剛的出場極富視覺衝擊力，體現出雕塑性中的『立體之美』。他站在風馳電掣的火車頭上，身上的衣服隨風揚起，那豪邁的氣勢，如『特寫』一般震撼著觀衆的心靈」〔註51〕。而落後人物一般都具有非生產性的人格，也即其性格中或生活方面有著較多的非生產性的內容，或者總是與吃吃喝喝等消費性生活有關，或者總是出現在電影院、公園、舞廳等享樂性場所。《幸福》中的王家有和胡萬春《家庭問題》中的福民，都因有過多的生活喜好而耽誤生產。

不具有工業人格的人物，也就是一般所說的「落後人物」，當然也同時被剝奪了其倫理、政治的身份。我們看看《千萬不要忘記》是如何通過非生產性人格來表現丁少純的「落後」。丁少純的最大問題，就在於他有過多的私人生活，排斥了「公共性」的「生產」內容。首先，作品沒有詳細交代其父親、母親的臥室（因爲父親的活動較多地發生在具有「生產」的「公共性」意義的客廳），但卻刻意而且詳細地描寫了丁少純的臥室。這在當時是非常少見的。其原因是，他的臥室布置在當時相當另類：牆上懸掛著巨幅的夫妻合影和妻子姚玉娟的巨幅頭像照片。這顯示出夫妻關係在其生活中處於過分重要的位置，也說明他的家庭屬性多於「生產」屬性。其次，丁少純的人際關係

〔註51〕黃佐臨：《導演的話》，上海文藝出版社 1979 年版，第 143 頁。

也相當「奇怪」：他本應與作為車間主任的父親構成政治、倫理雙重的服從關係，這也是當時文學常見的情形，但在作品中，丁少純卻與其岳母保持著較親密的關係。甚至可以認為，丁少純的家庭關係構成，中軸線在於「夫妻」和「岳母／女婿」之間，而不在於「父子」之間。由於岳／婿關係並不來自於生產活動，而純粹來自於其與妻子的關聯，作者的意圖顯然在於說明，丁少純更重視其與妻子的關係而不是與父親的關係。這是其私人生活內容過多的又一個表現。丁少純甚至還疏遠了母親、妹妹和爺爺，還有同事。由於父親和妹妹都是先進的工人，這也顯示出丁少純與「工業生產」聯繫的缺乏。這種情況，既表明丁少純違背傳統的家庭倫理，更在於說明丁少純父子在工業人格「父子相承」關係方面的中斷。丁少純與父親關係的緊張，恰恰是背棄父親工業生產人格的表徵。其三，丁少純將個人生活的時間與「公共性」的生產時間嚴格區分。周末不僅沒有去工廠加班，反而去打野鴨子，並且為此而耽誤了第二天的上班，甚至於還將鑰匙丟在了機器裏面，以至差點引發了重大的責任事故。雖然丁少純打野鴨子不是如岳母那樣去「投機倒把」，但是畢竟也意味著其過強的生物性「口欲」需求。還有，在身體形貌方面，同事和父親每天都是工裝形象，而丁少純卻是經常地穿著一百多元錢的筆挺的毛料中山裝。種種情形，都在於說明丁少純在性格、生活、身體各個方面的「非生產性」特徵。

我們必須承認，「十七年」文學中的城市敘述，雖然不是對整體形態的城市的表現，也是特殊的城市現代性表達。從這個角度上說，「十七年」文學，也是城市文學研究者必須面對的。但是，對於城市「公共性」特徵與國家工業化功能的極端強調，使其成為單一性特徵的現代性的極端表現。作者在創作中有意去除對多元樣態的城市生活的描摹和表現，妨礙了對於城市生活作多元層面的開掘和多層意義的表達。兩者一強一弱，構成「十七年」文學城市敘述的主要面貌。如果展開來看，中國現當代文學中曾經有過對於城市現代性的極端編碼。比如現代階段新感覺派的西方化傾向，導致對中國城市的「東方」特徵的忽視；20世紀90年代以後的消費性寫作，則又排斥了中國所屬的第三世界國家性質。在某一個時期，城市敘述都有排他性的現代性表達。雖然其表達的現代性有所不同，但就表達的極端方式而言，都有相似之處。

第三節　城市空間與「革命史」的政治意義
——「十七年」影劇中的外灘與南京路

在近現代中國的城市知識中，上海被指認為是最充分、最完全具有現代性的一座城市。近代以來，「上海」城市概念與形象有兩大譜系，一是民族國家的主權喪失與恢復，這一過程伴隨著融入世界以及擺脫殖民而獲得獨立的現代國家形成的意義；二是中國現代化進程的中心，發達的經濟物質形態以及工業社會所呈現出的組織化特徵。前者，我們可稱之為中國「革命史」的意義。在解放後表現上海的影劇文本中，以新舊上海的空間來體現城市乃至於中國國家的進程是一個常見的方式。其中，各種文本所選擇的上海城市空間中，以外灘、南京路最為重要。

一

作為「革命史」的上海城市歷史的起點，建立於當時的殖民社會形態背景之中。因此，與中國革命史互為對應的，首先是舊上海的殖民性。在電影中，舊上海核心空間的標誌是外灘大樓。由於外灘樓群本身的象徵意義，所以，在對舊上海的「殖民性」主題表述中，外灘是具有最高等級性的場景。同時，在解放後，由於舊上海外灘大樓多數已被作為了新政府的駐所，因此，許多影劇作品經常使用已經被拆除的建築來作為殖民性的符號。比如，影劇文本或影像通常用照片形式呈現出歐戰和平紀念碑〔註52〕角度的外灘，或者外灘海關前的「赫德」銅像〔註53〕。因為紀念碑與銅像都建造於20世紀初，其所包含的恰是舊上海殖民歷史的符碼意義。由于伶、孟波、鄭君裏編劇的電影文學劇本《晶耳》，在表達上海政治史空間方面是最為突出的。由於作品表現的是在與殖民主義的鬥爭中產生的「左翼」政治力量，所以，作品較多地出現實指性的「舊上海」場景，並與代表「左翼」政治的概念性場景構成完整的革命史空間線索。劇本開頭，就出現了「銅人碼頭」場景（即赫德銅像附近的碼頭）。晶耳乘坐自越南開來的法國輪船，在外灘「銅人碼頭」下船。在這裡，「越南」、「法國船」、「銅人碼頭」，都是典型的殖民性符號。

影劇作品在描述「舊上海」時，其描述的各種各樣的城市形態，有較可信的經驗性，表明了「革命」力量所面對的真實的社會狀況。所以，在諸多

〔註52〕為紀念一戰協約國犧牲將士而建造，日軍佔領上海後拆除。
〔註53〕赫德，英國人，於1863年擔任中國海關總稅務司，1911年卸任，任期達48年。

作品中，「舊上海」，無論是地名，還是器物，幾乎都是寫實的。可信經驗的
城市描述，在于伶編劇的五幕九場話劇和谷林改編的電影《七月流火》更加
突出。該劇的主體情節發生在南京路。劇中，職業婦女華素英住在南京西路
的康康公寓。這不僅表明了她的中產階級身份，也表明了以華素英為代表的
進步力量與日偽的鬥爭的主要空間構成形態。華的男朋友聞元喬的生活方式
也完全是中產階級的。他要與華素英結婚，先去找基督教青年會（位於八仙
橋，在南京路西藏路附近）九樓大廳詢問禮堂的事情，後又去啓昌木器店選
傢具，再去朋街女子服裝店訂婚紗，又去培爾蒙服裝店訂男禮服。而華素英
為支持抗戰而進行的義賣活動，其地點也選在了南京路與虞洽卿路（今西藏
路）交匯處的新滬百貨公司的四樓。在義賣場附近，可見先施公司和跑馬廳
大樓：「先施公司樓上豎著雙妹牌花露水的霓虹廣告」，「跑馬廳鐘樓只剩下黑
色的輪廓」。此外，類似租界中央巡捕房、「寓滬西人工部局」、工部局管轄的
仁慈醫院、揚子舞廳等南京路等具體場景的地域名稱，使其描寫的舊上海形
態的真實性到驚人的程度。

　　循由上海「革命史」意義這一譜系出發，許多影劇作品都去追尋上海「革
命史」的史迹。其實，「革命」與「殖民」兩種中國社會形態相對出現，正是
「革命史」敘述所必須的，也是要尋找到屬於中國國家現代性歷史的開端。
巴赫金曾指出：現實主義不僅僅是一種歷史時間，它還是一種國家歷史的時
間，也就是說每一個民族都必須確定自己的國家概念，有了國家才能確定自
己的時間領域。從可能的歷史邏輯中找到自己的位置，也就是找到自己的本
質。對於上海來說，城市的本質既然被認為是「左翼」的，那麼，也只有上
海「紅色」的歷史事件才構成了上海城市史的開端。在這裡，「革命」不僅是
一場運動，一種意識，更是一種「時間」。卡林內斯庫說：「『革命』的最初意
義及其仍然擁有的基本意義，是圍繞一個軌道所做的進步運動，以及完成這
一個運動所需要的時間。歷史上的大多數革命都把自己設想成回歸到一種較
純淨的初始狀態，任何一貫的革命理論也都隱含著一種循環的歷史觀，——
無論那些前後相繼的周期被看成交替式的（光明、黑暗），還是根據一種較系
統的進步學說被看成有象徵意義的螺旋式上升。」〔註54〕對於上海城市的歷
史來說，人們要賦予其「紅色的」意義，必須將它安排在其屬於「革命史」
的範圍。這一點，也是中共「黨史」研究的傳統。恰如美國漢學家裴宜理在

〔註54〕卡林內斯庫：《現代性的五幅面孔》，商務印書館 2002 年版，第 173 頁。

研究上海工人階級生活史的時候指出的：無論是中國的，還是外國的，向來把「中國工運史研究限定在中共黨史的範圍內」〔註 55〕對於上海城市的歷史來說，其源頭與進程，就是一部完整的「左翼」政治史，或者說就是一部黨史。

上海作爲無產階級血統的起點，是中國共產黨的建立，因此，它的誕生是上海「左翼」政治血統的開端。「十七年」許多的影劇文學文本和影像都表明了這一點。在影劇作品《戰上海》（群立著）中，先後出現了對於上海「血統」的幾處處理：在進攻上海之前，三連長望著遠方的上海說：「多好的城市，我們黨就誕生在這裡。」之後，軍長，這位北伐戰爭中在上海組織工人運動的共產黨人，與工人出身的戰士小羅都以「回來」的心態回到上海。所謂「回來」，意味著其原本就是上海的「本地人」。早年在上海與軍長一起從事工運的同事林楓，則以「不曾離開」上海的地下黨身份，說明著上海的「左翼」政治線索的不曾中斷。在文本結構上，《戰上海》中的「上海血統」，正是通過解放軍攻城與地下黨內應這兩條線索構成的，並在最後合二爲一。劇中一幕相當有意味：解放軍在北四川路外灘源（最初的租界）附近作戰，因久攻蘇州河北四川路一帶不下而產生焦慮情緒，主攻部隊的蕭師長「嘴唇抖動著」質問軍長：「我請書記同志替我回答王營長對我提出的一個問題（他一字一字地說著，聲音有些抖動），我們，是愛我們無產階級的戰士，還是愛那些官僚資產階級的大樓？」可是軍長回答的卻是：「我都愛！因爲那些官僚資產階級的樓房、工廠是無產階級弟兄用鮮血創造出來的。今天，我們無產階級的戰士，是以主人的身份來到了上海……那些被敵人佔據著的官僚資產階級的樓房、工廠，再過幾小時，它就永遠是我們無產階級和全國人民的財產，因此，我們必須盡最大的努力去保全它！」其實在這裡，師長對於上海「無產階級」與「資產階級的大樓」的兩分法已經爲軍長的回答提供了一種邏輯可能，他只是沒有讓「無產階級」的邏輯上昇爲「新上海」概念的一元性認識而已。像《戰上海》這一類描寫上海解放題材的作品，其重點表達的不僅在於對上海殖民主義、帝國主義特性的消除，更重要的是要表達「左翼」革命力量的「回歸」。這使上海「左翼」政治史的意義得到了體現。如果說《戰上海》一劇兼有「佔領」與「保全」兩重含義的話，那麼，杜宣創作於 1959 年的話劇

〔註55〕 裴宜理：《上海罷工——中國工人政治研究》，江蘇人民出版社 2001 年版，第345 頁。

《上海戰歌》，則在「軍政全勝」的主題之下，特別強調了「保存上海」的意義。作品將主題闡釋的重點，放在了工人護廠的情節當中。同樣遇到在外灘附近和蘇州河受阻的情節，同樣是「究竟是資產階級的樓房重要，還是我們革命戰士的鮮血重要」這一問題，《上海戰歌》並沒有像《戰上海》一劇中引起劇中人過分的焦慮。在劇終一場，葉峰師長的劇終結語沒有突出強調打倒資產階級帝國主義一類「佔領」意義，而是強調了「保全」上海的主題：「磁器店裏捉老鼠的任務，我們是完成了，上海是全部解放了，又完整的保全了」。可以說，劇中表現的「保全上海」的主題，已經大大超過了關於「解放上海」的主題。事實上，「保全上海」這一主題，即隱含著上海作爲無產階級城市的「左翼」邏輯的路徑，它不僅指向過去，而且指向未來——上海作爲社會主義工業化城市的意義。

另一部影劇作品《霓虹燈下的哨兵》（沈西蒙〔執筆〕、漠雁、呂興臣編劇），則將這一思考凝集於南京路上。老工人周德貴在斥責了討好美國殖民分子的資本家之後，將南京路的歷史歸之爲「英國強盜、東洋鬼子、美國赤佬」，「國民黨反動派」以及「革命同志和工人兄弟」三種線索。他說：

> 我周德貴活了五十多年，親眼看見英國強盜、美國赤佬、國民黨反動派在南京路上姦淫燒殺，橫衝直闖！幾十年來，單單倒在南京路的革命同志和工人兄弟就無其數！從跑馬廳到黃浦江的一塊塊磚頭上，都有我們的烈士鮮血，有的資本家說南京路是外國人的金錢、銀錢堆起來的，我說，不，是我們勞苦大眾雙手開起來的！是烈士們用鮮血鋪出來的！

最後，周德貴的結論是，上海是「我們勞苦大眾雙手托起來的！是烈士們用鮮血鋪起來的！」這種情形，極類似 30 年代殷夫對上海空間的想像：「五卅呦，立起來，在南京路上走」（《血字》）。殷夫直接將南京路對應於「五卅」的意義。由此，從靜安寺路（即南京西路）到黃浦江口這一段馬路，不再是現代中國走向西方文明的時間性想像，而是中國新興工人階級進行革命、完成革命的空間意義。上海雖然「腐爛」、「頹敗」、「有如惡夢」、「萬蛆攢動」，但同時也成爲了「中國無產階級的母胎」（殷夫《上海禮贊》）。有意思的是，周德貴話中使用的「赤佬」帶有典型「上海灘」的味道，其民間色彩與典型的「革命政治」的話語解析顯示出不和諧音。

二

　　對於上海無產階級城市血統的挖掘，引發了大量描寫上海工人階級反抗帝國主義與國內反動勢力壓迫的影劇作品。如電影劇本《黃浦江故事》（艾明之、陳西禾編劇）、《我的一家》（夏衍、水華編劇）、《七月流火》（于伶編劇）、《聶耳》（于伶、孟波、鄭君里編劇），話劇《上海戰歌》（杜宣編劇）、《地下少先隊》（奚里德編劇）、《難忘的歲月》、《動盪的年代》與《無名英雄》（合稱《青春三部曲》，杜宣編劇）。即使是以描寫資本家為主的作品，也通常輔之以「左翼」政治革命史的線索，如電影《不夜城》（于伶編劇）。

　　電影和話劇《霓虹燈下的哨兵》「全劇用一個襯景，全部是高樓大廈，好像在外灘，又像在日升樓一帶」〔註56〕。其實，作品的場景語義並不明顯指稱某個特定空間，它只是代表了一個符號，與場景中出現的《出水芙蓉》電影廣告與爵士樂一起，共同構成了舊上海的資產階級色彩。但同時，童阿男家的棚戶住宅是作為舊上海無產階級的空間符號出現的：「仍然是上海灘，仍然可見南京路的建築群，但就在這些幽靈般的影子的後面，還有一個與解放後的景色極不協調的世界——蘇州河畔的棚戶區。」〔註57〕這一表現模式，使在話劇中第七場的舞臺手法中，竟採用了電影式的「閃回」手法，即：在周老伯講述罷工故事時直接出現童阿大在南京路罷工中與敵搏鬥的場面。電影劇本《黃浦江的故事》的分鏡頭劇本，雖一直以外灘、黃浦江為舊上海的空間符號，但劇本前後有些微小變化：情節越到後來，外灘的場景越來越少，而關於黃浦江上輪船的場景卻越來越被強調。可以認為，這一時期的文學，對於上海城市「血統論」的表現，雖以「舊上海」為敘述起點，但同時又往往以「新上海」的未來工業圖景為終點。這表現出一種完整的政治歷史邏輯，即：工人階級不僅反抗舊社會，同時亦創造新社會。

　　電影《聶耳》所選取的上海場景很能體現中國「革命史」在不同階段的空間意義。在《聶耳》所設計的關於「革命者」聶耳的成長史中，有四、五個典型場景，其中有外灘、龍華、閘北、江灣市政府大樓、漢口、北京老城等地。在其中，外灘的場景就出現了三次，即，剛從雲南乘船到達上海時的銅人碼頭，在外白渡橋和外灘，聶耳途遇遊行的革命者隊伍，並在外灘公園

〔註56〕白文：《談話劇〈霓虹燈下的哨兵〉》，《談〈霓虹燈下的哨兵〉》，上海文化出版社1964年版，第56頁。

〔註57〕桂中生：《淺談〈霓虹燈下的哨兵〉舞臺美術設計》，《談〈霓虹燈下的哨兵〉》，上海文化出版社1964年版，第155頁。

第一次聽到革命者蘇平的演說，以及聶耳在港口與碼頭工人的接觸，表明了聶耳作為無產階級戰士的成長過程。外灘和外白渡橋，構成了聶耳接觸革命的起點。而後，在龍華古塔，聶耳與女革命者鄭雷電約會。在這個具有革命者犧牲的象徵意義的地方，聶耳完成了革命洗禮。此後，在上海，聶耳分別經歷了具有革命史含義的場景。先有聶耳參加的遊行隊伍「由西門大吉路公共體育場衝出來」，又有聶耳與歌舞班到「閘北、天通庵路、寶興路、寶山路」慰問十九路軍。最後，聶耳隨學生遊行隊伍，衝上了在江灣的上海市政府，並與軍警搏鬥。在作品的結尾，聶耳乘船來到海面，虛影中先是出現盧溝橋，後又出現天安門，然後結束全篇。在這裡，空間場景的設置，完整地傳達出了有關中國革命的歷史元敘事，其場景也由殖民地時代的舊上海外灘開始，至新中國成立的北京天安門為結束。

相對於對「舊上海」城市空間形態的寫實手法來說，對「新上海」的空間敘述，往往是是先驗性的。也就是說，「新上海」之「新」，除卻社會主義政治的含義之外，並沒有包含城市的具體形態。它完全是一種修辭性的表達，很難成為作家的實際空間經驗。因而，在空間構成方面，「新上海」內涵的空洞是普遍的存在。在電影《為了和平》（柯靈編劇）結尾，革命者孟輝與她的引路人楊健見面，被安排在一個空間意義極其模糊的地方：「在靠近外白渡橋的一座大廈裏面，臨窗可見黃浦江和江上的點點帆輪船」。這裡，作品明顯呈現出一種意義構成上的矛盾和虛弱。因為要表現「左翼」政治在上海的勝利，所以劇本必須將兩人「會師」的地點放在「舊上海」的核心空間，也即外灘，藉以表現出勝利者對「舊上海」的征服。但同時，它又必須小心翼翼地規避這棟樓宇的實體含義，並虛化「大廈」的真實名稱，以免使觀眾在歷史經驗裏可能喚起的對於高大樓房本身的殖民意義的記憶。否則，就無法完成對上海舊樓宇的無產階級政治意義建構。

三

「十七年」初期，外灘和南京路仍然體現著「資產階級」對社會主義的「對抗」的「革命史」內容。由於資產階級本身處於整體的消亡狀態，其「對抗」形式是一種「侵入」，即以並不明顯的狀態，悄悄地在街頭進行。在空間的選擇方面，由於在「資產階級生活方式」主題表達上的深度需要，南京路的重要性，已經超過了外灘。因為，由於外灘大樓所處江邊，並為金融、海關、洋行等機關所駐，其生活形態的意義較弱。而南京路，不僅連接著外灘，

還以其向西的伸展，與諸多街巷、弄堂相聯，在生活形態方面，其等級性要遠遠超過外灘。所以，就南京路所體現的資產階級「侵入」方式而言，並非「暴力」、「衝突」等行為，多數是依據外灘、南京路一帶有關資產階級身體的氣味、聲音等中間性「介質」來體現。《霓虹燈下的哨兵》的導演黃佐臨在談到導演體會時說，「經過十多次瞄準和射擊」，最後選定了「衝鋒壓倒香風」作為全劇的主題思想：「我們感到像『保衛大上海』、『保衛遊園會』、『站馬路』、『爭奪上海陣地』等等，都太小，太實，太具體，太片面，但是這是很必然的過程，因為我們初讀劇本，必定經過一個感性的認識階段，只看到劇本中的情節、事件。」在這裡，「香風」就是一種介質。在導演的意識中，它包含了南京路「摩天樓上霓虹燈閃閃爍爍」，還有讓趙大大心煩意亂的爵士樂等「異質性」文化，當然，也包括實指的「香氣」。劇中，魯大成、路華與陳喜有一段對話：

> 魯大成　你這兒有什麼情況？
>
> 陳喜　　情況？沒啥，一切都很正常。
>
> 魯大成　照你看，南京路太平無事嘍？
>
> 陳喜　　就是，連風都有點香。
>
> 魯大成　（驚訝）什麼，什麼？你說什麼？
>
> 陳喜　　（嘟噥）風就是有點香味！（走去）
>
> 魯大成　你！你……
>
> 路華　　（自語）連風都有點香……
>
> 魯大成　不像話！
>
> 路華　　是啊！南京路上老開固然可恨，但是，更可惱的倒是
> 　　　　這股薰人的香風！
>
> 魯大成　這種思想要不整一整，南京路這地方──不能呆！
>
> （爵士樂聲蕩漾，霓虹燈耀眼欲花。）

這裡，「香風」是資產階級文化的指代，所以洪滿堂、魯大成對陳喜進行指斥：「一陣香風差一點把你腦袋瓜吹歪了」。但之所以將異己文化統稱為「香風」，當然來自於這種文化的性別和身體指代，即資產者女性身上的香氣。但更重要的，由於「香風」的存在形式是「移動」，因此，它主要被指代一種文化「侵

入」的方式，即異己文化「侵入性」的無法意料和不可控制。劇中，路華的一段話就表明了這一點：「帝國主義的陰魂還不散，他們乘著香風，架著煙霧，時刻出現在我們周圍，形形色色，從各個方面向我們攻來」。這裡，「香風」和「煙霧」的移動方式都具有不可控制性。斯塔列布拉斯和懷特曾指出，在19世紀中葉，「城市……作爲氣味仍然繼續侵犯資產階級的私有身體和家庭。主要是嗅覺激怒了社會改革家們，因爲嗅覺同觸覺一樣，代表厭惡，它彌漫四處，無形地存在，很難被管制」〔註58〕。所以，在黃佐臨看來，在表現「舊上海」等城市的時候，《霓虹燈下的哨兵》裏的「香風」作爲對於紙醉金迷資產階級生活的指代，它與爵士樂一樣，隨風流轉，讓人無法防備地「侵入」無產階級的營地，與「左翼」的革命政治發生衝突。

在表達社會主義「新中國」政治的時候，外灘和南京路依然起著重要作用。原因是，解放後的上海城市空間，依然依據舊上海的城市核心空間展開。新上海市委、市政府，還有當時的市直重要機關與接待單位，分別佔用了原滙豐銀行、海關大樓、東方滙理銀行、華俄道勝銀行、字林西報、沙遜大樓、和平飯店、禮查飯店、蘇聯領事館等建築。因而，面對上海中心區的殖民時代的建築，文學的空間表現是無法迴避的。由於關於上海作爲工業、商業、港口中心的身份指認已經符號化，在消泯了外灘大樓、國際飯店、百老滙大樓等建築場景原有的西方建築形式中殖民與消費的文化含義之後，成爲典型的城市現代性符號式表述。

所以，這一時期上海影劇中，開頭部分大都採用了「巡禮」式表現方式，其目的是突出上海城市的現代性風貌，也便於放棄對有關建築場景所包含的殖民意義與市民消費意義的深究，即迴避其西方性。因此，這一時期文學雖大都以高大樓房作爲背景出現，但在敘述中又將空間迅速轉移至他處，很少將高大洋房放進實寫範圍。比如電影《黃浦江故事》第一章在「景漸顯」的說明中特意交待：「這是解放後的上海，草木蔥蘢的外灘，車水馬龍人來人往，海關大樓響起悠揚的鐘聲，黃浦江上灑散了陽光的金點」。但在第十章中，外灘建築的成份就開始減弱，而「煙囱林立」、「輪船穿梭」的黃浦江景象，在重要性上逐漸取代外灘。《霓虹燈下的哨兵》開頭的場景是「火光中時而看到百老滙大樓的輪廓，時而看到江海關的剪影」，但結尾處，空間重點轉移至軍

〔註58〕約翰・厄里：《城市生活與感官》，汪民安等主編《城市文化讀本》，北京大學出版社 2008 年，第 160 頁。

民聯歡的公園。《不夜城》最後公私合營成功的狂歡，是在中蘇友好大廈（在原哈同公園舊址），最後的鏡頭推至萬家燈火的南京路永安公司、先施公司、大新公司處。通常來說，新上海題材文學的空間描寫熱點仍是外灘與黃浦江一帶，以至於海關大樓、市委大樓、外白渡橋、人民廣場等詞彙出現頻率極高，而黃浦江兩岸與江中輪船則成爲泛化的上海指代。但作爲關於上海現代化的觀念性意象，有時僅僅出現建築名稱

　　社會主義政治在上海城市空間上的核心指認，應當是中蘇友好大廈。並且，由於中蘇友好大廈的建造，體現上海無產階級「革命」中心的空間逐漸轉移到人民廣場和延安路一帶。我們看到，在《不夜城》等眾多的影劇作品中，這棟高大建築由於絕對高度超過了國際飯店〔註 59〕，構成了新上海的天際線。同時，它不僅在空間上，也在文本結構上構成了中心位置，這無疑說明了在「新上海」的政治形態的權力所處的中心地位，人民廣場與中蘇友好大廈逐漸取代了南京路。《不夜城》不僅在結尾寫到「中蘇友好大廈」前的歡騰場面，還安排了橫幅「上海市各界慶祝社會主義改造勝利聯歡晚會」，以突出「中蘇友好大廈」體現的的社會主義國家的慶典意義。由於中蘇友好大廈通常出現在情節的高潮，通常是在經過了「三反」、「五反」、公私合營等劇烈的鬥爭並取得重要勝利之後，往往和慶祝勝利的重大的國家慶典、儀式相關聯，其本身的儀式性也表明了它的神聖感。縱觀當時的影劇作品，可以認爲，影劇作品對於上海社會主義城市的空間展現，由外灘、南京路轉移到了人民廣場一帶。

第四節　批判《我們夫婦之間》在當代文學史中的意義

　　蕭也牧《我們夫婦之間》是當代文學史上最早遭受批判的小說之一。在此前後，受到批判的還有白刃的長篇小說《戰鬥到明天》、碧野的《我們的力量是無敵的》和路翎的《窪地上的戰役》；再後來則禍及鄧友梅《在懸崖上》、宗璞《紅豆》以及王蒙《組織部新來的青年人》。可以看出，當時文壇對於這些作品的批判，已不單是一種文學式的評價，而是伴隨著當時社會特有的體制性因素展開並強行實施。其根本用意在於消除「五四」以來文學傳統中的若干因素，從而確立第一次文代會提出的文學秩序。這一系列批判構成了當

〔註 59〕國際飯店，匈牙利籍世界著名設計師達鄔克設計，高 24 層，在相當長時間内都是遠東最高建築。

代文學史上的一次事件。也即是說，《我們夫婦之間》這些作品，從創作的角度來說並不重要，也未構成對於當代文學史的某種意義，而對它的批判，則對當代文學產生了深遠的影響。可以說，每一次對作品的批判，其伴隨的，都是某一種文學傳統的喪失與新的文學原則的建立。

那麼，《我們夫婦之間》這篇小說與它的被批判，究意表現了一種什麼樣的文學傳統的喪失，與什麼樣文學原則的建立呢？

《我們夫婦之間》講敘了一個恩愛夫妻之間發生衝突而最終言歸於好的簡單情節。不同於一般家庭瑣事的是，這一情節發生於中共剛剛進入城市的一對夫妻當中。城市知識分子出身的丈夫李克在進城之後，對城市的一切都感到欣喜與愜意；而出身鄉村的妻子張同志則大感不適，並與丈夫不斷爭吵。由於兩人身份的特殊，使得夫婦爭執的情節具有了理解上的歧義。

作品情節的核心之處有兩個：即「爭吵」與「和解」，但是通常對這部作品的批判與評論，大都只取「爭吵」這一點展開。批判者認為「蕭也牧無原則地拼湊了李克與他愛人之間的矛盾。他把二人之間政治思想的矛盾與非政治上的矛盾等量齊觀」，並認為「爭吵」這一情節「集中和誇大了的描寫我們的女主角的日常生活的作風、習慣」〔註60〕；而90年代後，肯定性的評論則看重作品以新的視角概括中共進城後生活的新現實，並重點指出作品表現了新的歷史時期革命隊伍中出現的城鄉文化差別問題。簡而言之，批判者指斥作品在政治上無意義，而肯定者則指認作品在文化上有意義。

事實上，僅僅從「爭吵」這一情節出發去分析本文是不夠的，因為小說最終意圖的表達是通過另一核心情節——「和解」達到的。換言之，只有將「爭吵」與「和解」兩個情節聯貫起來，並以「和解」為核心，才可能達到對作品的全面理解。

應該說，對於《我們夫婦之間》的不同評判，來自於文本本身存在的兩個系統。一是敘事系統，一是意義系統。按照作者初衷，兩個系統最終能夠完成意義表述，即通過李克和妻子張同志的日常矛盾衝突與最終和解這一敘事系統，達到所謂「知識分子與工農相結合」這一意義系統的最終闡釋。如果作者蕭也牧果真將兩個系統在有序連接之下完成意義的表述，那麼這篇小說與時興的文學作品並無二致，至少不會遭到批判。但關鍵在於。蕭也牧本人並無意或無力完成這一黏合，文本中兩個系統始終呈分離甚至衝突狀態，

〔註60〕陳湧：《蕭也牧創作的一些傾向》，載《人民日報》1951年6月10日。

才導致了對其「無意義」、「噱頭」與「醜化」等等批判。

蕭也牧本屬左翼作家，30 年代末即來到晉察冀根據地參加工作，後任中國青年出版社文學編輯室副主任。1949 年後的一段時間裏，他在文壇聲譽一直很高。《我們夫婦之間》發表甫始，不僅好評如潮，而且崑崙影片公司旋即搬上銀幕，連另一部小說《鍛鍊》也有人動議拍成電影。能獲此榮耀，與他的左翼作家身份不無關聯。應當說，《我們夫婦之間》從意義系統上來看，其出發點仍屬對左翼文學傳統的延續，即通過日常事件的敘述，將日常性提升至超驗層面，表述「知識分子與工農相結合」的延安文學命題。但是，小說確曾如丁玲所說，作者「把二人之間的政治思想上的矛盾與非政治上的矛盾的等量齊觀。」其實，在這裡丁玲已經點明，通過如此「瑣屑」、「庸俗」的敘事題材，根本無法完成關於知識分子與工農部之間「政治思想上」的所謂「結合」主題。它不僅沒有完成意義表述，反而在敘事系統中遵循了日常性而非超驗性的原則。這便是問題的癥結。如果結合作品的核心情節來看，蕭也牧從延安學傳統出發，完成了「爭吵」這一核心情節敘述，但是，卻在「和解」這一核心情節處理上導出工農幹部向城市認同，向小資產階級生活認同這一完全與延安傳統悖謬的結論，從而使作品沒有進入意義系統。具體地說，也就是延安文學的意義系統。

小說一開始，以「眞是知識分子和工農結合的典型」爲題。這本是左翼與延安文學傳統中的套路，但作者只是描寫李克忙於公務、妻子相夫教子平靜而傳統的生活，並徑直給予了「婚後生活也很難說好還是壞」的非意義性判斷，從而使作品一開始便具有了一種與延安文學意義闡釋不同的灰色基調。進城後，張同志對城市充滿敵意。其對於城市社會的惡感來自於兩個方面：一是其出身農村的倫理文化淵源對於城市消費性的不適。她看不慣城市女性穿皮衣、抹口紅的嬌豔妝扮，也不能忍受餐館吃飯價格太高：「一頓飯吃好幾斤小米，頂農民一家子吃兩天！哪敢那麼胡花！」其二，張同志來自鄉間的倫理組織化原則與城市法治化組織原則的不同。她動輒便對店裏的掌櫃屬聲斥責，對有錢人的本能仇恨代替了她的工作職責。

起初，張同志於對城市的反感中找尋著倫理判斷，甚至採用政治上的一種解決途徑：「我們是不是應該保持艱苦奮鬥、簡單樸素的作風？」但是，作者沒有將倫理意義繼續拷問下去。代表著城市生活方式的丈夫李克，也並沒有被置於這種拷問之中。李克對於城市消費生活的「熟悉」和「調和」，沒有

被按照小資產階級出身幹部受「腐蝕」這種通行模式加以指責，這樣就降低了李克與張同志夫妻爭吵所涉指的政治性超驗意義，而僅僅在生活常識的空間展開。同時，妻子張同志出於倫理義憤所作的一些行為，又將自己的倫理動機從公共的空間降低到了「私性」空間，成為個人家庭瑣事，因此，也就不能構成對李克所謂「自私」的批判力量。比如，見到報載冀中大水，張同志僅僅是將丈夫的稿費寄給了自己的冀中老家，而且還沒有徵得丈夫的同意。這不僅不能表達政治倫理意義，反而見出其違反現代生活原則的一面。「爭吵」這一情節核心，也就喪失了向意義層面發展的可能。

再來看看另一個情節核心：「和解」。小說在情節進行過程中，李克與張同志的矛盾日趨彌合，但原因並不是由於李克城市生活方式的改變，而恰恰是妻子張同志的改變。換句話說，從倫理意義出發的張同志對城市的厭惡性言行，有一個漸趨消失的過程。作品雖然不斷提到妻子的「樸素」、「熱情」與「奉獻」精神，但不斷地被其粗俗、莽撞的言行所顛覆。在兩人的爭執中，讀者感受到的反而是丈夫李克的精神優勢。特別是結尾一段，在李克對妻子貌似讚揚、實則批評的宣教後，妻子已經「聽得好像很入神，並不討厭，我說一句，她點一下頭」，張同志原來的倫理優勢全然瓦解。與丈夫和解的張同志，開始接受城市生活與組織方式，開始以中性的法制原則而非倫理原則去面對她周圍的生活，也漸漸接受了丈夫代表的城市中產階級的行為標尺。小說中涉及的城市生活方式，在日常性層面最終沒有被意義化，而是被工具化了。

要而言之，蕭也牧的《我們夫婦之間》試圖從意義闡釋出發，最終卻導致出一個日常性原則。以當時批判者的敏銳與理論水平，已經覺察出這一點，不過是他們的態度是完全否定而已。丁玲認為：「這篇小說正迎合了一群小市民的低級趣味」，「就是他們喜歡把一切嚴肅的問題都給它趣味化，一切嚴肅的、政治的、思想的問題，都被他們在輕輕鬆鬆嘻皮笑臉中取消了」。〔註61〕陳湧也認為，小說中人物的日常爭吵「佔了主要地位」，而沒能突出「兩種思想鬥爭」。〔註62〕

從批判者的一些論述中我們可以看到，當時文壇在描寫城市日常題材方面的基本原則：一、題材不能是日常瑣事；二、價值觀應建立於日常生活之上的超驗意義（通常是倫理的或政治的意義）；三、立場必須是批判資產階級

〔註61〕丁玲：《作為一種傾向來看》，載《文藝報》4卷8期。
〔註62〕陳湧：《蕭也牧創作的一些傾向》，載《人民日報》1951年6月10日。

與小資產階級的。而蕭也牧不僅沒有從日常瑣事中推演出超驗意義，而且還依循日常性原則表現了工農幹部的城市化，呈現出「反意義」傾向。這不僅與左翼、延安文學傳統不同，而且是完全相反的。當時文壇對這篇作品的猛烈抨擊也就可想而知了。

從更深的層面來說，蕭也牧《我們夫婦之間》的日常性寫作原則，源於30、40 年代海派城市文學的傳統，即在表現城市日常題材時，遵循日常化立場而得到的世俗邏輯判斷。它基於一種私人生活領域，具有某種經驗性乃至常識性，因而與左翼城市文學批判的傳統不同。50 年代伊始，城市文學的敘事原則事實上尚未確立，《我們夫婦之間》這一類小說可以說是在無意識當中延續了海派的傳統，自然為文壇所不容。因而，對《我們夫婦之間》的批判，事實上成為應當確立什麼樣的城市文學原則的問題。

發生於《我們夫婦之間》被批判前後時期的文藝界的批判運動，如一次文代會後「可不可以寫小資產階級」的爭論，以及後來的對寫「中間人物論」的批判，對「人性論」的批判等等，其實構成了一個大事件。對城市文學而言，即是將日常性原則逐出文壇。在當時一片對城市的道德厭惡中，日常生活的合理價值不斷被置於倫理的、政治的批判之中。城市知識譜系中的日常性現代性已經被取消，只有關於城市（特別是上海）的國家工業化現代性，由於其符合國策的原因才被允許，造成了這一時段「工業」或「廠礦」題材文學的繁盛。如果不誇張的話，可以說，《我們夫婦之間》被批判這一時間前後，在對城市的表現方面，以表現城市日常形態為主導的城市文學結束了，而另一種批判日常生活，以表述城市工業化邏輯為主導的「廠礦文學」則走上前臺。

第五節　「城市人民公社」與文學中的「女性獨立」主題——以茹志鵑「大躍進」時代小說為例

一

從寬泛的意義上說，自 50 年代之後的城市題材文學，大都屬於社會主義「公共性」的表達，體現為一種強調城市組織化社會生活的功能。就是說，在社會主義社會，城市個體成員沒有存在的主體性質，個人必須進入國家社會生活。在表現個人加入「公共」群體方面的作品中，個人之於工廠、機關等固定的國家機構的被組織化是相當常見的。在「大躍進」時期，出現了一

批城市文學作品。其大都敘寫在「大躍進」背景下的家庭婦女走出家庭，進入社區（主要是上海等城市的里弄）參加社會勞動。這在當時也成爲一種文學現象。作品的背景，是當時盛極一時的「城市人民公社」運動。

　　從史實上看，「城市人民公社」創立的目的，在於對原有傳統里弄式社區給以「公共化」的改造。上海的傳統里弄式社區遠遠不同於曹陽新村等現代工業區的社區組織，其基本構成是傳統的社群生活形態。相對於「工人新村」等具有工業附屬組織的新型社區來說，上海等城市中心區域的里弄式社區的「公共化」要複雜得多。其最大問題是城市領導者無法將傳統社區居民，特別是無法將一些年老而又沒有職業的女性居民用現代形式組織起來。但是到了 1958 年，當上海城市郊區紛紛建立農村人民公社的時候，就有人動議建立上海「城市人民公社」。事實上，這時的上海已經在傳統社區開始進行「公共化」組織形式的實驗了。此時，市區已經建立了 829 座食堂，約有 8 萬人用餐。到 1958 年 11 月初，上海市第三屆人大第一次會議通過決議，要求各級城市管理機構根據市區的特點和具體情況，有領導、有計劃地逐步成立城市人民公社。到 1960 年，中央作出了建立「城市人民公社」的批示，上海開始試辦城市人民公社。1960 年 3 月 25 日，上海市委成立「城市人民公社」領導小組，各區也先後成立了相應的領導機構，開始試點建設工作。根據設想，「城市人民公社」是政治、社會功能合一的社會基層組織，由職工家屬和其他社會人員構成其主體。「城市人民公社以三種模式建立起來：以工廠爲核心組織；以政府部門或學校爲核心組織；或者以居民區爲核心建立，每個公社規模大小不一，一般爲 2 至 3 萬人。」〔註63〕般來說，是通過興辦小型工業企業、生活服務站、居民食堂、托兒所、文化補習班等，組織並動員廣大無業人員，特別是家庭婦女參加生產和社會服務工作。在「大躍進」期間的 1960 年初，上海約有 20 萬人參加了 8000 多個里弄生產組。到 1960 年上半年，上海有 40 萬居民在 1667 個公共食堂吃飯，並興辦了 2117 個托兒所，約有 12 萬兒童入託。此外，還有數以千計的服務站、業餘中學和小學。小學生人數已達 15 萬人，占全市小學生的百分之 15%。〔註64〕在當時的文化界，也配合城市人民公社的建設，製作了一批反映這一事件的宣傳品。著名電影、故事

〔註63〕羅德里克・麥克法誇爾：《文化大革命的起源（第 2 卷）》，求實出版社 1990 年版，第 346 頁。

〔註64〕見熊月之、周武主編：《上海——一座現代化城市的編年史》，上海書店出版社 2007 年版，第 530 頁。

如《女理髮師》、《雞毛飛上天的故事》都產生於這一時期。從某種意義上說，「城市人民公社」對於中國城市底層人員的改變，遠比「工人新村」這一類新型居住社區要大得多。這種改變，包括了生活方式的，也包括心理和精神狀況。在電影方面還有沉浮、瞿白音、田念萱的《萬紫千紅總是春》，小說方面較有代表性的是茹志娟的《如願》、《春暖時節》等。而後者，還是當代文學史上的名作。

　　對於這一類作品，最初的評論完全是政治化的。歐陽文彬、侯金鏡在當時的評論中說：「她們要求勞動，真正成爲自覺的國家主人翁的願望，又是城市人民公社所以產生的思想基礎、群眾基礎」〔註65〕。後來的一些評論則非常不同。一方面，多數評論的角度往往是婦女通過勞動所體現的所謂「翻身」主題。直到80年代初，李子雲還對茹志娟的作品評論說：「注視、關心普通人的取材角度，是構成茹志娟創作特色的一個重要方面。……她所寫的『翻身感』並不是那種淺薄的對於得到物質上的某些改善的感謝，而是表現了被壓在最底層的群眾，主要是婦女，从精神上的屈辱自卑中解放出來，認識到自己也可以是一個大寫的人」。〔註66〕此一類「翻身即是翻心」評論，當然較之歐陽文彬、侯金鏡等要切實一些。另外一些說法則更進一步。與《雞毛飛上天的故事》、《女理髮師》、《萬紫千紅總是春》等作品採用的外部形態視點不同，有人認爲，茹志鵑這一時期先後有《如願》、《春暖時節》、《靜靜的產院》、《里程》等篇，大體採用了女性內部審視的視點，「在描述這些平凡人物如何從過去被壓迫或被忽略的生涯中過渡成爲新社會的一員時，敘述者採用內部視點方式，深入人物的心理甚至潛意識領域，解剖她們的精神和心理變化。」〔註67〕我們姑且認可這一說法。至於這些家庭婦女究竟以何種方式完成了「解放」呢？陳順馨認爲是：這些婦女「呈現出的是一個從『可有可無』的人變成了得到社會認同的主體」〔註68〕。但另一方面，相反的評論也有相當的代表性：「她（指茹志鵑——引者）在謳歌那些努力跟上時代步伐的普通勞動者美好的心靈時，對時代步伐的走向，幾乎從不假思索。「以至於到了

〔註65〕侯金鏡：《創作個性和藝術特色——讀茹志鵑小說有感》，載《文藝報》1963年第3期。

〔註66〕李子雲：《再論茹志娟》，《當代女作家散論》，三聯書店香港分店1984年版，第52頁。

〔註67〕李子雲：《再論茹志鵑》，見《當代女作家散論》，三聯書店香港分店1984年版，第27頁。

〔註68〕陳順馨《中國當代文學的敘事與性別》，北京大學出版社，第26頁。

60 年代初,『大躍進』造成的嚴重後果已經充分表現出來,不少作家都借助中共中央政策調整之機在作品中或明或暗、或深或淺地反映人民希望吸取教訓的思想情緒時,茹志鵑的《阿舒》、《第二步》、《痕迹》等作品依然固我。」〔註69〕那麼,怎麼會出現兩種完全不同的評價呢?或者,究竟這一類作品是否單一性地表達了通過「勞動」實現了「翻身」、「翻心」主題呢?也就是說,作品全然是通過女性參加的勞動獲得了人格獨立與「性別主體」來實現「翻心」主題的嗎?

二

　　既然說到「勞動」,我們就得看一看這是什麼性質的勞動。確切的說,這是一種「公共化」的社會勞動,與這些婦女原本的私人屬性的勞動完全不同。從外在形態上看,這一類作品確有通過描述人物的「公共化」勞動表達「翻身」主題意圖。電影劇本《萬紫千紅總是春》以一種較平易的方式,敘述了整體社群形態從私人生活到「公共」意義上的過渡,以及婦女勞動性質的變化。作品的主題是敘述上海一個里弄的日常「私性」形態怎麼樣被工業化組織改造爲「公共」生產,在日常性(私性)與「公共性」(超驗意義)之間表達一種彼此替代的邏輯關係。在一個上海老式里弄中,徐大媽是有名的烹調高手,擅長配菜,並精通廣東菜、湖南菜、寧波菜的燒製;阿風會裁剪、針線。可是,這原本只屬於服務於家庭成員的私性生活技能,只能構成人物的家庭屬性。作品中還專門交代,蔡桂貞——一位淑賢的女性,雖然非常能幹,但其全部生活內容就是相夫教子。但隨著里弄日常形態向工業化組織的過渡,這些人物的生活技能逐漸變成「公共化」意義上的生產技能了。居民小組是城市底層的「公共」組織,起初是做一些幫助政府收購廢品一類的事情,後來則開始組織生產。召集方式一般是用搖鈴通知,並以會議布置工作。在這個里弄,先後成立了刺繡組、編織組、縫紉組、紙盒組等生產小組,徐大媽成爲公共食堂的負責人,阿風則成爲縫紉組的骨幹。當蔡桂貞參加了里弄生產後,其身份由主婦轉向生產能手,經常忙的晚上九點還不能回家。最終,婦女的「社會化」面目經由社會化的勞動「建立」起來。由於具有了令人自豪的「公共性」勞動者的身份,蔡桂貞不管回到家多晚,兒子雲生總是高興地投入母親懷中,讚美道:「我知道,媽媽是工人。」有論者認爲,該劇反映

〔註69〕張炯等主編:《中華文學通史》(第九卷·當代文學卷),華藝出版社,第282頁。

的是「為爭取婦女解放和家庭制、與大男子主義思想作鬥爭」的主題〔註70〕，用現在的話說，就是描寫了「人格主體」的誕生。由此，關於「公共性」勞動獲得人格獨立的神話就被製造出來。

茹志鵑的情況可能要複雜一些。我們來看看其作品中的女性人物，是否經由「公共性」的勞動獲得了「人格獨立」或者「性別主體」呢？在我們看來，所謂「翻身」的「人格獨立」寓意是一種表象，實際的情形恐怕要複雜的多。在茹志鵑的作品中，我們發現了其文本內部敘述中的兩個敘述目的。一個是理性的，社會公共化意義方面的，即對於「勞動」促生了「獨立人格」的「公共性」敘述；一個是關於私人性家庭情感的，即「家務事、兒女情」所體現出的「私性」敘事。一般意義上，情感的私性敘述目的和「公共性」的「人格獨立」目的應當是吻合的。但在茹志鵑的實際情況來說，兩者互相糾結，時而合一，時而分離，有時甚至還處於對抗狀態。

茹志鵑的小說大都有一個家庭倫理的倫常日常關係的框架，這是小說的情感性敘述動機。比如《如願》涉及母子關係，《春暖時節》涉及夫妻關係，《里程》涉及母女關係。《靜靜的產院》雖然不涉及親屬關係，但譚嬸嬸與荷妹也屬於代際方面的上下輩分關係，仍可視為代際倫常關係（「嬸嬸」的稱謂本身就表明是一種倫理身份）。關於這一點，已有人指出過。〔註71〕小說大都以情感性的危機開始，又以「大團圓」為結束。應該說，「情感敘述」是作品的出發點，也是作品的歸宿。《春暖時節》一篇，開頭敘寫靜蘭對於丈夫明發無限的感情，甚至於連買蝦這樣的日常採購也是刻意為了丈夫的：「每逢星期天，更準確一點說，凡是明發在家吃飯的日子，靜蘭總要起個大早，到菜場上去給明發買幾樣配胃口的小菜。」「靜蘭是個儉省的人，平時用一兩角錢也要打算一番的，而且蝦也並不是明發酷愛的小菜。她覺得，重要的不是吃蝦，而是蝦給他，給明發，給她們整個家庭會帶來一種甜蜜的回憶……」。也正因此，靜蘭感覺到明發對她的感情的變化：「說起來，明發沒對她發過脾氣，有沒有什麼地方對不起她，每月薪水一到手，就如數交給她，有時也陪她去看看電影，可是靜蘭在他眼睛裏，已找不到從前那種溫柔而又感到幸福的光澤了。」因此，在整篇小說中，靜蘭的一切行為，都在於重新獲得明發的愛，包括靜蘭參加了里弄生產福利合作社，也是這個目的。所以，作品的出發點

〔註70〕瞿白音：《略談上海十年來的電影文學創作》，載《上海文學》1959年第12期。
〔註71〕李闚元：《論茹志鵑的創作》，載《新文學論叢》1980年第1期。

應該是說靜蘭「夫妻情感」的實現問題，並不涉及太多的社會內容。

　　不過，在作品的理性敘述中，私性情感需求與社會化勞動需求被認為是無法調和的。這就使人迷惑了。恰如董之林對作品的分析：「小說的表層結構依然在於表現女性應該走出家門參加工作，在技術革新浪潮中夫妻比翼齊飛，這也是大躍進年代風行一時的作品主題；那麼，這裡有所不同的是，上述細節使人物在選擇家庭和投身社會之間呈分裂狀態。」〔註72〕其實，無論是過去還是在現在，兩人都共過患難，感情甚篤，而且靜蘭也並沒有什麼變化。可是，丈夫明發卻對於靜蘭慢慢不在意了。其發生不和諧的情形，看來並非情感的問題，而是由於靜蘭沒有成為「公共性」勞動的積極分子。同樣，《里程》一篇雖然並非城市題材，但在表達上與《春暖時節》一樣。母親對於女兒的愛是無條件的。她收錢給人擺渡，或者賣茶水，也都是為了女兒的集體生產，但不僅得不到女兒的理解，反而被斥之為「剝削」，甚至幾近斷絕了關係。這樣不近情理的「問題」其實是一個症候，是作者在理性上為了表達「公共性」主題而刻意造出來的。

　　因此，作品為了表達理性的主題，為靜蘭和母親提供的解決方式不是情感的，而是社會化、公共化的，即必須通過勞動促生「人格主體」的建立，才能解決家庭問題。在《春暖時節》中，作品為「情感危機」找到的原因是靜蘭沒有工作。她覺得：「明發的世界比她寬，明發關心的東西比她多，他看的東西比她崇高。」後來，里弄成立了生產福利合作社，靜蘭參加了。她從家裏柴片堆中找出了木頭，削成機器上的圓盤。她受到了街道的讚揚，大字報還表揚她「敢想敢幹，技術革新，裏面還特別提了她主動找木柴的事」。「公共化」的勞動使「靜蘭恍然悟到昨晚劈的已不是什麼柴片，而是機器上的一個圓盤，是社會主義建設中的一塊小磚小瓦」，她感到「從前她趕不完的活，頂多是大寶二寶穿不上新鞋，或是明發沒及時穿上毛衣，現在這活可是關係到整個生產組，關係到工廠裏的生產任務。」這之後，她有了自尊，丈夫也開始關心她。小說結尾，她似乎看到了「丈夫正溫柔無限疼愛地看著自己」，情感危機終於過去。

　　其實，作者理性的敘述目的可能是無法完成的。在作品中，所謂「人格主體」並不取決於是否勞動，而表現為是不是「公共性」的勞動。從作者（或

────────────

〔註72〕董之林：《回想「春暖時節」──一份大躍進年代的女性寫作個案》，載《當代作家評論》2005年第1期。

者那個時代）的理性意識看來，只有「公共性」的才算是勞動。但事實上，靜蘭在過去爲了謀生，與丈夫一起靠釣魚蝦販賣爲生，甚至於「有一天晚上，靜蘭走了很遠，到下游的一個河灣力釣了一夜。」以至後來明發還感動的說：「我們同甘共苦，我們到底熬出來了。」難道，爲謀生所進行的私人性勞動就不是「勞動」？對於靜蘭來說，兩種勞動是一樣的。即連靜蘭已經參加了里弄生產，她仍然「覺得跟在家裏做那些家務一樣，並沒有特別出勁，有人也批評她，說她工作不夠主動，她也覺得對，不過卻有些茫然，不知該怎麼個『主動』法。」事實上，靜蘭的感覺是正確的。因爲，無論在生產組的工作，還是爲了謀生，都是「勞動」。其實，私人性勞動也曾給夫妻倆帶來了情感的完整。對這一點，作者在情感上也是認可的。有一處描寫很微妙：在妻子參與了技術革新後，連明發也感覺到「他在爲加快社會主義建設事業提高指標，妻子也正在爲這個努力」，這猶如「解放前他倆釣魚糊口時，產生了同一種感情。」在小說結尾，明發「溫柔地、無限疼愛」的目光，靜蘭非常「熟悉」；也就是說，在靜蘭的勞動屬於私性的時候，丈夫也這樣「疼愛」她。既然是「熟悉」的「同一種感情」，明發此時又爲什麼因妻子不是「公共化」勞動的模範，而對妻子的感情毫不以爲意呢？原因在於，在表述情感敘述時，茹志鵑是認可私性勞動的價值的，因爲它同樣給人物帶來了小說所說的曾經「熟悉」的「情感」。在深層結構上，這是一種私人的日常性表達，與作品外在形態的「公共性」表達構成了矛盾！換句話說，作品的「情感敘述」與「人格主體」敘述出現了縫隙。所以，靜蘭的困惑就是有理由的了：「她不比朱大姐起得遲，也不比朱大姐睡得早，朱大姐忙碌辛苦，她也沒有閒著，明發更不比朱大姐的丈夫差，爲什麼他們是那麼和諧，而自己卻是這樣？爲什麼？」應當說，作者在這裡要表達的理性意圖，和作者的心理感受出現了縫隙。也就是說，在理智上，作者需要建立以「公共性」勞動建立起「人格主體」，但在深層意識中，情感性動機與之發生了對抗。靜蘭的這種困惑，或許也是作者的疑問。

《如願》一篇，作品著眼的也是街道婦女何大媽的「公共性」社會角色。但是，在小說中，所謂人格「主體」的建立也似乎有些牽強。不錯，作品中的確有著家庭婦女進入社會的過程，但這一過程並不是個人「主體」的產生，而是將自己自覺地服從於「公共化」的過程。里弄婦女何永貞，在 25 年前曾做紗廠女工，因撫養孩子而遭資本家開除，沒有領到工資。解放後，她參加

了里弄工廠的工作，並擔任了玩具小組組長，開始有了一種「自立」後的喜悅。25 年前，她曾答應給兒子買蘋果，但工資既然沒拿到，這一願望也無從實現，遂成了何大媽的心病。現在，何大媽拿了工資，「二十五年前的心願，今天償還了。」在這裡，作品的人性主題和「翻身」主題應當說都有。多數論者注意到，何大媽「自尊」的獲得在於其參加了「勞動」。但關鍵在於，何大媽解放前也給人作傭。作傭雖然屬於私性的勞動，但是，「私性」的「勞動」也是勞動！解放後，她雖然年齡大了，但仍然「買菜，生煤爐、趕早飯，燒開水……蓬了頭忙進忙出。」也就是說，何大媽並不缺少勞動，只是這個「勞動」究竟是「公共性」的，還是純粹私人屬性的。在這裡，「工人」的含義與其說是其經由「勞動」而獲得經濟與人格上的「獨立」，不如說是更在於「勞動」的方式——「公共性」的勞動。這是作品的癥結所在。客觀的說，《如願》在情感敘述和關於「人格獨立」的敘事的結合度上，要比《春暖時節》要完整一些。特別是何大媽在參加了工作而拿到了工資後給兒子買蘋果一段，在情感敘述上還與「公共性」勞動所獲得的獨立感有某種契合。但兩者也並不是沒有縫隙。有論者指出：「兒子阿永念及母親何大媽年事已高，不讓她晚年參加工作，這與其說是表現了一場母子衝突，毋寧說是體現了他們之間的母子情深。」〔註73〕比之何大媽「公共性」勞動的虛矯，兒子與兒媳婦對於何大媽的愛護倒是完成了深層結構中情感敘述的目的。相比之下，關於「人格獨立」的敘述目的就打了折扣。

三

出於理性創作動機必須表達的目的，人物的「公共性」勞動在作品中也體現的相當外在化，有刻意為之的痕迹。相當程度上，作者只能強化人物「公共性」勞動的淺層外觀來實現。這就可能導致，作者對於人物的情感性敘述與人格社會化理性敘述對抗所造成的敘述紊亂。一方面，靜蘭忙於技術革新而被大獲稱讚，連明發也變得「溫柔」起來；一方面是靜蘭無法照顧孩子，以至吃不上飯的兩個孩子在食堂「像著了火似的」。從作者表達的淺層來看，「公共性」勞動一定要以情感、家庭的犧牲為代價，否則就夠不上「公共性」。但從作者深層表達來看，而所謂標準的「公共性」勞動，以及由此帶來的家庭的「幸福」，由於刻意為之，都有些虛假，而且呈現出漫畫性質！我們且看

〔註73〕李遇春：《茹志鵑五六十年代小說創作的心理動因分析》，載《華中師範大學學報》第 42 卷第 1 期。

作品中作爲女性「公共性」勞動而獲得標準化的家庭幸福的一幅滑稽場面：

> 隔壁十六號裏有人敲門，是朱大姐回來了。她總是這樣遲回來，也總是這樣大聲大氣地叫門，她一叫門，會使整個一條沉睡中的里弄，頓時變得熱鬧起來。她一邊叫門，一邊大聲地喊。她丈夫是個電工老師傅，也是個見了工作就忘了吃飯的人。朱大姐一喊門，他就答應著走來看門了。可是朱大姐還是大聲地說他，晚上聽起來，聲音特別響：
>
> 「人家工作忙得要死，你倒好，這麼早就放到了。」
>
> 喀嚓一聲，她丈夫把門開了，一面說道：「哎呦，不得了，做了屁點大工作，每天晚上都像中了狀元回來一樣。」
>
> 「怎麼？你看不起我做的工作？」朱大姐話說得很凶，可是聲音裏帶著一種說不出的得意。
>
> 「不敢，不敢，我每天晚上能夠給你開門，還覺得十分光榮呢？」
>
> 噗嗤一聲，朱大姐笑了，接著，門吱地關了，弄堂裏又恢復了原有的寂靜。

儘管作者將朱大姐夫妻的關係作爲靜蘭鎖閉生活的對照，並將朱大姐夫妻作爲靜蘭的榜樣，但恰如董之林說的：「在文本中朱大姐形象是靜蘭性格的一種陪襯，而不是她羨慕或認同的人生方式。」〔註74〕使讀者感覺到的，反而是作者無意識意義上的對朱大姐這種夫妻生活的嘲諷。也就是說，在私性的情感敘述與公共化的社會敘述的對抗中，讀者看得到是前者對後者的消解。而後者，恰恰是作者在理智上要表達的。

在外在敘述動機和內在情感性敘述之間的關係上，《如願》可能不像《春暖時節》的縫隙那麼大，相對完整一些。通常，評論家們大都認爲在表達女性「獨立」主題方面，《如願》是最準確的一篇。不過，這種縫隙還是依稀可以見到。在理性上，作者爲了強調性地表達「勞動」產生「獨立人格」的主題，在進行何大媽「人格獨立」的敘事時，格外強調了「勞動」是否具有「公共化」的外在形式。所以，對何大媽的心理表現，讀者所感覺到的與其說是「獨立」的「人格」的實現，不如說是如何通過極具標準化的「勞動」的「公

〔註74〕董之林：《回想「春暖時節」——一份大躍進年代的女性寫作個案》，載《當代作家評論》2005 年第 1 期。

共性」外在形式獲得成爲「國家的人」的過程。由於這種理性動機過於明顯，作者描寫的過分之處就在所難免。比如，何大媽熱衷於爲「公家事」而「忙」，這個「忙」多半是形式上的：「誰要說何大媽忙，這是她最高興的了。」「使何大媽最高興的一件事，就是也常常有人會站在後門口，或是走到樓梯上，急匆匆地來叫自己。也有好幾次，自己在弄堂口給人攔住了商量事情：某人生產效率高，應該表揚；某人在跟某人鬧意見，應該調解；產品質量問題，組裏的壁報問題……」何大媽還特別熱衷於在星期天這個私人時間上班，以致被工廠的門衛擋在了外面！這一情形表現出了何大媽因過分追求「忙」的外在形式而導致的某種滑稽感。還有，本來在近在咫尺的里弄生產組上班，卻早就非常嚮往向「公家人」那樣「吃食堂」：過去必須自己做飯才能吃，「現在呢，只要你高興吃，食堂裏熱騰騰的粥已等著了」。而自參加了生產小組後，何大媽更是一排繁忙。早晨，「她急急的起床，就把昨晚準備好的一隻鋼筆，一個登記本，檢查了一下，想放在口袋裏，但口袋放不下。何大媽想到，自己要有一隻手提袋才好，像媳婦那樣，上班去就把要用的東西往裏一裝。自己既然工作了，當然就得有一隻手提袋。」接下來的一段，更顯示出何大媽在刻意表現「公共性」勞動「外觀」時的虛矯：「何大媽拿了媳婦那隻手提袋，把裏面的東西都倒了出來，然後把自己的那只鋼筆、本子放了進去。她試著提了提，覺得袋裏空落落的，東西太少，『對，還有眼鏡盒也要放進去的。』何大媽又放了一條手帕進去，這才覺得差不多了。」在這裡，「一隻鋼筆」、「一個登記本」和「手提袋」，對於何大媽的工作本就沒有多少實際作用；而「眼鏡盒」、「手帕」等，則更是要塡滿「手提袋」才被何大媽放進去的！手提袋之所以重要，是何大媽需要具有「公共化」勞動的模樣：即，「像媳婦那樣」上班，而且還一定要吃「食堂」！這一情形，顯然是作者受「大躍進」時代的生活特徵影響所致。給人的感覺是，何大媽的「翻身感」並不在於勞動。因爲，僅有勞動是不夠的，還必須是「公共性」的勞動。而再進一步說，僅有「公共性」勞動還不行，更重要的，還要具有進工廠、吃食堂的典型的「公共化」勞動的形式外觀。

　　事實上，作品在發表之初，評論家對於何大媽超乎尋常的「進步」就有某種疑問。孫昌熙說：作品「嚴格要求起來也並非無瑕可指：第一，何大媽是個成功的藝術形象，但她爲什麼有那樣高度的政治覺悟？儘管作者給了一些條件，例如她兒子好媳婦在工作中給她的影響，她在里弄裏也看過五一節

大遊行，但不是決定性的有力的因素。雖然作者寫她從痛苦的回憶裏感覺到在新社會參加工作的可貴，但卻並未充分地寫出她渴望參加工作的最初的主要動力，因而或多或少的減損這個形象的光輝。」〔註75〕因此，我們很難將這些小說看作女性「人格主體」的主題。小說雖然存在作者從女性心理或潛意識視角對於人物精神狀況的體察視角，但作品在外在理性敘述動機上，將母子情、夫妻愛情、人格自尊、性意識，甚至於買蘋果這樣的生活細節，都歸之於「公共化」層面。不管是男性人物，還是婦女，都必須服從於一個「公共」的社會主體，決定自己的一切生活價值。否則，個人的、家庭的生活都是沒有價值的。這就決不是女性「主體」的誕生了，因為誕生的只是國家的「公共性」。這已不是「勞動翻身」的主題含義了，而是社會「公共性」主題的表達，是對個人完全從屬於「公共性」的強調。而國家「公共性」的建立，有時恰恰是伴隨著人物「主體」消亡的！還是洪子誠先生對這一類小說的評價說更客觀一些：小說「寫城市市民階層的家庭婦女，在生活潮流的誘發和推動下走出家庭的心理變化。」〔註76〕

四

由於情感敘述與「人格獨立」的敘述呈現出縫隙，使讀者在閱讀中反而造成了對作者理性敘述目的的「誤讀」。有論者指出：「對於一般讀者來說，他們在茹志鵑的小說中感受最深的顯然並不是那種人際衝突中所揭示的深刻的社會政治意義，相反卻是憑藉這種人際衝突的敘述所傳遞出來的那種美好的人間溫情。」甚至於，「在《春暖時節》中，與靜蘭在思想上發生積極的轉變相比，她對丈夫明發的那種從始至終都發自內心的關愛更能打動人心。」〔註77〕類似的情況也發生在茹志鵑農村題材的作品《靜靜的產院》。應當說這篇小說並不是關於「人格獨立」主題的，但在處理情感主體與理智型的社會理性方面，有著更明顯的對抗性。茹志鵑曾談到，最初的構思是相當理智化的，即一個受過正規醫學訓練的助產士荷妹來到公社產院後譚嬸嬸的落伍。最初構想的核心情節是，當碰到難產時，譚嬸嬸照例去打電話求助，

〔註75〕孫昌熙：《什麼是人生最大的幸福——讀茹志鵑〈如願〉》，載《文藝月報》1959年第8期。

〔註76〕洪子誠：《中國當代文學史》，北京大學出版社1999年版，第116頁。

〔註77〕李遇春：《茹志鵑五六十年代小說創作的心理動因分析》，載《華中師範大學學報》第42卷第1期。

但新來的荷妹已經用鉗子將孩子接生出來了。可作者實在不忍心這樣的理性設計，她說：「但是當我寫到譚嬸嬸去打電話的時候，我實在寫不下去了。我想到照我構思的結局寫下去，必然是譚嬸嬸灰溜溜地靠邊休息，新的一代代替了她。……我這樣處理是不公平的。」〔註78〕之後的構思完全改變過來了。不僅譚嬸嬸勇敢地拿起了產鉗，而且與之對照的是，荷妹在接生時反而表現出一絲慌亂：「我有些怕，我只實習過兩次，都有醫生在旁邊看著。」這與其剛來時一副鐵青的「科學」、「先進」的面孔大大不同，以「文明」自居的她反而認識到了譚嬸嬸的價值：「在這一剎那間，荷妹幾乎記起了這個產院的全部歷史」。小說一開始似乎有一種「老二比老大好，老大比荷妹好，荷妹又比你譚嬸嬸好」的機械進化論的社會理性準則，但作品結尾又將其解構掉了。可以設想，如果要求作者完整無誤地寫出理性的敘述目的，對於茹志鵑來說可能是困難的，可能就會：「就擱筆不寫，寫不出來了。」〔註79〕

相形之下，同一時期的男性作者，在表達「公共化」主題時則要顯得「乾淨」的多，也明晰的多。比如，艾明之的小說《妻子》就赤裸裸的表達了在「公共性」勞動之下社會對女性要求的真實面目。當然，這在作者方面完全是從正面表現的。在主題表達上，《妻子》似乎與茹志鵑的作品相似，即意欲建立女性人格的「主體」性。但是，這種「主體性」根本上是虛假的！從題目上看，艾明之就已將家庭中的女性一方置於了配角和弱者的位置。在作品中，韓月貞作為一個工廠科長的妻子，雖然出身農村，但經過不斷的學習，已經能夠幫助丈夫作報表了。而且，從生活上，她也跟隨時尚潮流，燙了頭髮。韓月貞動機的改變，是由於看到一個時尚的女統計員與丈夫在一起的曖昧的情景。有文化的女統計員給了她很深的刺激，她改變了。她在燙了頭髮等待丈夫回家的一段心理描寫，現在看起來頗有男權意識的痕跡。特別是在小說結尾，女性人格的虛假的「主體性」完全被社會「公共性」包含的男權意識所拆穿！韓月貞與眾女家屬集體去鋼廠爐前慰問工人，並表示：「第一，讓男同志吃得好，穿的好，睡的好；第二，保證做好家務，帶好孩子。」如此情形，如果放在「五四」時期，似乎是將女性重新置於家庭樊籠之中。然而，在「十七年」的作品中，婦女們做家務的決心，附屬於男性的次屬角色，

〔註78〕 茹志鵑：《漫談我的創作經歷》，《茹志鵑研究專輯》，浙江人民出版社1982年版，第60頁。

〔註79〕 茹志鵑：《漫談我的創作經歷》，《茹志鵑研究專集》，浙江人民出版社1982年版，第65頁。

由於附著於「大躍進」的宏大社會理想，也被認爲是一種進步的「公共性」的產物。因爲，她們的家務勞動，甚至是對自己身體的改造，都被看成是男性工人努力勞動的社會化目標的附屬，或者說是一部分，而被作者大加讚揚。這也是一種「公共性」，雖然作品與所謂的「婦女翻身」主題完全背道而馳。

　　在談到這一類作品時，有學者指出：「儘管國家提倡婦女走出家門參加社會勞動，與其說是將『男女平等』視爲一項不可剝奪的自然權利，不如說是社會主義建設事業將走出家門的婦女視爲一個巨大的勞動力資源。」儘管「性別主體」伸張的可能性是有的，但「可能性」是否兌現爲現實性，是另一回事情。〔註80〕當然，從茹志鵑理性創作的目的來說，是要表現婦女經由社會化勞動獲得「人格獨立」、「性別主體」建立的主題的，但在情感的日常性結構上，事實上又構成了對社會化主題的某種抵制，其理性動機是難以完成的。事實也證明，「城市人人民公社」對於婦女個人「解放」和「性別主體性」的誕生意義完全是虛妄的。首先，在眞實的歷史事實中，多數家庭婦女如同靜蘭一樣，是礙於街道、里弄的幹部無數次的勸說，而被迫勉強出來工作的，並無眞實的意願。就像靜蘭。她開始參加里弄生產福利合作社的生產組並非完全自願：「她覺得大家都參加，她也就應該參加。」這是許多人的眞實心理狀態，何談「人格獨立」與「性別主體」的建立？其次，它是典型的「大躍進」的產物，很快就暴露出其盲目、低效甚至「非人性」的弊病。即使從純粹的社會體制的意義上說，也是虛妄的：「與鄉村不同的是，城市人民公社的範圍經常打亂城市原來的行政區劃。」〔註81〕至 1962 年 9 月，隨著「大躍進」運動的徹底失敗，上海市城市人民公社領導小組也被撤銷，隨之，「城市人民公社」運動宣告結束。其給多數人們帶來的，可能是一場噩夢，一個被奴役的過程。

第六節　文化的缺失——新時期以來城市文學論略

　　現代階段，中國曾有過較成熟的城市形態與較發達的城市文學。這是一種基於上海、北京等城市文化，特別是上海城市多元文化的文學形態，並且已經形成以茅盾爲代表的描寫城市殖民形態及其走向的大傳統、張愛玲從日

〔註80〕董健、丁帆等：《中國當代文學史新稿》，人民文學出版社 2005 年版，第 92
頁。

〔註81〕羅德里克・麥克法誇爾：《文化大革命的起源（第 2 卷）》，求實出版社 1990
年版，第 346 頁。

常性展開的對口岸城市中西雜糅文化描述的小傳統以及老舍追慕傳統都市形態的京味傳統。當代階段的都市文學，其起點與發展和現代很不相同。首先，伴隨著國家工業化與激進的全球化進程，城市形態趨進一元性，城市邏輯的自由、多元狀態也開始消失；同時，50～60 年代與 90 對城市文化的敵視與過分崇拜，也使城市題材文學不可能以城市內在文化爲起點，而分別明顯地呈現出政治的與市場的意識形態特性。不管是 50～60 年代，還是 80～90 年代，城市文學（以城市小說爲代表）都表現出明顯的文化缺失狀況。

一、一元形態：城市的政治與經濟中心性

在整個 50～60 年代，城市文化由原來的複雜狀態而逐漸變成單一的表意符號，其間的原因在於意識形態的作用。城市被排除掉了它的多重功能，而被簡約爲國家大工業的引領與政治領導的功用，而後者尤甚。莫里斯·梅斯納曾評述說：「對於那些農民幹部來說，城市是完全不熟悉的陌生地方……此外，伴隨著不熟悉的是不信任。以集合農村革命力量去包圍並且壓倒不革命的城市這種做法爲基礎的革命戰略，自然滋生並且增強了排斥城市的強烈感情。在 1949 年以前，那些革命家把城市看做是保守主義的堡壘，是國民黨的要塞，是外國帝國主義勢力的中心，是滋生社會不平等、思想墮落和道德敗壞的地方。」〔註82〕對城市的道德厭惡加劇了對城市作爲政治中心與大工業國家經濟核心的認知，其結果是一方面強調城市的國家工業化發展，另一方面則是企圖以戰爭時期的農耕倫理文明取代舊的城市文化，並以此構成城市政治的核心。

50～60 年代主流的城市題材文學，出發點是對於城市的道德恐懼乃至厭惡。蕭也牧發表於 1950 年的小說《我們夫婦之間》，由於對城市日常生活方式表明了某種曖昧不明的態度而遭致批判。此後，城市的消費、娛樂甚至於日常特徵成爲表現禁區。在 1964 年文化部舉行優秀話劇創作與演出受獎作品中，《霓虹燈下的哨兵》、《千萬不要忘記》與《年青的一代》將這種厭惡與恐懼推向高峰。在小說中，則有胡萬春《家庭問題》等等。在作品中，城市中的階級鬥爭，依然構成城市生活主體，但不同於 30 年代左翼城市文學的是，左翼文學將經濟鬥爭作爲城市政治主線，而此期作品倒是以倫理道德作爲階級爭奪的核心，其處理比之左翼更加偏狹。作品將舊有的城市生活作爲資產

〔註82〕莫里斯·梅斯納：《毛澤東的中國及其發展——中華人民共和國史》，社會科學文獻出版社 1992 年版，第 96～97 頁。

階級欲望、享樂的符號，並涉及一切城市日常層面，諸如貪戀城市、追求工作環境以及物質享用。在胡萬春《家庭問題》中，二兒子的學生背景、知識追求以及衣飾裝究，都構成倫理批判對象，其背後，姨媽、外婆等人出身舊小有產者的背景是誘使青年墮落的階級原因。

消除城市日常性的同時，是突出城市作為政治與經濟的社會主義屬性。應當說兩者是相對應的。同時，由於中國城市，特別是上海，都是由近代「拖泥帶水」而來，因此，如何斬絕城市與舊中國的血緣聯繫成為文學中的一項政治任務。在有關上海題材的文學中，切斷城市歷史的「斷裂論」與尋找城市無產階級歷史的「血統論」是極突出的。在徐昌霖、羽山的《春風化雨》、趙自的《照片引起的回憶》以及話劇《霓虹燈下的哨兵》、《戰上海》等一大批作品中，無產階級的財富創造與政治反抗成了城市史的主體。這才是真正的上海的「血統」。伴隨著血統分析，新上海與舊上海的區別也因之確定，「由國際花花公子變生了中國的工人老大哥。」〔註83〕在小說作品中，凡出現舊中國城市題材的，基本上都有血統辯析與對城市的斷裂理解。

對城市屬性的分析與重新認定，導致表現城市裏國家工業化的「廠礦題材」大量衍發，並構成了50～60年代城市題材主體。由於城市作為國家大工業發展的核心，這一描寫成了「嚴格窄化的所謂『工業題材』創作」。如艾蕪的《百鍊成鋼》、周立波的《鐵水奔流》、草明的《乘風破浪》以及胡萬春、唐克新、萬國儒等人的作品。應該說，這批作品並非完全如某些研究者所說的遵循「路線鬥爭」的結構模式，而是表現了基於大工業邏輯而帶來的公共空間擴張對城市多元生活的剪除。城市生活與城市人被取消了日常性，變成一架不停運轉的機器。人的屬性除了政治屬性之外，其作為生產的屬性（諸如技術革新）等也被無限誇大。這在上海題材的文學中尤為嚴重。

70年代末與80年代，中國再次進入現代化的歷史軌道之中，城市化現象日益突出。但是相對於90年代高速的全球化、城市化進程，80年代初的中國城市依然延續著50～60年代的城市政治邏輯。處於主流文學狀態的城市題材，首先應當說是所謂「改革文學」。蔣子龍發表於1979年的短篇《喬廠長上任記》被看作「改革文學」的開風氣之作。另外一些視為「改革文學」的作品，還有張潔《沉重的翅膀》、李國文的《花園街五號》以及話劇《血，總

〔註83〕曠新年：《另一種摩登》，載《中國現代文學研究叢刊》2004年第1期。

是熱的》等等。「改革文學」雖然已經不再使用路線鬥爭等政治敘述，也企圖使用某種城市意識（包括價值觀念，思維方式、行為方式等等）表現城市生活的某種特質、情感流向與價值多元（諸如《赤橙黃綠青藍紫》等中的解淨與劉思佳都帶有某種城市青年文化痕迹。劉思佳賣煎餅一段，也饒有都市風情），但問題的關鍵在於，作品因現代與保守的衡量尺度而表現出它簡化城市文化的一面，以改革與保守為線索而將人與生活分為兩類的二元模式並未消除。事實上，「改革文學」用以判斷的也並非城市文化的多重含義，而是以改革與改革者的政治、經濟先進性作為城市生活的核心。因此，它仍然將城市複雜形態簡約化為經濟邏輯，不免50～60年代廠礦文學的影響，不過是加入了80年代的中心任務罷了。蔣子龍筆下的廠長也好、車蓬寬（《開拓者》）也好，都在這種模式中被作了單向度的處理。

從50～60年代到80年代初，不管是描述城市的政治屬性與人的政治屬性，還是描述城市大工業邏輯與人的經濟、生產屬性，都是以取消或漠視城市多元化形態為前提的。其中，城市日常性首當其衝。瓦特曾提出，近代小說興起與「個人具體的生活」也即「私性」成為中心有關。這是一種日常生活的「有限價值」，建立於城市日常生活形態之上。事實上，當代文壇從批判蕭也牧《我們夫婦之間》開始，便將城市日常生活歸之於社會公共意義的敵人，城市日常生活退出文學。應當說，30～40年代的城市文學，不管是海派還是老舍小說，都建立於城市日常形態之上。〔註84〕既使是茅盾為首的左翼都市文學，在某種程度上也建立於上海等口岸城市的消費性特徵之上。而一旦取消城市日常性，事實上也使城市文化無所附麗，城市文化也喪失了城市特性。

從另一種事實我們也可以得出同樣的認識。在現代階段的城市文學中，表現口岸城市特別是上海的文學，與表現北京等傳統文化形態的城市是完全不同的，其原因仍在於城市文化的不同。而50～60年代文學，甚至80年代的「改革文學」，由於將城市僅僅理解為政治屬性以及經濟屬性上的政權特性，從而漠視了城市之間的文化差別。這也是城市文學文化缺失的一個表現。

〔註84〕參見張鴻聲：《都市文化與中國現代都市小說》，河南大學出版社1997年版，第113、200頁。

二、城市史邏輯與群體意義

眞正具有文化意味的城市文學，始於新時期的「市井小說」。80 年代市井文學的出現和主流文學觀念漸漸淡漠與對地域、風俗的興趣有關，和「尋根文學」有某種同樣的基礎。在這方面，表現北京地域的鄧友梅、劉心武，表現天津市井的馮驥才與表現蘇州水鄉的陸文夫是其中的代表。這類作品的共同特點是將城市生活與某種城市史邏輯連接起來，寫出了城市傳統在當代的遺留。比如馮驥才的《三寸金蓮》，便探究了纏腳這一惡習在歷史狀態下如何轉化爲一種審美的過程。但是，由於傳統都市形態在當代的大量遺失，所謂傳統形態已經成爲「被尋、難尋之根」，很難成爲當代市民生活的主體內容。因此，作者都將描寫對象圍於特定的時期（如清末民初）、特定的空間（傳統城市或城市某一傳統區域）與特定的人群中（即所謂小眾、小群）。馮驥才的「津門小說」自不必說，鄧友梅的京味小說也大體在舊日八旗子弟、文人、工匠之間展開。歷史狀態常常被作爲「靜止」狀態，它在當代的遺留與變異狀態是看不到的。正因此，作品中靜態的民俗、民情、禮儀、典章、風物，常常構成城市文化的主體，或成爲市井文化的標誌。傳統城市文化形態在經歷了 50～60 年代、「文革」之後的變異，便不在表現視野之中了。

力圖克服這一傾向的，是北京方面的劉心武、陳建功與上海的俞天白。在劉心武的《鐘鼓樓》中，雖採用了橫斷面的總體結構，但同時又以北京傳統爲歷時性線索。舉凡鐘鼓樓的變遷、四合院的興衰、婚嫁風俗的變化，都表明了一種城市史的視野。歷史形態在當代生活中的遞嬗變動，構成了城市日常生活的文化意味。1991 年完成的《風過耳》和以後的《四牌樓》，還有1996 年出版的《棲鳳樓》，也都遵循同一視角，企圖在當代城市生活中尋找歷史。陳建功的《轆轤把胡同 9 號》與《找樂》，都在某些日常形態中描摹城市某一人群恒定的精神世界，以及精神世界中的傳統根基，其中透出老城市的新世情以及新世情中的老傳統。

俞天白的《大上海沉沒》是這一時期描寫上海文化的出色作品，它的成功之處在於，作者一方面在當代躁動的經濟社會生活中尋找到「阿拉文化」的舊上海文化延續，同時也注意到「阿拉文化」在解放後特別是在當代的變異。正是由於後者的存在，使俞天白成爲兼顧「新舊上海」文化的作家。這其間有何茂源骨子裏的舊上海流氓作風，也有沙培民這種作爲進駐上海的幹部怎樣不自覺地被「阿拉文化」同化，也有符錫九等人感受到的「阿拉文化」

這種曾經雄心勃勃而今卻保守落後的上海文化的當代性。

在 80 年代，劉心武與俞天白的北京、上海題材的小說，達到了當代城市文學的高度。但是，相對於 90 年代而言，80 年代的中國都市化程度基本上沒有「溢出」老的中國城市。請注意，我在這兒所說的是城市的精神。不用說劉心武等人的小說，即連俞天白長篇系列《大上海縱橫》（《大上海沉沒》為第一部），也基本上是在商品經濟初立未立之間尋找舊上海經濟狂動的影子。事實上，劉心武、俞天白是在分別延續老舍、茅盾人對北京與上海的表現。俞天白的小說，其慕仿《子夜》之痕迹更是清晰可變，其以經濟變動等核心全景地展示上海商業文化的特質，使其成為《子夜》、《上海的早晨》式的作品，其寫作模式沒有溢出茅盾觀察上海的模式。就時代性而言，不過加入了80 年代改革文學的某種因子而已。

80 年代末，「市井小說」由「新寫實小說」衍發，呈現出某種新質。與俞天白等人作品的不同在於，「新寫實小說」並不忽視商品經濟對城市，特別是底層市民的影響，但它並不以此為核心，它尋找的是城市街巷與市井當中普通人在日常生活裏表現出的而且正在延續的日常邏輯，也即城市的民間基礎。相比鄧友梅小說建立於滿清貴胄及後裔的貴族文化基礎，與俞天白傾心於上海經濟較外在化的形態，「新寫實小說」更注意城市的基礎部分。事實上，「新寫實小說」雖然並不以城市文化為標榜，但它所強調的生活狀態本身的細碎、世俗、平庸，倒是為人們認識城市傳統的另一面打開了一扇窗口。池莉坦言說：「我自稱小市民，絲毫沒有自嘲的意思，更沒有自貶的意思，今天這個『小市民』之流不是以前概念中的『市井小民』之流，而是普通一市民，就像我許多小說中的人物一樣。」雖然有學者指出，池莉筆下的「小市民」似乎並不具備「市民」的文化構成，仍屬於市井小民，但它畢竟提供了城市底層的生活日常邏輯。而正是這種基本邏輯，構成了城市精神的恒久性。

由「新寫實小說」引發的是被稱為「城市民謠」體的小說。如范小青的《城市民謠》、蘇童的《城北地帶》以及彭見明《玩古》、王小鷹《丹青引》等作品，背景大都為城市底層的小群社會或者小市小鎮，類似池莉小說中的「沔水鎮」。這一類作品雖然不能不涉及 80～90 年代之交經濟變革的社會主流形態，但由于堅執民間立場，從而與城市社會現代化、商品經濟保持了某種距離，並以此捍衛城市的傳統。范小青《城市民謠》涉了下崗、炒股、經商等時代躁動的氣氛，但女主人公錢梅子身上的江南風韻，如同小說中的

長街、小河與橋上石獅子一樣，構成了城市的靈魂。下崗後的不悲與新事業開始後的不喜，都來自於城市精神的最深處。而小說中所指涉的所謂時代氣氛，反倒變得可有可無了。

市井小說或「城市民謠」注重城市史在古典文化譜系中的歷史狀態，這種歷史狀態由於大量存留於民間，因而構成了小群文化的一種，一定程度上被限定於古典主義的傳統的想像當中。它未能成為 90 年代以後中國城市文學的主流，其原因是古典形態的城市文化在 90 年代已不存在，原有的小型社區（包括小城鎮）與群體的特定文化都遭到以個體爲主的 90 年代中國城市的拋棄。事實上，由於中國城市變動的急劇，類似市井與「城市民謠」一類小說，在剛剛獲得言說的可能性後，又失去了空間。也許，這一類文學在以後依然會延續下去，但注定是一聲哀婉的歎息，恰如懷舊所呈現的幻象一樣。

三、欲望、成長：城市外在物質場景與個體經驗

與以往年代作家醉心於政治經濟的公共空間與群體文化不同的是，90 年代的主流城市文學分明具有某種個體性。這也許來自於 90 年代後中國城市大變動而造成的文化認同感的漸趨淡漠。當舊的公共空間與群體文化都面臨消失或重組的時候，城市往往只是人們自己的。

始於 80 年代的所謂「現代派」小說，從精神上可以看作 90 年代城市文學的濫觴。有人認爲「現代派」文學「講述的現代人的敘事，而不是表達現代城市的故事」，恰恰說明新的城市敘事不是延續過去的城市史，而是講述「溢出」舊的城市時空的新的城市故事。劉索拉的《你別無選擇》曾被稱爲「中國第一篇眞正的現代派小說」，包括她的《藍天綠海》、《尋找歌王》，都給予文壇極大振動。從主題形態來說，《你別無選擇》所傳達出的城市青年的混亂與空虛，接近西方現代主義主題。對個性的認同與對城市的逃避，構成了這一類小說的基礎。類似徐星《無主題變奏》中城市青年考上了大學反而退學的行爲成爲反城市的一種模式。現代派小說至少在兩個方面確定了 90 年代城市文學的基礎：一個是城市世俗景象直接作爲描寫對象，成爲當時初步表達城市經驗的符號，諸如酒吧、美容院、搖滾樂等。城市消費享樂場景在中斷近四十年之後首次恢復；其二，類似徐星小說主人公的生活方式，其實已成爲 90 年代城市青年的一種個體存在方式，不過是借城市時尚去展現而已。現代派文學在精神上啓迪了後來的城市文學作家，比如丁天甚至認爲如果沒有

《無主題變奏》，他就不可能中斷學業而從事創作。這個時期最初的都市意識居然是反叛城市，這似乎是中國當代城市文化的一個特異，但細想之下兩者並無悖離。正是由於有了 80 年代末青年文化對當時城市的疏離與反叛，才會有 90 年代青年對新的城市的感知。在後來的一些小說中，比如劉毅然的《搖滾青年》與《流浪爵士鼓》，一方面是反叛城市、急於尋找自我個性認同，另一面是欲望化的消費場景。由街頭青年的廣場行為、流浪與閒逛而帶來的城市躁動與變遷，在 90 年代消費高潮中獲得了新的城市特性。不過是，由消費而帶來的對 80 年代體制化城市時空的反叛，到 90 年代變為了由消費而帶來的對城市欲望消費認同。

王朔的小說不僅提供了大量新興城市消費文化符碼，如歌廳、舞廳、飯店等等，更重要的是，他還提供了一套認同城市另類文化的話語以及價值立場。這種情況使他成為城市文化在當代的一個重要衝擊力量。通過邊緣人敘述，他擺脫了對城市普遍化的價值認可。他筆下的「痞子」，這個最早利用鬆動的城市控制力而出現的人群，將此前的城市中心意識形態給予了顛覆。這可能是當代中國最早出現的都市意識之一，儘管在當時看來不免邪惡。

王朔提供的城市經驗是個體的，那種由原始欲求而引發的，並在自由衝動中隨意發出的混亂行為，都為當時的城市文化所不容，也不能對以後的城市成熟的文化形態有足夠的建樹，因此，不像有些人認為的，王朔小說中已經開始表現「市民社會」（別說在當時，即便是今天，市民社會也沒有確立）。正像真正商品社會的中堅力量是商人而非初級的「個體戶」一樣，王朔表現的城市混亂狀態，只能完成都市意識的過渡狀態。他的反抗特性無助於對在 90 年代中後期市場原則確立之後的秩序化社會認知。比如，王朔曾說：「我寫小說就是要拿它當敲門磚，要通過它過體面的生活，目的與名利是不可分的。我個人追求體面的社會，追求中產階級的生活方式。」可是，王朔根本不懂得作為社會中堅分子的中產階級是什麼模樣，中產階級的秩序感與保守完全不是王朔能有感知的。所以，一旦遠離反叛特性而要建構城市文化時，王朔就只能回到他所熟悉的城市傳統市井邏輯中。一部《渴望》，恰恰說明王朔其實懷有的是農耕文化的倫理立場，對於成熟的城市形態並沒有歸依感，甚至還生出幾分恐懼。

90 年代的城市小說就這樣拉開帷幕。一時間，各種城市題材的作品高下不齊，充斥其間。1993 年《上海文學》以所謂「新市民小說」為號召，在《「新

市民小說聯展」徵文暨評獎啓事》中說：「城市正在成爲九十年代中國最爲重要的人文景觀，一個新的有別於計劃體制時代的市民階層隨之悄然崛起，並且開始扮演城市的主要角色……『新市民小說』應著重描述我們所處的時代，探索和表現今天的城市、市民以及生長著的各種價值觀念的內涵。」應該說，「啓事」中所說的城市成爲 90 年代中國最爲重要的景觀倒不爲虛言，但所謂「市民階層」、「市民」以及所謂「價值觀念」的說法未免早了一些。因爲「市民」與「市民社會」都是特定的概念，是發達成熟的城市商品社會產物，它不大可能在商品社會初期便出現。事實上，90 年代城市小說表現出的物欲傾向、享樂主義與非道德，恰恰是農民階層初次接觸城市物質時的狀態，離所謂「市民社會」相距還遠。

　　90 年代的城市小說恰恰表現出這一特性，物欲特徵與青年人的成長成爲最主要的主題形態。這中間，有被稱爲「北邱南何」的邱華棟與何頓。何頓似乎更熱衷於市場經濟初期處於原始積累時期社會邊緣游民的「商業黑幕」，一種新的城市秩序來建立之前的混亂狀態。奔裸的欲望與法紀的鬆弛成爲最爲刺目的城市寫照。諸如《只要你過得比我好》、《我們像葵花》、《生活無罪》、《無所謂》中的小商人、小老闆，信守著「錢玩錢，人玩人」的信條，金錢欲望與違紀犯法成了生活的全部內容。邱華棟筆下的城市更接近於「冒險家的樂園」。它被視爲一個陌生的地方，而人物則是冒險者，一群突然闖入的人。這種情形決定了邱華棟小說的外在化傾向。正如他所說「1995 年，整整一年，我是一個酒吧裏的作家。那一年我在酒吧裏寫了十四個短篇小說。我成一個酒吧寫作者。」酒吧裏看世界是止於表象的。他的城市，不外乎酒店、商場、劇場、高級公寓、地鐵站等等。關於城市的想像，在他筆下成爲城市建築與享樂設施的輔排，如他所說：「以我的作品保留下 90 年代城市青年文化的一些標誌性符碼。」我們不妨看一段文字：

　　　　我們驅車從長安街向建國門外方向飛弛，那一座座雄偉的大廈，國際飯店、海關大廈、凱萊大酒店、國際大廈、長富宮飯店、貴友商城、賽特購物中心、國際貿易中心、中國大飯店，———閃過眼簾，汽車旋即拐入東三環高速公路，隨即，那幢類似於一個巨大的幽藍色三面體多棱鏡的京城最高大廈——京廣中心，以及長城飯店、崑崙飯店、京廣大廈、發展大廈、漁陽飯店、亮馬河大廈、燕莎購物中心、京信大廈、東方藝術大廈和希爾頓大酒店等再次一

一在身邊掠過，你會疑心自己在這一刻，置身美國底特律、休斯頓
或紐約的某個局部地區，從而在一陣驚歎中暫時完卻了自己。

如此「巡禮」式的都市物象羅列，可以看出當代某些作家對於城市的想像：
城市只是物質的構成與基於物質的個體經驗。它們總是追求「新奇化」的效
果，而避免對城市史的深究。在新的城市傳奇的敘述中，將中國城市的歷史
邏輯與記憶統統被排除在外。這樣的城市敘事是淺露的，僅僅呈現時尚化了
的當下的物象「瞬間」。邱華棟小說中的各色人物，基本上也被定性為缺少城
市縱深感與穩定感的城市人符號，如職業作家、製片人、公關人、時裝人、
持證人、推銷人，滿足於一種普泛的外在化所謂「國際風格」。人與城市社會
維繫著當下的表面聯繫，而非歷史的關係。

對於「溢出」傳統城市文化的外在物象與人物屬性的表現，使 90 年代城
市小說獲得了前所未有的敏銳，但缺少對城市文化深處的探究，終究使其不
能進入現代文學中張愛玲、施蟄存等人的高度。一個沒有文化認同的新都市
人群，一個沒有任何文化延續的城市文化，終始不能獲得成熟。所以，類似
「邱華棟小說面向城市白領」的說法一致遭到質疑，因為作為城市恒定狀態
的白領中產階級的保守、規避風險與穩定恰恰與邱華棟作品精神是相反的。
張欣的所謂「白領小說」其實也一樣。文化的缺乏使新生代小說家的作品極
容易變成自傳體小說，它們是關於自己的敘事，而不是關於城市的敘事。關
於成長類的作品更是如此。從邱華棟、丁天、李大衛、殷慧芬到衛慧、棉棉，
都是如此。個體經驗加上城市外在場景的敘事，只能是城市文學成熟期之前
的過度狀態。

四、文化的缺失

當我們對當代的城市文學、特別是城市小說進行了梳理之後，不能不承
認，文化的缺失是當代城市文學共有的特徵。從 50～60 年代熱衷於城市政治
與大工業擴張邏輯的表現，到 80 年代改革文學中城市經濟的一元論，再到 90
年代關於欲望與成長的城市敘事文本，要麼是抽取了城市多元邏輯的一種，
要麼避免任何城市史邏輯而趨近於外在物象，大都忽略了城市的複雜、多元
與變動不居之中的常態與歷史性，從而無法將群體的或個體的當下體驗放置
於精神歷史之中。王安憶在談到城市文學的時曾說：「在浮泛的聲色之下，其
實有著一些基本不變的秩序，遵守著最為質樸的道理，平白到簡單的地

步。……然而，其實，最終決定運動方向的，都是它們。在它們內裏，潛伏著一種能量，以恒久不移的耐心積累起來，不是促成變，而是永動的力。」王安憶的話是精譬的，但很少有人能夠踐行它。

當然，辯證地說，80 年代末，包括 90 年代初的市井文學、「城市民謠」，表現了某種健康狀況。它們或者追溯城市精神的歷史，或者洞見城市精神的民間形式，或者發掘當代生活中的城市史邏輯。這或許是當代城市文學中最具文化意味的作品。但是，也許 90 年代以來中國城市的變動過於急劇，幾乎使之失去原有餘地。而在談到 90 年代城市文學對於城市常態與歷史性表現時，我們也注意到兩種涉及城市歷史的文學形態，一是蘇童、葉兆言等人「新歷史小說」中的城市題材文學，二是「上海懷舊」、「民國懷舊」的文學。但是，「新歷史小說」對於城市歷史幻象的營造，具有一種夢想色彩，而沒有任何現實依據。而另一種文學即所謂「上海懷舊」作品，也已經把城市在懷舊氣氛中變成想像的贗品。

怎樣看待文學中所謂「上海懷舊」呢？應該說，「上海懷舊」始於 80 年代，程乃珊、王安憶、陳丹燕等人在尋找城市史精神時發現了上海的中產階級傳統。她們把對城市的感覺化爲城市歷史邏輯的追尋。寫弄堂而不是寫摩天樓，構成了一部眞正的城市精神。或許，只有脫離了對城市外在景觀的宏大想像，城市精神反而凸現出來。但是歷史如宿命般地不可抗拒。原本健康中產階級傳統的文化書寫，竟在 90 年代宏大的上海集體懷舊想像中成爲玩偶。這種集體懷舊被賦予了對中國未來「全球化」的想像，「與其說是在書寫記憶，追溯昨日，不如說是再度以記憶的構造與填充來撫慰今天。」正如傑姆遜所說：「懷舊的模式成爲『現在』的殖民工具，」已與衛慧、棉棉等人殊途同歸，成爲 90 年代膚淺的城市文學的一種。其中，除了王安憶等少數人突圍之外，其他人很難幸免。

歷史絕非線性發展的線索，而總是呈現出其弔詭之處。在現代階段，城市文學在經過了茅盾等人對上海社會政治、經濟屬性把握與新感覺派對上海「國際化」風格的追逐之後，終於從外在形態進入到內在狀態。這就是張愛玲。她將鄉土中國的背景化爲了城市自身的民間性而獲得了對城市認識的深度。擬或，張愛玲的城市文學始終就只能是一種小傳統？我們看到，茅盾與新感覺派的兩種城市敘事大傳統，正在 50～60 年代與 90 年代被發揚光大。那種巡禮式的敘述方式與外在物質消費描寫始終爲不同時期人們熱衷。這使

我的懷疑，20 世紀的中國，對城市究竟有一種什麼理解。很明顯的，50～60年代中國有一種對城市的厭惡性想像，即城市是物質的墮落場，而 90 年代呢，「厭惡性」沒有了，但想像仍存，即對於城市享樂與消費的想像，或者說是「嚮往性」的想像。一切似乎都如張承志在小說《錯開的花》中所說：「肉身置於鬧事，靈魂卻追逐自然」。城市沒有靈魂與精神，而只有肉身，恰恰是當代不同時期不同人群的共同理解。想來不禁使人驚愕，那些 90 年代的時髦城市作家，竟有著鄉村式對城市的理解。從賈平凹到邱華棟，貌似不相干的外在形態居然有著內在的一致性。至 90 年代，對城市消費與享樂的理解被推向了頂峰。在這種情形下，我們又能奢望什麼？

我之所以說歷史呈非體性發展，是因爲在 80～90 年代的城市文學當中，比如劉心武、鄧友梅、俞天白，似乎並沒有丟棄「城市的氣氛、城市的思想與精神」，而 90 年代的城市文學在把握城市精神這一方面，反而不及 80 年代，甚至不如我們曾經鄙斥的宏大敘事。也許，張愛玲的傳統只能是一個小傳統，在農耕文明發達而城市文明薄弱的中國，愈是所謂「國陳化」的風格，愈是透出鄉村氣。我們所希望的有著成熟文化形態的城市文學，或許還要等上若干時日。

第二章　文學史之思

第一節　現代文學史敘述中的記憶與遺忘

　　現代文學學科經歷了數十年的歷程，伴隨著現代文學研究格局的不斷變化，現代文學史的敘述也大致經歷了若干階段。50～70 年代的現代文學研究擔負起了尋找政治主潮、解釋革命歷史的重任，並造成文學史敘述中左翼的中心性。在此情況下，現代文學史被看作是新民主主義革命的文化實踐，呈現出漸進的文化線索。當然，這樣一種文學史敘述大傳統，一方面遮蔽了除左翼主流之外的各種文學、文化小傳統，同時也對魯迅、茅盾等作家創作的多樣性與複雜性，以抽取符合要求的本質化實用方法，使之印證預設的簡單結論。至 80 年代，由於新的現代化、城市化進程的需要，整個中國現代階段的歷史被理解爲中國現代化的歷史。伴隨著 80 年代初的思想解放運動，研究者們急欲從新民主主義史觀束縛中擺脫，也急於從這一段歷史中尋找到新的文學史闡釋，因此，一種新的思想史闡釋標準悄悄建立，從此來代替傳統左翼文學史敘述。由於將這一段歷史理解爲現代化過程。因此，文化上的新與舊、東方與西方、傳統與現代的兩元對立模式便成了文學史敘述的主體，並把它看成了自「五四」高峰後不斷遞減，至 80 年代復歸的線索。我們姑且稱之爲「啓蒙」的文學史敘述。

　　應當說，對文學史的任何一種闡釋都是具有合理性的，它們都分別以某一價值觀作爲其合法性基礎，並進入工具層面。但關鍵在於，任何一種闡釋，一旦具有「中心性」，也就是說自居爲唯一的合法性，便似乎具有了霸權意味，

從而在克服了舊的文學史敘述障壁後，造成新的闡釋遮蔽。比如 50～70 年代，在「魯迅在金光大道上」的極左敘事之下，沈從文、徐志摩、張愛玲、錢鍾書等不能以「革命」來敘述的作家一直被排除在外。在當時多種《中國現代文學史》中，曾慷慨地給予蘇區、延安一些革命作家以相當的篇幅，卻不肯對沈從文等人多贊一詞。但在 80 年代之後的文學史敘述中，整個左翼與延安文學又忽然沒有了文學史位置，一切不符合「啓蒙」敘述的文學現象，又被排斥出了文學史。大學中文系學生可以對徐志摩的詩詠誦如流，但卻以談及左翼爲恥。延安文學因處於 40 年代後期，課堂上對它的講述也是草草了結。這一情形，還伴隨著體制內或體制外的諸多文學活動。90 年代後一次又一次的所謂排行榜，依循著各自的標準，不時地或把一些作家請出，或將一些作家請入。除卻商業性炒作的色彩之外，「中心性」觀念是變更文學解釋的主要動因。

「中心性」心態會將原本屬於邊緣的文學脈流與現象變成新的中心，原本以邊緣身份出現的文學史闡釋有可能成爲新的霸權。比如，在 90 年代現代文學最重要的域外推動力量中，李歐梵、王德威等人的日常性敘述、晚清現代性文學敘述，最初都是以反抗「五四」與左翼一元性敘述面目出現的。兩人的著作一旦引入國內，便引發了一陣陣所謂「現代性」、「日常性」的浪潮。學術會議上，不讀「現代性」者幾乎不能入席。更嚴重的是，李歐梵、王德威的日常性文學研究僅僅是爲現代文學史事實中的個體性、私人性、消費性現象提供合法性的，本來具有一種邊緣的特徵，雖然具有巨大的闡釋空間，但也只能作爲對文學史一個側面的揭示，而國內的追隨者卻有足夠的力量使其成爲全能闡釋。這便是歷史的弔詭之處；原本是彌補左翼文學主流敘事之不足的邊緣敘事，卻在將原來的中心驅逐後建立了新的中心，原本反線性思維的文學史敘述卻又變成了新的線性思維。

一部文學史像翻燒餅一樣翻來翻去。假如這種情形繼續下去，很難想像我們的文學史研究有眞正的進步。按後現代主義的說法，客觀的歷史似乎雖然是存在的，但它不會自動地呈現在我們面前，而必須通過敘述表達出來；要表達，則直接受制於語言，而語言又深埋於權力的關係之中。所以，按海登‧懷特的理解，歷史事件只是故事的因素，人們通過壓制、貶低一些因素，以及擡高和重視別的因素等等敘述策略，構成了對歷史的敘述。照我看來，敘述的權力來自於不同時期的中心意識形態，這樣一來，事件與對事件的敘

述便有了權力等級性，甚至是以或記憶或遺忘的手段來描述歷史。比如，當我們強調政治與社會革命的時候，文學的救亡主題便構成歷史主脈；而在現代化視界中對文學史進行思想史觀照時，啓蒙又成了文學史主線。而所謂日常性文學史敘事則又與我們當下熱衷的市民社會、「公共領域」探討有關。90年代被神話了的市場意識形態，則爲「晚清現代性」文學敘述提供了社會政治依據。拿左翼來說，我們對左翼文學的忽視，一定程度上來自於當今左翼力量整體削弱的世界格局，即福山所謂的「歷史的終結」。這不仍然是一種權力與意識形態問題嗎？如果文學史敘述中的權力等級性因素不能克服，我們的文學史敘述便很難走出中心性的圈子。

所謂「中心性」，被認爲是世界一體化後產生的一種世界觀，即認爲世界政治、經濟、文化的格局總是處在「中心」的支配之下，所有邊緣不斷向中心靠攏的狀態中。在此情形下，世界的全部歷史被本質化、結構化了。史學研究（包括文學史）都以尋找到唯一性的歷史本質、規律爲己任，從而排斥了對世界對歷史的多元認知。一般而言，「中心性」不僅是一種價值觀，更是一種工具論。

比如，夏志清初版於1961年的《中國現代小說史》對國內現代文學研究影響至深。他認爲，現代文學中的「感時憂國」精神源於中國知識分子太多的政治使命感，正是如此，才使現代文學作家大多將自己的作品作爲服從於政治變革的手段。而在他看來，獨立於政治責任與承擔的「純」文學才是眞正的文學。由於以後國內學界對夏志清觀點的認同，於是他反左翼敘述的基本文學史觀也成爲了國內80年代文學史啓蒙敘述的重要來源。但問題在於，夏志清本人雖然非薄左翼政治歷史，卻不排斥非左翼或右翼的政治歷史，恰恰是，反左翼政治歷史的基本理論構成了其文學史敘述的主要政治標尺。事實上，夏志清本人也是走不出「中心性」怪圈的。而國內研究界，對這一潛在的心理結構並未反省。在拿掉了有關左翼革命的文學史敘述中心後，事實上是在以「非政治」作爲文學史闡釋的主要標準。也即是說，一切都以「去」政治性爲尺度，具有政治色彩的文學現象與文學作品一概打入冷宮，反之則奉爲圭臬。這看起來與左翼的文學史敘述完全相反，甚至是一百八十度大轉彎，但深層的邏輯結構並沒有改變，即只能有一個中心性的描述模式，但文學史闡釋的多樣性仍然沒有建立。

再比如說，我們在反對傳統左翼文學史敘述的歷史化、本質化的時候，

是否又重新墮入其中，變為一種新的歷史化、本質化了呢？左翼的文學史敘述中將左翼與延安文學的多元複雜性抽取為簡單的「革命」，然後與「新民主主義文化」構想構成邏輯關係。而在啟蒙文學史敘述當中，恰恰也是這樣做的。不過是前者以此來推舉左翼，後者以此來貶低左翼，甚至於將其清除出文學史罷了。左翼文學與延安文學都是極其複雜的文學形態，其本身是多元的。除了對政治的集體承擔外，左翼文學中有魯迅、張天翼等人國民性批判的啟蒙傳統，有魯迅等人對社會歷史的知識分子個體承擔，有魏金枝、歐陽山等人的人道、人性傳統、有洪靈菲、柔石等人的個性解放傳統。啟蒙主題也並未削弱，不過是在啟蒙思想中融入了馬克思主義的整體社會改造觀念，從而將啟蒙思想進入到社會文化的實踐層面。而且，30 年代左翼文學並未形成一元性霸權，也不是中心意識形態，更不構成以後極左文藝的源頭。情形恰恰是，極左文藝思潮是在瓦解左翼傳統後才建立起來的，而這些在 80 年代以後的一些文學史家那裡，似乎都視而不見，而只是採取了一種最簡單的方法：遺忘。

文學事實是一種客觀存在，或者說，無法想像一部沒有左翼與解放區文學的文學。沒有左翼、解放區文學的文學史是不完整的。既然文學事實無法迴避，那麼我們的任務只能是如何闡釋它，而不是將其遺忘，或以遺忘它去建構新標準，不管這種標準如何新潮、時尚。一部只有新感覺派、張愛玲的文學史，正如同只有魯迅的文學史一樣不可思議。照我看來，在對左翼的、延安文學的態度上，我們過去的無限推舉與後來的整體否定與遺忘，都沒有建立於學理層面，我們對它們的研究（我說的是真正的研究）不是很多，而是太少。

左翼文學與延安文學都有著某種歷史的必然邏輯性，事實上是救亡與啟蒙在特定階段結合的產物。在這個層面上，左翼文學表明了對 20、30 年代國際無產階級文學的一個回應，帶有世界性，延安文學則較多地將其歸之於本土性問題。既使從啟蒙這一立場出發，也可以看出其價值。從現代性角度來看，左翼文學，特別是左翼城市文學，將世界主義視野下的民族國家焦慮發揮到極致。他們將中國城鄉政治經濟納入世界格局中，發現了中國社會的更加邊緣化以及世界主義本身所包含的殖民性，最終企圖以階級鬥爭來完成民族國家使命。而解放區文學則表明現代性構造的另一種可能性，即民族國家建構與傳統社會組織的關聯。在中國，革命也是一種現代性，甚至於還是啟

蒙現代性與日常現代性的基礎。筆者曾從工業文學角度對左翼文學進行過一段時間的研究,發現左翼文學具有諸多文學史闡釋的可能性。比如,茅盾發現了隨工業經濟而來的城市現代性的主導,其中,人物的各種屬性對經濟中心屬性的附屬是一個重要方面,而這恰恰是日常性文學史敘事在張愛玲等人身上所強調的。從工業經濟這一角度,左翼所發現的中國城市其實與張愛玲、蘇青等人有著某種一致性。綜上所述,既使是在啓蒙敘述、現代性敘述、日常性敘述當中,左翼與延安文學也有其考察的價值。

將新的文學史敘述建立在遺忘的基礎上是不恰當的。我認爲,文學史研究應當具有兩種正確的態度。首先是注意到各種文學史闡釋的階段性與有限性。任何一種文學史敘述都只表明了在某一社會思潮下闡釋對象的可能,都無法自居爲唯一的合法性。因此,不同時期的研究工作也絕非彼此的替代關係,而是相互借鑒、相互補充。其二,克服因中心心態而帶來的對研究對象或選擇性記憶、或強行遺忘的弊病。文學史敘述必須面對所有文學事實。建立任何一種新的文學史闡釋標準,其目的應在於最大程度上包容、闡釋文學史。一部有社會革命,也有啓蒙與日常性的文學史才是一部完整的文學史,我們的任務是揭示文學史現象無可迴避的歷史邏輯,而不是簡單地將它抹去了事。只有這樣,才能傳達出有價值的文學史思想

第二節 史觀呈現與歷史觀的表達
——歷史文學中的史觀與時間狀態

說到底,歷史是一個時間概念,歷史文學是關於時間的文學,文學中的歷史觀念也往往是從對時間的理解中來。事實上,有關歷史文學爭論的主要問題,包括最近一些學者對歷史文學概念所提出的命題,如客觀態、遺留態等等,大都包含著對歷史作爲一種時間概念的理解。但是,時至今日,對歷史文學的時間觀念,學界鮮有深入的研究。在黃子平《革命·歷史·小說》對紅色經典歷史小說的研究中,較早地以時間概念介入歷史文學研究,提出了極富於啓發性的論斷。筆者以爲,對於歷史文學的創作來說,不管是以史實爲基礎的作品,還是對歷史進行擬實、虛構的作品,大體都會從所敘內容中呈現一種時間觀念或時間狀態,以表述其各異的歷史觀念。或者反過來說,特定歷史觀念的表達,也會造成歷史文學對時間的不同理解。既使是堅執要

取消時間的作品，也概莫能外。既然如此，我們便不能不以時間狀態的角度，來對歷史文學作一番討論了。

一、道的循環與時間秩序

在中國，歷史文學向為望族，究其原因，乃在史官文化與史傳傳統。顧準曾說：「中國文化是史官文化，服從於政治權威的史官。」〔註1〕在中國古代文化早期，歷史與文學本無明顯的分界。事實上，最初的文學是附著於史籍而存在的，即史傳傳統。這就使得歷史與文學很難分清，譬如《史記》、《左傳》一類作品。胡懷琛先生說：「《史記》在文學界的位置，比在史學界的位置要高。我們拿它當史看，不如拿它當文看。不過，一面拿它當文學作品看，一面也可以知道一些史事，故我以為《史記》這部書，絕像現在的歷史小說。」〔註2〕

按一些學者的看法，到了唐宋傳奇，小說與歷史著作開始發生分化，但實質上只是日常人物、事件與重大歷史人物、事件的分化。後者仍是史家的職責。也由於這個原因，歷史小說還不存在於小說中，而仍然存留於史籍中。明清歷史小說的發現，標誌著歷史小說與歷史著作的正式分化，但這種分化在一些學者看來，只是文體意義上的，而在內容意義的表達上卻仍未獨立。換言之，歷史小說所要表達的仍是史書的觀念，也即正統的歷史觀。及至近世，這種情形仍未有改觀。1912年，梁啟超創辦的《新民叢報》中一篇文章曾對歷史小說進行性質上的認定：「歷史小說者，專以歷史上事實為材料，而用演義體敘述之。蓋讀正史則易生厭，讀演義則易生感。」〔註3〕從這段話可以看出，時人對歷史小說的認定，仍以史書的標準為基本判斷標尺，不過是小說形式可略增讀者讀史的興趣而已。所以，歷史小說「謂為小學歷史教科書之臂助焉，謂為失學者補習歷史之南針焉亦無不可」。〔註4〕歷史文學依附於史書，其最高境界，仍被人看做「可進於史」。

既然如此，古代乃至近代的歷史文學，仍以講史為其基本功能，「載道」色彩極為濃烈，自然，它難以脫離傳統史籍的歷史觀念。中國古代社會長期處於經濟與社會形態上的停滯狀態。雖則數千年來朝代更迭，卻基本上未有

〔註1〕顧準：《顧準文集》，貴州人民出版社1994年版。
〔註2〕胡懷琛：《〈史記選注〉序言》，商務印書館1927年版。
〔註3〕《中國唯一之文學報〈新小說〉》，載《新民叢報》1902年第14號。
〔註4〕陸紹明：《〈月月小說〉發刊詞》，載《月月小說》第1卷3號，1906年。

性質上的改變。因此，朝代的更迭便成為一種循環與輪迴，而在史家看來，即是「興衰」兩字，而所興與所衰的原因不外「道」之存與不存。「失道」則王朝衰，「得道」則新王朝「興」。因此，道統與政統是高度統一的。「道」，是傳統政治的合法性基礎，即由個人修身養性到治國平天下政治秩序的一種穩定的價值體系。新興的政權，竭力以「道」作為正統。既使是少數民族政權，也莫非如此，甚至於由於其異族的身份，「道」之講求，似比漢民族更盛。滿清時代皇帝的講經即是明證。而每一朝代對前朝的修史，也是依據「道」的正統性而來。朝代的興衰，使「道」完成了一個循環，因而，歷史問題最終成為一個時間問題，時間秩序成為絕對的道德秩序的一個對應物。

明清之際的諸多歷史小說，在時態的基本把握上即是循環狀態，其中有明確的因果關係內核。綜觀這些歷史小說，基本都以「亂」開始，以「道」之復歸為主線。既使是《金瓶梅》等表現世俗生活的作品，也都以講「道」起筆，以顯「勸懲」之意。豔情小說雖誨淫誨盜，卻總是以因果報應而「借淫說法」，以得到道統上「勸善」的合法性。《肉蒲團》第一回就說：「做這部小說的人，原是一片婆心，要為世人說法……不如把色欲之事去萌動他，等他看到津津有味之時，忽然下幾句針砭之語。」因此，《肉蒲團》又名《覺後禪》，也就不奇怪了。一般而言，古代歷史小說中的主體部分大都表現由亂而治的過程，最終「歸於一統」，「道」由此完成了一個循環。《三國演義》的正統色彩已是不爭的事實，連《水滸傳》這樣表現農民造反的作品，事實上，也有一條「盜」與「道」合一的線索，或者說「盜亦有道」、「盜即真道」，所以要「替天行道」。既使是如《紅樓夢》這樣充滿悲劇意義的作品，也終究是一場因果輪迴的過程：賈寶玉由一塊頑石蛻化而來，最終又隨空空道人棄塵世而去。「道」與時間的關係還往往衍化為固定的話語表達習慣，如「分久必合，合久必分」、「氣數已盡」、「氣數未盡」、「善有善報，惡有惡報；不是不到，時候未到」等等，恰恰表現出中國傳統思維當中的時間——因果關係鏈條。

時間——因果關係模式也對傳統歷史小說的文體結構產生支配性影響，這大概是中國古典小說，特別是歷史小說的單線型結構的主要基礎。《三國演義》是典型的編年體結構，而《水滸傳》雖稍稍複雜一些，但在「梁山泊英雄排座次」之後，也進入編年體縱向結構。既使不是以編年體線型結構為主的作品，其在局部結構中，也仍以編年為主要結構形式。一向被人們提及的

中國傳統敘事作品中的情節完整性（有始有終）、大團圓結局等等，也都與此有關。觀念決定了文體形式，這在以後，甚至在民國初年，都是歷史小說特別是通俗類歷史小說的主要特徵。

二、發展史觀與進化時間狀態

文學與史傳的分離，雖使歷史文學具備了獨立選擇歷史觀念價值判斷的可能，但中國文學強烈的「載道」傳統，使得歷史文學可以不「講史」，但必需表達史觀，而且是一元論的史觀。因此，從某種程度上說，文學與史傳的分離，仍是文體上的。

進化主義是現代新文化、新文學產生的基礎。需要辨析的是，由於亡國滅種的現實，當時多數中國人所接受的進化觀念，並不來自於達爾文的《物種起源》，而是源自嚴復翻譯的《天演論》，甚至於將進化主要理解為一種人類進程，而不是自然過程。也即是說，社會達爾文主義，在現代中國人的進化觀念當中，佔據了主導地位。「物競天擇，適者生存」成為民族文化危機中變革求新的合法依據，而救亡與啓蒙又成為進化主義觀念的正反兩面，並直接導致全面的反傳統主義。「五四」前後對中國舊文化的猛烈抨擊，特別是魯迅對幾千年文明吃人本質的揭露，從思想史的角度，全然否定了傳統社會文化的合理性，同時也宣告了傳統時代朝代更迭的循環論時間觀念合理性的破產。歷史不再是「循環」過程，而是「發展」過程。而由進化主義衍生的知識分子思維中的中／西、新／舊模式，成為歷史觀中的基本標尺。此後，新與舊模式隨時代而不斷髮生變化，特別是在20、30年代之交，伴隨著無產階級革命運動，左翼人士接受了歷史唯物主義觀念，進化主義已成為革命意識形態的基礎，階級與階級鬥爭被理解為中國歷史文化發展的動力。這不僅是中國現代文學發展的一般狀況，也是我們認識現代歷史文學的一個支點。

梁啓超較早將發展觀念引入史學研究領域。而在此後李大釗等人的認識中，則將馬克思主義社會發展史的一些基本命題引入中國，諸如生產力決定生產關係與階級鬥爭學說。應當說，馬克思主義對人類歷史五個階段的劃分，較明顯地表現出歐西知識分子的發展觀念與進化觀念，在這一點上，它與進化主義有相同之處。這對中國知識分子的影響是巨大而且深遠的。對歷史進行觀照中所持的「進步——發展」觀念，成為大多數作家奉行的普遍價值，由此也生發出「進步——發展」總模式之下的一些亞模式，諸如進步與落後、革命與反動、改革與保守模式。雖然作家的描寫史實各異，對人與事的各自

判斷不同，但大都受制於這一模式。在這樣情形下，時間的狀態即是事物由低級向高級發展的狀態，即漸進狀態；時間的演進必然伴隨著事物的變化，即體現著社會歷史的規律。而在進化主義歷史觀中，「規律」即是人類文明的進步與發展；時間的推移，也即文明的進程。在這一模式中，時間具有了有起點、無終點、漸進的與開放的特徵，而且，它通常指向未來，即歷史發展的方向性。

既然是「發展──進步」史觀，自然建立之於「何謂發展與進步」這一基本思維上。這也使得現代至當代的許多歷史文學作品，具有了時代性，並容易與特定的歷史文化潮流相接近。尋找到被認可的歷史規律，這便是「古爲今用」的內在含義。雖然魯迅的《故事新編》特殊的文體特徵，在內容傳達上有其獨異之處，但我們從其多數篇章中都能感覺到這一點。《故事新編》中的羿、女媧、墨子，特別是禹，大都被賦予有實踐精神的先驅者、勞動者、改革家意義。女媧的生命創造、禹的治水精神、墨子的和平理想、羿的濟民意識，都被視爲「中國的脊梁」。魯迅在《序言》中說：「沒有將古人寫得更死」，大體是爲了「喻今」的作用，暗含著中華民族自古至今代代傳承的精神指向。

30 年代以來，「五四」式的多元思維開始讓位於民族矛盾與國內階級鬥爭的現實，這一情形，導致 30 年代大量農民起義題材的作品與抗戰初期愛國題材作品的出現。1929 年，孟超的《陳涉吳廣》發表於共產黨的機關刊物《引擎》上。而此後，茅盾一系列的歷史小說，如《石碣》、《豹子頭林沖》、《大澤鄉》等，更推動此類題材的大量出現。隨後，僅表現陳勝起義的作品，便有陸費堭的《陳勝王》、廖沫沙的《陳勝起義》、孟超的《戍卒之變》等等。這些作品大都著眼於反抗主題，隱含著階級鬥爭推動歷史進步的發展模式，且被視爲與當時反抗統治相對應的歷史鏡象，其中的進步史觀不言而喻。至 30 年代末，反侵略主題的歷史文學大量出現，並在整個 40 年代得到延續並發揚光大。在其中，南宋、南明與太平天國題材又格外突出。及至郭沫若歷史劇的出現，使這一類歷史文學走上鼎盛。究其原委，無外乎反對投降、爭取民族自由已成這一時代主題，民族自決與獨立，被視爲歷史進步的主潮。既使是這一時期表現政治鬥爭的歷史小說，也大體被賦予進步與保守的意義，如宋雲彬的《玄武門之變》、劉盛亞的《安祿山》等。而宋雲彬的《變法》與楊剛的《公孫鞅》則直接以改革與保守派之間的鬥爭爲題。既連取材於西方

歷史的作品也大體如此。30 年代，鄭振鐸《取火者的逮捕》等四篇小說，借古希臘神話，表述「人」的鬥爭與勝利；而巴金以法國大革命為題的一組作品，按巴金的自述：「一言以蔽之，不敢忘記歷史的教訓而已」。〔註5〕

80、90 年代的古代歷史題材作品，也都根據作家理解的進步／落後模式對歷史進行闡釋。比如，在 80 年代，「反封建」一直是作家們創作的主導思維，甚至於有作家認定：「如果反映不出這個主題來，就不是優秀的歷史小說，就是沒有完成一個有覺悟的作家所肩負的任務」。〔註6〕不過，這一時期，對「何謂歷史進步」的理解已經悄然發生變化。一方面，在《李自成》、《星星草》、《風蕭蕭》等小說中，仍然基於階級鬥爭學說對人民推動歷史進行認定，而另一方面，從思想史角度對進步思想影響歷史發展的寫作思路已經開始。前有任光椿的《戊戌喋血記》，後有劉斯奮的《白門柳》。有學者認為，在《白門柳》中，體現人類社會進步的不是李自成起義，而是以黃宗羲為代表的早期民主思想，而這正是以後中國社會發展的路向。〔註7〕

事實上，進步——發展史觀還衍生出了中國歷史文學中的一個重要現象，即「翻案」問題。所謂「翻案」，即在於對重要的歷史人物與事件進行新的、甚至與過去相反的理解，但翻案所依據的根本價值尺度，也是對人與事是否「進步」的基本認識，其內在思維核心，仍是進步發展的一元論。在這一點上，倒是與傳統小說「道」的觀念有共同之處，只是在評判具體的歷史中人與事是否「進步」的時候，會相應地賦予其不同的新的時代意義，比如，國家建設、人民性、儒家法家、民族團結等等。郭沫若創作《蔡文姬》、《武則天》的直接目的就是翻案。值得注意的是，郭沫若在談到此類翻案史劇所持的基本動機時，直接使用了「發展」一詞。他說：「我寫《蔡文姬》的主要目的是替曹操翻案。曹操對我們民族的發展、文化的發展，確實是有過貢獻的人」。〔註8〕在這裡，「發展」與「貢獻」被賦予了作者在劇中所指的「重建建安文化」與民族團結的意義。曹禺在《王昭君》中，也賦予這個哀婉故事以促進民族團結的意義；《膽劍篇》中寫「十年生聚，十年教訓」的艱苦奮鬥，也被認為與當時國家所面臨的困難有關。〔註9〕

〔註5〕巴金《沉默集（二）・序》、《巴金文集》第9卷，人民文學出版社1959年版。
〔註6〕吳越：《歷史小說與反封建》，載《文藝報》1986年6月21日。
〔註7〕吳秀明：《轉型時期的中國當代文學思潮》，浙江大學出版社2001年版。
〔註8〕郭沫若：《〈蔡文姬〉序》，文物出版社1959年版。
〔註9〕洪子誠：《中國當代文學》，北京大學出版社1999年版。

　　90年代以後，在「新權威主義」與「新保守主義」的合力簇擁下，翻案文學又出現了新質，並大量出現在關於清代至民初人物的小說、影視文學中。在清帝（主要是康熙、雍正兩位）以及曾國藩、張之洞、袁世凱的題材中，文學作者與影視導演們所持的翻案標準不同於以往。二月河創作的《雍正皇帝》以及隨後被拍成的電視劇，大都著眼於新權威主義思潮下中國政治家非階級性的職業特點，即維護國家統一、勤政、反腐改革等等。在這一名目之下，帝王將相作爲封建統治者的殘暴、皇權、專制等特性已經被極大地容忍，對其中的一些成份，如權術、思想控制等等或許還受到嘉許，而這在80年代的進步發展觀念中可能恰恰是被批判的。比如飾演清帝的演員便說：「當家難啊，國家要強大，經濟要發展，有些事情不做不行」。由此看來，依據職業特性而非五、60年代的階級特性與80年代的文化特性，給予帝王以歷史地位的指認，恰恰是90年代以來，國人對當代政治的一種默許心理。這在以往是絕難做到的，但同時也是依據發展史觀人們對「何謂發展」理解中的一種。也許，由於發展史觀的嬗變，翻案文章還會在不同的理解上花樣翻新。

三、紅色經典歷史小說：進化時態的文體模式

　　「十七年」的紅色經典歷史小說，把基於進化主義理念的進化論時間觀念推向了高峰。在這方面，黃子平在其《革命‧歷史‧小說》中有精譬的論述。黃子平認爲，西方的進化論時間觀取代了傳統的循環論時間觀，從而爲「革命歷史小說」確立了一條「革命」不斷走向成功與勝利的敘事線索，甚至影響到人物關係，人物形象也大體呈時間化。〔註10〕

　　應當說，進化主義時間觀念的基礎在於理性主義，故而它往往會給予時間一種本質化理解，即事物由低級向高級而行漸進的運動，從而一步步走向理想之境。事實上，如前所述，對於將時間本質化的做法，並非從紅色經典歷史小說開始。但是，雖然現代階段的歷史文學已經確立進化史觀的時間概念，但多數仍停留在史觀的表達上，還不具備相應的文體特徵，它們只是在「規律」之下尋找對歷史人物與事件的解釋，而難以描述規律本身形成的狀態，即過程性。將馬克思主義唯物發展史觀在文學中運用的典型範例，可溯源到《子夜》。茅盾對社會發展的「動態性」的強調是眾所周知的。他在對中

〔註10〕參見黃子平《灰闌中的敘述》，上海文藝出版社2001年版。

國社會更加殖民地化這一當時時代的時間線索上，展開了民族資產階級命運過程的理解，不同的是，紅色經典小說所寫的是革命從失敗走向勝利，而《子夜》所寫的是「從失敗走向失敗」而已。但是，將時間本質化，進而將紛繁的社會生活形態附著於社會主潮流的基本模式已經確立，並對以後的歷史文學（也包括非歷史文學）巨大重大影響。此後，「從……到……」成為文學，特別是長篇小說的基本寫法，以致有人認為，《子夜》模式成為以後歷史小說的三種模式中最為主要的。〔註11〕

　　已有研究者注意到，這類小說往往從災難或失敗開始：

> 《保衛延安》起於延安即將失陷。《林海雪原》始於土匪屠殺老百姓。《紅日》開頭，便是漣水之戰，解放軍吃了敗仗。《紅岩》，地下聯絡站出了叛徒，大批革命者被捕入獄。這些都不是前世的報應或天定的劫數，不僅僅是小說的「話頭」，從根本意義上說，更是革命的起點，歷史的起點。〔註12〕

類似的例子我們還可以舉出很多：如《青春之歌》中開頭一部分的林道靜因迷惘而踏海；《紅旗譜》中朱老鞏大鬧柳樹林的悲壯失敗等等。唯其如此，才能夠寫出革命集體與革命者的成長性，以和漸進的時間觀相吻合。《紅旗譜》與歐陽山的《三家巷》等作品，都是關於革命「起源」的敘述，與《青春之歌》一樣，在開頭與勝利的結局之間，是一個關於革命者「成長」歷程的故事，即由農民、小資產階級知識分子到無產階級戰士，從個人主義到集體主義。成長的過程也是一個時間本質化的過程，因為其本質早已由結尾確定下來。而紅色經典歷史小說的結局，幾乎無一例外，呈現出開放性，即結局所止的是革命勝利的時間，但暗指的則是未來——共產主義的藍圖。

　　應當注意的是，紅色經典歷史小說不獨在整體的歷史觀念上基於進化論時間觀，而且，這種時間觀還表現於所寫題材在敘事的內在時間長度上。這表現在兩個方面。我們注意到，紅色經典歷史小說大都取材於新民主主義革命時期，其原因自不待言，但究竟哪一段時間的事件才算歷史，從何時寫起，又止於何時，其內在規定性源於對意識形態的完整表達。周揚曾在第一次文化會上激情滿懷地說：

> 假如說，在全國戰爭正在劇烈進行的時候，有資格記錄這個偉

〔註11〕陳思和主編：《中國當代文學史教程》，復旦大學出版社1999年版。
〔註12〕黃子平：《灰闌中的敘述》，上海文藝出版社2001年版。

　　大戰爭場面的作者，今天也許還在火線上戰鬥，他還顧不上寫，那
　麼，現在正是時候了……它們將要不但寫出指戰員的勇敢，而且還
　要寫出他們的智慧，他們的戰術思想，要寫出毛主席的軍事思想如
　何在人民軍隊中貫徹。這將成爲中國人民解放鬥爭歷史的最有價值
　的藝術的記載。〔註13〕

這一段話，其實已經傳達出相當多的信息：首先是時間的終點，即「勝利」；
其次是時間的過程，即正確路線思想的貫徹與革命者的勇敢。至於時間的起
點，則自然由不同事件而定，如黃子平所說，大都從「失利」寫起。更重要
的，「歷史文學」的敘事必須呈現出一種完成態，也即一個歷史事件從起點經
過程到完成的完整狀態。因此，一般而言，「革命歷史小說」必須寫到「革命
勝利」，因爲非此便不足以表達意識形態。這也就是周揚「現在正是時候了」
一語的含義。起點過程與終點便構成了一個完整的「革命」從失利到勝利的
敘事。理解了這一點，便不難理解，爲什麼「革命歷史小說」的作者總是以
新民主主義革命爲題材，哪怕事件發生的時間與寫作時間相距再近也被稱爲
歷史小說，如《林海雪原》；而表現社會議建設的題材，既使事件發生與寫作
的時間相距較近也難以進入歷史文學事之列。與此相關的第二個方面是，紅
色經典歷史小說大都在結構上有一個內在時間長度，即革命從失利到成功，
這構成了這一類小說在時間上的敘事長度，至於歷史事件本身從發生到終結
的自然時間長度，反而變的不重要。

四、在後現代語境中：取消歷史時間的兩種傾向

　　當代中國文化，是一個混合了前現代、現代與後現代文化的複雜體。其
中，現代性與後現代性文化，並不像西方文化那樣截然可分。在中國，這兩
者都是以對抗意識形態「中心化」價值觀念的面目出現的，因此，兩者之間
的混雜是中國文化特有的景觀。特別是，由於意識形態「中心」解構大致發
生於 90 年代，而此時，後現代理論已相繼被介紹進來，因此，現代性文化（先
鋒文化）也往往同時具有了後現代色彩。後現代主義的一些特徵，諸如解構
中心與整體性、消解歷史、以文本代替本體、零碎片斷等等，也是中國特色
的現代性特質。同時，90 年代以來大眾文化的迅速蔓延，在共同對抗意識形
態這一立場上，與後現代文化形成合謀。這就形成了一種奇怪的圖景：作爲

─────────────

〔註13〕周揚：《周揚文集》第一卷，人民文學出版社 1984 年版。

先鋒文化的新歷史小說與大眾文化語境中的歷史影視文學在精神上取得了某種一致，兩者同處一種語境，已是不爭的事實。

90 年代以來，隨著中國社會的急劇轉型，人們對歷史幾乎失去了認識論上的興趣，歷史必然性的原則與歷史進步論的觀點在一部分人群中普遍受到懷疑。80 年末，中國文壇上出現了名之曰「新歷史小說」的一支文學力量。就理論上說，中國的新歷史小說與西方的新歷史主義似乎並沒有多少傳播與接受的關係，但前者的創作理念與後者又有某種契合。新歷史主義代表人物，如格林布拉特、海登‧懷特等，雖然各自理論存有差異，但從總體上說，就其對歷史整體性、歷史決定論、歷史終結論、歷史烏托邦的否定而論，大體是一致的。新歷史主義認為，歷史一旦成為過去，當然就不可能複製，甚至難以接近。歷史只是「現在與過去的對話」（英國史學家卡爾）而已，也不再是線性的維度。歷史是什麼，已經成為無法說清的東西，似乎只存在於文本中，就像傑姆遜說的：「一切關於世界的語言，都僅僅是語言，而非世界本身」。

歷史必然論是支撐傳統史觀的支點，也是線性時間觀念的核心，而此時已成眾矢之的。波普曾說：「如果我們以為，歷史在進步，或者說，我們非進步不可，那我們就錯了，我們跟那些相信歷史是有意義的，而這種意義可以在歷史本身中發現，不需要我們給與它的人，犯了同樣的錯誤。」〔註14〕由歷史必然論出發，傳統的歷史觀，大體表現為歷史決定論，歷史或由經濟決定，或由政治主宰。而在新歷史小說那裡，歷史發展往往是無序的、非邏輯的、片斷的，甚至是無意義的。它毫無規律可言，更無必然性，當然也就沒有認知的必要。假如它還有用的話。那也僅僅只在修辭的意義上。書寫歷史，至多不過是一種背景，甚至只是一種敘事動機而已。其所要達到的目的，是在特定的文化氛圍當中，進行人的生命形式與生命狀態的寓言式把握。

我們有理由相信，新歷史小說是在質疑意識形態的合法性，但這並不是主要的。因為，一方面，轉型時期的意識形態，已經隨著新的經濟與社會形式而轉變。也就是說，靶子已經隱去。同時，質疑舊的意識形態本身，也就意味著尋求新的意識形態的企圖，而這恰恰是新歷史小說所要規避的。關鍵在於，新歷史小說根本上就質疑將時間本質化的做法，它拋棄在歷史當中尋

〔註14〕波普：《歷史有意義嗎》，《西方思想寶庫》，吉林人民出版社 1988 年。

找規律與必然性的做法，也拒不承擔探尋時間從開始到未來的責任。因此，在新歷史小說中，時間事實上被取消了過程的性質，同時，也不賦予其他任何超越物理性質的意義。對新歷史小說而言，時間可能只是自然狀態。但由於自然狀態的時間又必須包含特定的空間性，以及空間性本身具有的文化政治背景，故爾，新歷史小說打破時間的自然狀態，也就打破了歷史的空間性，從而全面地解構歷史作爲本體的存在。

我們注意到，大多數新歷史小說都沒有過於確定的時代標誌，這一點似乎同魯迅《吶喊》、《彷徨》中的小說相類似。但魯迅此舉的目的在於將歷史與現實溝通，以說明中國社會自古至今從未改變的社會狀況；而「救救孩子」之類的呼聲，則又顯示出他在觀照歷史時的進化論參照，由此確立他對於過去、現在、未來的認識，仍然是進化主義的時間概念。而新歷史小說要則以此達到要歷史非邏輯、非過程的一面，從而淡化事件與人物的特定性，尋求人性表達上的所謂深度。有人稱它爲現代性寓言，應當說是有道理的。

新歷史小說的早期代表作品《靈旗》，其背景是紅軍湘江之役。作者選取的敘述角度是青果老爹的回憶。作者並不以湘江之戰作爲敘事主體，而只是讓人物回憶其爲紅軍復仇的情形。紅軍怎樣被殺（割耳、割卵、砍頭），他便以同樣的方式復仇。在作者的處理中，紅軍被殺與爲紅軍復仇並沒有構成因果的邏輯關係，至少是關於革命戰爭的因果關聯，而恰恰是，殺戮紅軍與青果的行爲本身都是一種人性的異化。時間的因果性與過程性都被否定了，因而也就取消了時間的本質化，突出了回憶在敘事與修辭上的意義。

傳統小說敘事被認爲有兩個系統，即敘事的邏輯系統與敘事的時間系統。通常，兩者是統一的，以此完成意義表達。儘管敘事的時間系統並不是一個顯在的存在，但由於敘事本身的因果邏輯，能夠表現出時間在自然狀態下的延續，因而傳統敘事統呈線性線索。中國傳統小說與十七年的紅色經典歷史小說基本都是如此。這一點，顯示出歷史必然論的基本思維。而在新歷史小說那裡，拋棄歷史必然論的有效手段，便是打破敘事的線性線索，將邏輯系統與時間系統分離，以取消時間的意義來消除歷史的邏輯意義，從而呈現出新歷史小說家們所認爲的歷史的偶然性與非本質性。在新歷史小說中，敘事者的敘事經驗與所敘事件往往是分離的，甚至連敘事者本身的身份也難以確定。這在蘇童、王小波、劉震雲的小說中經常見到。比如：王小波在《青銅時代》中，將王二的境遇與李靖的故事交叉甚至混融；蘇童在《1934 年的

逃亡》、《罌粟之家》等篇中敘事者與人物經驗的錯位等等。另外，多重敘述人稱與敘述視角的轉換，也是造成對事件確定性理解的障礙。至於像《紅高粱》中「一九三九年古曆八月初九」這一類語言的使用，更是有意混淆時間的確定性，以削弱事件本身的認識論意義，以進入抽象層面。

大眾文化背景下的歷史影視文學，分明具有後現代文化的特徵，諸如消解歷史主體性、用文本代替本體，在這一點上與新歷史小說不謀而合。但它同時又有著消解終極關懷而追求文本（寫作、閱讀）快樂的原則，這一點與新歷史小說在瓦解歷史確定性後詰問人性狀態是不同的。由於大眾文化生產的起點與終點都指向消費，必然地以娛樂為其主要手段，因此，這一類歷史影視具有鮮明的現時性時間狀態，即價值觀念不定形、易改變，一切都在此時此地的感官當中印證價值所在。換句話說，其內在時間模式是當下性，即一切都是現在進行時。

90 年代後，歷史影視文學的時間狀態的第一個突出表現是：掠奪歷史題材，將其歷史深度與意義構成削平，以至取消，以突出當下的娛樂性。這一類作品的掠奪對象十分廣泛，大致來說，有民間文化（故事、傳統）、正史與精英文學，而瓦解意義的一般方法即戲說。比如在流傳甚廣的唐伯虎、梁祝等民間傳說中，編導們取消了民間文本中的原來意義（如愛情），而把它變為武打加調情的鬧劇。這一情形相當普遍，不僅在《康熙微服私訪》、《還珠格格》、《鐵齒銅牙紀曉嵐》等通俗作品中存在，也存在於陳凱歌、周曉文、張藝謀等人的刺秦題材電影中。《秦頌》、《荊軻刺秦王》當中，一女二男的感情糾結成為主體，而刺秦本身的歷史意義反被遮蔽。如導演周曉文所說：《秦頌》與各國歷史無關。這也就使得刺秦題材失去了歷史邏輯，而成為男人與女人的感情故事。在乾隆題材中，乾隆作為皇帝這一政治符號所具有的內涵被「大哥」、「好漢」等角色取消，而進入武俠文化闡釋，所以，種種武打場面一個個被炮製出來。由於將人物命運置於嬉笑打鬧當中，人物命運的歷史性也如同電子遊藝一樣，被賦予遊戲色彩，從而瓦解掉歷史作為過去時態的性質。另一些近現代歷史題材影視，如《紅色戀人》等等，革命過程中包含的性與暴力元素被突出，而革命的其他意義則被拋卻一邊。種種情形，都導致了歷史作為特定過去時態的消亡。

第二個表現是視覺化所造成的現時感。後現代文化產品的接受方式，是從閱讀轉向可視，閱讀過程中的意義追索已讓位於視覺刺激，其不同尋常的

意義即在於讓視覺本身構成主體而迴避意義。我們看到，莫言的《紅高粱》
經張藝謀改編之後，就有了大量刺激性的視覺書寫，如顛轎、野合、醉酒等
等。《妻妾成群》被改編爲《大紅燈籠高高掛》，由於導演刻意的民俗展示，
而排除了劇中頌蓮的複雜人生意義，點燈、滅燈、封燈、捶腳都成爲儀式性
的外在化圖景。另一些關於革命歷史題材的改編影視中，炮烙、砍頭、火燒
等視覺場景也前所未有地被突出出來。越趨晚近，由於影視技術的不斷提高，
視覺化已成爲編導滿足觀眾現時性娛樂的首選，而且越來越接近廣告畫面甚
至 MTV 畫面的傾向，具有虛擬性。歷史片成爲服裝、色彩、景致、民俗的視
覺色彩大展覽，音響、畫面乃至數碼合成等技術手段，日益將視覺化推向頂
峰。

　　已有人使用巴赫金的狂歡理論來評論當代影視劇，是恰當的。視覺化傾
向的關鍵，在於使視覺成爲主體，因此，它必然地具有虛擬特徵與儀式性，
表達出一種切斷歷史邏輯的圖謀。由於影視所提供的虛擬場面類似狂歡節的
廣場，因此，它常常與狂歡之外的世界——真實的時空相隔離，如巴赫金所
說：（狂歡）這種寓言所遵循和使用的是獨特的「逆向、反向和顛倒的邏輯」。
〔註15〕因此，狂歡的暫時性與現時特徵也就不言而喻了。法蘭克福學派認爲，
大眾文化之所以泛濫，其重要原因在於它符合現代商業社會的最一般規律，
即交換性。由於大眾文化影視在觀眾中所取得的認同程度，以及大眾文化本
身所具有的維護意識形態的作用，主流文化常常採用與之共謀的方式，以求
得自己的市場。我們看到，相當多的所謂歷史正劇，也都具有現時性表達的
意願與實踐，以致像《太平天國》這樣的電視劇也一再以「江山如畫，美女
如雲，猛將如虎」等語彙來作宣傳。

　　當然，這並不是說，大眾文化產品的生產者是以現性時表述歷史。絕不
是這樣。以非歷史時態表述歷史許可能是新歷史小說的使命，這或許會使其
對人性與生命的把握更見出超越時間界限的一面。大眾文化產品，由於它不
以表述歷史爲己任，因而也並不刻意地去處理時間。但由於歷史題材所特有
的關於時間的特性，因此，去掉了意義追索本身，也就取消了對時間處理的
興趣，成爲一種平面化的狀態。任何有深度的時間意義都不存在了，於是，
一切都成爲了當下。在這一點上，它與作爲先鋒藝術的新歷史小說是有差異
的。

〔註15〕巴赫金：《巴赫金文論選》，中國社會科學出版社 1996 年版。

第三節　娛樂類「文革」手抄本熱的大衆文化解析

一

　　「文革」時期，《一隻繡花鞋》（又名《梅花黨》、《梅花檔案》）、《葉飛三下江南》、《一雙繡花鞋》等娛樂類手抄本一直是以手抄、口傳的方式在「地下」秘密流傳。「文革」結束之後，當啓蒙類手抄本和「地下」現代派詩歌陸續通過出版、發表等方式浮出歷史的地表，並引起讀者和研究者的興趣之時，娛樂類手抄本並沒有引起文化界和知識界的興趣。其粗糙的敘事、鬆散的結構、稍顯混亂的邏輯，是這類「文革」地下手抄本的致命硬傷，也是知識精英對之不屑一顧的主要原因。因此，在很長的一段時間裏，它們僅僅是作爲沒有價值的「化石」，存在於歷史記憶的深處。但在 21 世紀初期，這類手抄本突然進入了人們的視野。文華圖書發展公司的經理白士弘先後策劃出版了《一隻繡花鞋》（2000 年）、《暗流：「文革」手抄文存》（2001 年，此書收錄了 7 個手抄本）、《少女之心》（2004 年），繼而引發了一輪「文革」手抄本熱。2004 年，根據「文革」地下手抄本改編的長篇電視連續劇《一雙繡花鞋》和《梅花檔案》先後在重慶、天津、上海、湖南、廣東等地一路熱播。據說：「《一雙繡花鞋》在上海才播出前幾集，便取得 13.1%的高收視率，躍居上海熒屏電視劇的收視榜首；而號稱『國內版《午夜凶鈴》』的 22 集反特恐怖片《梅花檔案》在廣東電視臺珠江頻道播出時，平均收視率也達到了 18.1%，創下了同時段電視劇多年以來的最高紀錄；該劇在湖南經視播出時，收視份額更是超過了 50%，即兩名觀眾中就有至少一人在收看《梅花檔案》。」〔註16〕

　　原本幾乎要被歷史遺忘的「文革」地下娛樂類手抄本，緣何在 21 世紀初會出現這樣一個熱潮？「文革」地下手抄本熱背後的動因是什麼？一方面，與啓蒙類手抄本在新時期伊始就出版發表不同，與上個世紀 80 年代學術界對以「白洋淀詩群」爲代表的現代派地下詩歌創作的發掘與研究也不同，娛樂類手抄本熱不是知識界有意識的推動，而是資本邏輯下的一種商業行爲。不過，另一方面，僅僅把「文革」手抄本熱理解爲書商和電視劇製片人的商業策劃和炒作行爲，又未免失之簡單。因爲「文革」手抄本熱是建立在廣泛的受眾接受基礎之上的。那麼，大眾又爲什麼會對「文革」地下娛樂類手抄本產生如此濃烈的興趣呢？如果對「文革」地下娛樂類手抄本熱潮背後的動因

〔註16〕王承舜：《熒屏流行「手抄本」》，載《世紀行》2004 年第 1 期。

及時代心理進行分析，或許能讓我們更加深入地認識和理解我們身處其中的這個時代。

二

唐小兵在《再解讀──大眾文藝與意識形態》一書的導言中說：「『大眾文藝』幾十年的權威和正統地位正是爲了彌補『社會主義經濟基礎』的脆弱和艱難，而正在進行的對大眾文藝的解讀，以及新興通俗文學對大眾文藝的離叛和戲仿，都逐一地指示出一個以市場調節爲關鍵的生產方式的形成到位。」〔註17〕唐小兵所謂的「大眾文藝」指的是以「延安文藝」爲代表的「文化革命運動」和「烏托邦行動」。它濫觴於 1920 年代末期江西蘇維埃政權倡導下的戲劇運動、民歌搜集，縱貫後來的抗戰文藝、延安文藝以及工農兵文藝。從這個意義上來講，「十七年」文學和「文革」文學的主流和正統即是「大眾文藝」。「大眾文藝」有著一些基本的特質，比如革命主題、工農兵主人公、民間文學資源等等。以《一隻繡花鞋》、《葉飛三下江南》等爲代表的「文革」地下娛樂類手抄本，其彰顯的「兩條路線的鬥爭」、工農兵群眾革命歷史的集體性主體地位、爲工農大眾所喜聞樂見的「藝術」形式，無疑迎合了 1949 年以來的主流文學，具有著「大眾文藝」的某些特徵。但另一方面，這類手抄本小說中對色情、暴力、物欲的渲染，對英雄故事、偵探懸疑、驚悚奇豔的津津樂道，卻又顯露著城市文學、流行文學、通俗文學的質地。大眾文藝的特徵是此類文本在動輒「因言獲罪」年代裏尋求敘事安全的需要，而文本肌理深處對趣味性的追求、對欲望的表達才是敘事者內心眞正的訴求。從這個意義上，我們可以說，「文革」地下娛樂類手抄本是對「大眾文藝」的離叛與戲仿。這種離叛和戲仿行爲透露著另一個時代即將來臨的微弱訊息。而以手抄和口述方式秘密大規模傳播的對「大眾文藝」的離叛和戲仿行爲，無疑表徵著「以市場調節爲關鍵的生產方式」的廣泛民意基礎。而到了 21 世紀，以手抄和口述方式秘密大規模傳播的對「大眾文藝」的離叛和戲仿行爲，則演變爲了大規模機械複製。這種大規模的機械複製，無疑意味著這種生產方式的形成到位。

「以市場調節爲關鍵的生產方式」，即市場經濟。上個世紀 90 年代中後期，中國大陸從計劃經濟向市場經濟的過渡轉型已基本實現。伴隨著市

〔註17〕唐小兵：《我們怎樣想像歷史》，《再解讀──大眾文藝與意識形態》，牛津大學出版社，第 27 頁。

場經濟體制的逐步確立，文學的生產方式與格局發生了巨大的變化。大眾
文化迅速崛起，並與官方意識形態文化、精英文化形成了三足鼎立的局面。
在這種文化格局中，大眾文化在一定程度上採取了與官方意識形態文化合
謀的策略，來擴大自己的生存空間，並逐步確立了其文化霸權的地位。被
法蘭克福學派稱爲文化工業的大眾文化，與唐小兵所謂的「大眾文藝」在
其精神實質、生產方式上都有著很大的區別。前者是指在工業化社會中產
生的、以都市大眾爲其主要消費對象（事實上其消費對象的範圍已遠遠大
於都市大眾）、通過印刷媒介和電子媒介等大眾傳媒傳播的、無深度的、容
易複製的、模式化的、按照市場規律批量生產的集中滿足大眾的感性娛樂
的一種文化產品，商業性、消費性、娛樂性、日常性、流行性、類型化是
其基本特徵；而後者則是一種「烏托邦實踐」行爲，與文化商品迥然有別。
事實上，大眾文化與唐小兵筆下的「新興通俗文學」在實質上更爲接近。
娛樂類「文革」地下手抄本熱，就是在大眾文化取得霸權的背景之下產生
的一種文化現象。毫無疑問，《一隻繡花鞋》、《葉飛三下江南》、《一雙繡花
鞋》、《少女之心》等等「文革」地下手抄本的出版發行，包括它們中的一
部分被改編爲電視連續劇，都是市場的自覺行爲，其生產機制的核心是資
本。此外，它的娛樂性、消費性和類型化的文本特徵，則清楚地表明了此
類文化產品的大眾文化屬性。

　　作爲大眾文化範圍內的一個事件，2000 年之後的娛樂類「文革」地下手
抄本熱被大眾接受的時代心理又是什麼呢？對於這個問題的探討，或許應該
成爲我們解讀這個時代的一個路徑。《一隻繡花鞋》、《葉飛三下江南》以及《暗
流：「文革」手抄文存》中的大部分故事，都涉及偵探懸疑、恐怖驚豔，善惡
二元對立、正義最終戰勝邪惡是其基本敘事模式。這些因素及故事套路是中
外通俗文學傳統中非常重要的一脈，並沒有什麼特異之處。它們產生於大眾
文化產品泛濫的時代也並不足爲奇，反而是其中必有之義。不過，值得我們
注意的是這些故事情節中的「革命」要素。當「革命」成爲這些故事的底色
之後，這些故事就不再是簡單的類型化的敵特、偵探或懸疑故事了。跌宕起
伏的故事情節、正義與邪惡之間的較量、革命英雄的塑造，反而使這些文本
具有了一定的「革命」浪漫主義色彩。或許，正是這個久違的「革命」及附
著其上的理想色彩和浪漫色彩，觸動了市場經濟時代裏人們早已不再敏感的
神經。

　　不過，在講究實利的市場經濟時代，人們緣何又會被「革命」所打動？它可曾經是上個世紀 80 年代中後期以來人們極力擺脫的「宏大敘事」，也是當代歷史念念不忘要消解的對象！似乎是在特定的時代語境中，歷史又走向了它的反面。仔細分析這些文本，因爲其受「文革」主流意識形態的影響，所以故事中總會有「關於起源的神話」和「歷史目的論」的影子和論調。而這些正是唐小兵所稱謂的「基奠性話語」：「我們也許可以認爲，基奠性話語（關於起源的神話或歷史目的論）是主流並且盛行的時候，正是社會生活缺乏基奠性結構，該結構或者已無可挽回地崩潰，或者正掙扎著形成的過渡性階段。」毫無疑問，娛樂類「文革」地下手抄本熱的時代正是這種基奠性結構無可挽回地崩潰的「後革命」時代。這種基奠性結構曾因其巨大的壓抑性力量遭到了歷史的揚棄。但當它終於被歷史反抗之後，它所給予人們的歷史主體感、個體歸屬感又帶給人們些許的溫暖和留戀。借用一位論者的話來說就是：「兩種不同的社會組織原則和意識形態相互取消的同時又相互補償。『社會主義大家庭的溫暖』雖然有著前現代的原始和殘忍，但質樸明朗；『資本主義看不見的手』同樣無情而且霸道，但觸摸起來卻是那麼舒適誘人！」〔註18〕這恐怕才是世紀轉角的民眾接受這些地下手抄本的更爲深層的時代心理。

三

　　「文革」地下娛樂類手抄本在 2000 年以後的熱潮，不僅緣於市場化時代的到來，不僅源於大眾文化的興起，也不僅源於消解了宏大敘事之後人們新的精神焦慮，還源於整個社會轉型中城市化進程的加快和經濟全球化的迅急。「十七年」初期，中國城市的發展主要著眼於其工業化程度，強調的是城市的生產性，而消費性則被作爲資本主義因素被壓抑和摒除。雖然這一時期國家重點發展的是城市和工業，但由於經濟基礎的薄弱，其時中國的城市化程度是很低的。到 20 世紀末期，中國的城市化進程迅速加快。並且，這種加快是在經濟迅速全球化的背景下進行和實現的。此時的西方發達國家已進入後工業社會，即消費社會，消費能力取代生產力成爲了社會發展最重要的動力。中國雖然沒有進入後工業時代的消費社會，但引領時代風尚的大城市已深受國際化和消費主義的影響。這種影響通過大城市，進而輻射到中國的大部分地區。因此，這一時期中國的城市化進程伴隨的是欲望的充分釋放，甚

〔註18〕唐小兵：《我們怎樣想像歷史》，《再解讀——大眾文藝與意識形態》，牛津大學出版社，第 28 頁。

至可以說是欲望的極度泛濫。另一方面，中國城市的發展又被挾裹進經濟全球化的浪潮之中。經濟全球化浪潮對城市發展所造成的影響是：中國大多數城市的發展，無一例外地充滿著國際化的衝動和野心。

通過閱讀「文革」地下娛樂類手抄本，人們意外地發現，城市的欲望化和國際化並不是彙入全球化浪潮中的市場經濟體制之下的專利，早在最專制最壓抑的年代，對城市的欲望想像和國際化想像已經蠢蠢欲動。在《一隻繡花鞋》、《遠東之花》等手抄本文本中，對城市空間的描寫大多集中在別墅、高級賓館、舞廳等場所。這些場所中性感妖嬈的女特務、極盡奢華的物品陳設，洋酒、咖啡、美味，無不充滿著物質與色欲的誘惑。而對仰光、緬甸、吉隆坡等異域城市的想像，也無不充滿了國際化的意味。摩天大樓、飛機、高級轎車等等場景，是這些城市的必備元素，也是其國際化的表徵。全知全能的敘事者，繪聲繪色地導引讀者出入「現代化」城市的標誌性場所。這些場所要麼是燈紅酒綠的花花世界，要麼是充滿技術魅力的現代空間。此時的敘述者肯定無法獲得本雅明筆下的「波希米亞人」在現代都市中的超然、從容、孤獨與反抗。與之相反，敘述著潛意識中湧動的世俗欲望，使他更像是現代都市的覬覦者和意淫者。囿於階級意識形態的束縛，敘述者無法把這些城市特徵賦予新中國的「無產階級」城市。因而這些城市空間要麼是特務的秘密住所，要麼是異域城市。但這些城市空間的欲望化和國際化又分明是「文革」年代人們所能僅能想像的城市形態的另外一種可能性。這種可能性於「文革」地下娛樂類手抄本熱的 21 世紀的頭十年，在某種程度上成爲了現實。因此，2000 年後「文革」地下娛樂類手抄本的密集出版發行與頻頻搬上熒屏，並不僅僅是人們對「文革」精神貧乏年代閱讀經歷的追憶，而是和當下社會現實尤其是城市化現實的一種呼應和互動。也可以這麼說，娛樂類「文革」地下手抄本中對城市的欲望化和國際化想像，契合了當下中國城市化進程中城市發展的現實。

四

市場經濟的資本邏輯，催生了大眾文化，激發了國人壓抑已久的世俗欲望。大眾文化又通過自己所依存的大眾媒介通過對欲望的想像性滿足，來不斷撫慰大眾的欲望。大眾文化在使人們的欲望得到代償性滿足的同時，又在不斷製造新的欲望。「文革」地下娛樂類手抄本的大眾文化屬性，使得它在世紀的轉角獲得了一次不大不小的熱潮。可在這次熱潮中，「無產階級文化大革

命」以及這些文本中的「革命」究竟扮演了什麼樣的角色？在大規模的機械複製中，「手抄本」又扮演了什麼樣的角色？

　　眾所周知，「無產階級文化大革命」在一定程度上還屬於政治敏感領域。不過，愈是政治敏感的領域就愈能勾起人們探秘、窺視的興趣。一些書商、製片人正是抓住了受眾的這種心理，策劃出版了「文革」手抄本書系，拍攝了據手抄本改編的電視連續劇。這樣的策略用劉東先生的話來說就是：「把政治敏感當作『最好的春藥』來叫賣。」〔註 19〕下面的這則報導則充分說明了這一點：

　　　　在今年 1 月初北京圖書訂貨會上，一本《少女之心》樣書吸引了不少眼球。更吸引人的，是該書封面上以大字標注：「曾經是受到嚴加查處的小說、大陸極富盛名的手抄本之一。」

　　　　這本「文革」期間在成千上萬人之間手手相傳，被斥之爲「思想毒草」、「文革第一淫書」的性愛小說，正式出版時共 14 萬字。……

　　　　相信許多四十歲以上的人對這本當年盛傳的手抄本《少女之心》都印象深刻，甚至不少人當年就曾傳抄過該書。如今這個手抄本的再版引來訂貨商的矚目，除了商業動機，對那段歷史和青春的記憶也同時激動了那些已屬中年的人們。〔註20〕

在「後革命」的「去政治化」時代，「文革」已成爲了炒作的「噱頭」。出版、拍攝策劃者看似在撩撥人們對「文革」的敏感神經。事實上，他們根本無意於從反思的意義上對「文革」進行批判與清理。「文革」之於他們，只是謀取利潤的文化產品中的重要元素而已。正是他們，把「文革」變成了大眾的消費對象。《一雙繡花鞋》等反特文本中的「革命」因素，也是如此。此「革命」已非彼「革命」，前者只是撫慰掙扎於資本世界中的大眾的文化產品中的符號。事實上，世紀轉角的「文革」文學熱是延續了上個世紀末以來大眾文化領域的「紅色經典熱」。這些熱潮從實質上來說，都是後革命時代對革命的一種消費行爲。在這種消費行爲中，「手抄本」與革命年代的服飾、語錄以及「憶苦思甜」、「破四舊」、「接受貧下中農再教育」等等事件一樣，都成爲了懷舊的符號，其能指早已被空洞化。

〔註19〕劉東：《黑天的故事——「文革」時代的地下手抄本》，載《開放時代》2005年第 6 期。

〔註20〕粲然：《手抄本：相見不如懷念》，載《新聞周刊》2004 年 3 月 9 日。

在複製理論中，本雅明提出了一個十分重要的命題，即原創藝術作品的「膜拜價值」與複製藝術作品的「展示價值」。對於「文革」時期的地下娛樂類手抄本來說，它的「原創」性在大規模地傳抄和講述的過程中已經無迹可尋了。而 2000 年以後的機械複製在多大程度上進行了再創作，又在多大程度上實現了「原汁原味」的還原，其間的比例已經無法考量。所以，這些複製品的「展示價值」也只能獲得部分的實現。事實上，當娛樂類「文革」手抄本告別了手抄年代進入機械複製之後，它就已經從一種特殊年代的文化現象變成了另一個時代的商品了。

第四節　啓蒙的變異與堅執
——90 年代文學的一個側面

　　救亡與啓蒙一直是近代中國文學的兩大主題。在更長的時間範圍裏，啓蒙主題似乎更能顯示出中國社會變遷的軌迹。自新文化開始，啓蒙主題的文學便是文化建設與文化革命的先聲。「四人幫」被粉碎之初，由劉心武《班主任》拉開新時期文學的序幕。直到 80 年代末，文學上的啓蒙立足於對人主體性的反思和人的自由解放的倡導，與當時思想界的整體狀況相一致。90 年代之後，文學形態發生了極大的改變，啓蒙主題也經歷了動蕩與轉折，對它的消解與對它的堅守，成爲中國 90 年代知識分子精神的一個側面。

一

　　在 80 年代初，中國文學的啓蒙主題與當時銳意改革的政治意識形態同構，並以其敏銳性成爲思想解放與社會變革的先聲，如「傷痕文學」、「大牆文學」、「改革文學」。80 年代中後期，社會文化已悄然顯示出多元性，但文學之中以改革文學爲主的現實主義，仍致力於社會變革的思索；尋根文學中對民族文化的反思與控掘，也仍然執著於民族精神的重建。即使是現代主義文學中的精神焦慮，也包含了對完善社會或對現代化的頑強希冀，從而爲人們廣泛注目。90 年代以後，社會進入商品文化發展時期，一方面，穩定的改革開放進入一種制度化市場階段，此前強力進行的革命式的改革讓位於穩定的運行，同時，社會文化因商品經濟的建立而顯出商品性特徵。處於商品大潮衝擊之下的大眾，也從以前服從烏托邦理想建構的引導而進入個體生存的現實秩序，對己身的物質利益滿足取代了對政治的熱烈關切，眼前欲望的追逐

沖淡了對價值與意義的終極關懷。因此，以啓蒙爲主導的新時期文學，同知識界精英一樣，變得無人關心，嚴肅文學如同魯迅筆下一個走入「無物之陣」的戰士。其實，所謂啓蒙，存在著一個預設前提，即知識分子的精神優勢與接受群體——大眾的低層精神狀態，換言之，知識分子的啓蒙是以對「群氓」、「愚眾」的布道與拯救爲基本模式的，而一旦公眾表現出對知識分子話語的普遍冷漠，啓蒙便成了可笑的自言自語。長此以往，也便失去了言說啓蒙的熱情。文學開始四下逃逸，中心話語轟然頹坍。啓蒙，這一20世紀中國知識分子最強有力的，處於互解狀態。

另外，社會現實的改觀，使知識界與文學界在接受西方思潮方面顯示出與80年代極大的不同。80年代，學界經歷了多次熱潮，從最初的人道主義、存在主義、弗洛依德到弗洛姆、尼采，常有狂熱的追尋意義的猛烈動機。從文藝復興、啓蒙運動以來的西方文藝思潮幾乎輪番轟炸，從中世紀末至20世紀初彼此並不關聯的各種思潮塡充著人們饑渴的靈魂。90年代以後，人們對渺茫不可捉摸的終極意義感到漠然，對所謂理性主義、歷史主義的宏大敘事產生懷疑，而西方後現代主義傳入中國，恰好迎合了時下人們的個體需求。後現代主義不再追尋人與社會的終極性，也不把人看作整體存在，拒絕承認世界的本質、規律與深刻，逐漸形成了顛覆、消解價值與意義的文化觀念。應該說，後現代主義最初是對現代工業社會主流意識形態的反叛，但其中一個明顯的特點，即只重消解而忽視建構，因此，也就注定其與世俗消費主義妥協，並成爲後者的實踐基礎，在思維取向上帶有消解特徵，在價值取向上帶有平面性。中國後新時期的社會狀況，恰好爲接受西方後現代主義提供了溫床，更加速了啓蒙主題的瓦解。

二

90年代以來文學的基本特徵，可以歸納爲：中止判斷，零度寫作；虛構歷史，瓦解意義；自戀自娛，逃避社會等等，其基本精神上則是消解主流與傳統，消解價值與意義，其與80年代文學最大不同在於對啓蒙主題的疏離與反叛。

新寫實小說雖遲至1989年才被正式命名，但在1987年便已顯示出其零度寫作的基本特徵。新寫實小說家拒絕虛僞的所謂理想與崇高。在他們看來，平淡、平凡、平庸的百姓日常生活，雖然毫無光彩，卻具有眞實的原生態意義。一切的眞實，都存在於衣食住行的各式瑣屑當中，如同池莉《煩惱人生》中印象厚所感覺到的：

　　少年的夢總是有著濃厚的理想色彩，一進入成年便無形中被瓦解了。印家厚隨著整個社會流動、追求。關心中國足球隊是否進軍墨西哥；關心中越邊境狀況；關心生物導彈治療癌症的效果；關心火柴幾分錢一盒了？他幾乎從來沒有想到是否該為少年的夢感歎。他只是十分明智地知道自己是個普遍的男人，靠勞動拿工資而生活。哪有功夫去想入非非呢？……

池莉於 90 年代初發表的《冷也好熱也好活著就好》，仍然依循早期作品，對市井生活作「原生態」的寫照。一群由個體戶、汽車司機、廚師、理髮師、家庭婦女組成的一個市井社會，一切按照混亂而又常見的世俗生活邏輯呈現著最無光彩的生活。不管生活是一種怎樣無奈的狀態，不管是「冷」，還是「熱」，市民生活的邏輯就是「活著就好」。人們「終極關懷」便是衣食住行性，價值與意義對他們來說都是多餘，或者僅僅就是食與色的「活著」。與池莉以平靜語調敘寫市民的平靜生活稍有不同，新寫實主義另一代表作家方方則以冷靜態度解析著市井人物的人性病態。不過，其小說雖力求透出某種哲理性，但並不足於支撐其所進行的對生活表象的原生態反映。劉震雲對人物生活的表現往往能與社會制度的表現相互結合。他較多選取處於龐大社會網結中的點狀存在——工作單位作為人物的環境，在當下的權力結構中，人成為無可奈何地適應制度的無靈魂機器。由於作者與作品的敘述幾乎合一，因此，很難見出作者對生活的臧否。

　　新寫實主義取消了80年代啟蒙文學二元對立的模式。在小說家看來，生活本身並無善與惡的先驗性準則，它只是一個流程，一個現象，由無數細屑、點滴的日常構成的原色世界。道德與政治的崇高與卑下對於生活原態來說，都失去了清晰的界限，即使生活中還有政治、道德，但已經溶化於生活之中，根本無法將其提取出來，那麼，啟蒙主義的社會改造、精神塑造等等命題便在原生態的市井生活表現中被剔除掉了。當然，新寫實小說或許並不是完全沒有理想指向，但它是日常生活邏輯的結果，而不是與生活對立的另一種意義。池莉《太陽出世》對於叫朝陽的嬰兒有一些帶有理想主義色彩的希望表達，但除了生活的日常性之外，又能是什麼呢：「朝陽喝什麼奶粉好，他們就給她賣，決不選擇奶粉的國籍，決不在乎人們怎麼說……他們要女兒有第一流的體質，第一流的智商，以便在將來激烈競爭的時代裏成為強者。」顯然，在作者看來，理想也好，進步也好，社會變革也好，都不來自於市井生活之

外的另一處。新寫實小說對知識分子精神的見解則更說明，理想也不來自於知識分子，因為知識分子這種智力較高的人群，與「漢口小市民」一樣粗鄙，所謂的「理智」、「崇高」反而顯出無聊與虛偽。80 年代以啟蒙者、拯救者面目出現的知識分子形象，以及居高臨下式的知識者判斷已杳如黃鶴。

除了新寫實小說，90 年代還出現了種種冠以「新」字的各式文學。不僅以此消解政治，同時也於反諷之中瓦解了當年人們的崇高理想。「新狀態」小說並沒有放逐知識分子精神，但不相信意義，不相信歷史的新信念代替了以往文學中的對理想信念的堅持，從「吾將上下而求索」墜入了「遊戲人間」。儘管其間並不乏作者作為知識者的優越，但這優越的來源，不是「有意義」，而是「無意義」。

「新市民」小說作家似乎更多地認同了 90 年代商品經濟之下的大眾文化準則。他們確信物質對於都市人的重要。作者取消了精神──物質二元對立模式，同時也意味著放逐啟蒙，因為啟蒙的意義即在於其超越物質、超越現實的終極性。他們選擇了泯去二者界限的現時表達，即「欲望」。欲望雖有超越現時的意味，但它緊緊附著於物質與性這些現時內容上，並以認同世俗為前提，因此，精神與價值悄悄離去了。「新市民」小說的倡導者曾說：「希望作者們從前一階段的種種政治、文化的情緒中伸出手來，撫摸當下的現實：對結束了僵硬的意識形態對峙的世界格局有新的把握方式，對逐步市場化的中國社會結構與運作有新的適應與認知，使文學對於民族的現實生存與未來發展有新的關懷」，但很難說「新市民」小說便具有這樣一種先導力量。雖然作家們對「現實生存」不無敏感，但「新的關懷」又是什麼，我們是很難見到的。

三

啟蒙主題的價值形態的堅守，在 90 年代主要表現為個性化形態，並帶有溫和成份。也就是說，80 年代以集團形式出現並表現為中心話語特徵的啟蒙言說，被代之以作者個人言說。由於知識從「中心」到「邊緣」的位置過渡，啟蒙話語顯得多元化起來。一種情形是，作家的依舊依循「五四」傳統。它強調啟蒙傳統的批判性，如高曉聲、韓少功。高曉聲在 90 年代寫出《陳煥生出國》等篇，依然有 80 年代《陳煥生上城》中影子，陳煥生阿 Q 式的思想痼疾並無消失，顯示出中國農村頑冥不化的「死魂靈」；韓少功則相信民間的「詞是有生命的東西」。《馬橋詞典》從詞彙入手，即是對民族惡根的批判。另一

種情形則與 80 年代有較大不同。隨著商品經濟之下知識分子精神指向的分化，原本被稱為精英的知識群體已很難再有統一的標尺，錢欲、物欲、權欲不可克服地進入知識者的心態，因此相當多的作品開始審視知識者自身中心意識被消解之後的價值迷失與在現實中的茫然。劉震雲的小說揭示了知識者在網狀的社會現實當中屈服於世俗的原則，所有理想墜入可怕的日常滿足。賈平凹的《廢都》則是一部知識者精神萎縮的沉淪圖景，莊之蝶的精神令人震驚地墜落，性的狂放預示著精神末日。這一切，都顯示出知識者拯救主題的變異，即拯救者自身所需要的救贖，拯救者已經不存在。90 年代普遍的精神麻木終於引發了一次反撥，這幾乎是一次偏執的行為，精神的振作由於長期的折抑而顯然有些失去常態，這便是被稱為「新理想主義」的張承志、張煒的創作。

　　應該說，二張並非重塑知識者。其實，知識者普遍的精神萎縮不僅不能成為社會的英雄，相反，其本身便處於需要拯救的沉淪當中。拯救人類的精神來源被他們轉向他方，轉向神秘的原教與被人忽視的自然。張承志在《清潔的思想》等文中，對當代文壇的憤激躍然紙上：「未見炮響，麻雀四散，文學界的烏合之眾不見了……」，「所謂三春過後諸苦盡，各自需尋各自門，不過一古腦兒都湧向商人門了」。張承志指斥整個文壇「荒誕可怕」，處於驚人的墜落中，真正堅守者直如「孤軍」。但既使這樣，也要「孤軍去戰」，不惜與整個文壇決鬥。在一篇散文中，他傲然宣稱：「敢應戰和更堅決地挑戰，敢舉起我的得心應手的筆，讓他變作中國文學的旗」。張煒於此時也豎起拒絕向商業化投降的大旗，他說：「時代和人的精神常常被一種喧囂所覆蓋，而我的作品說的『拒絕』，就是針對這片喧囂的」。

　　1999 年，張承志的《無援的思想》與張煒《憂憤的歸途》兩書，被冠之以「抵抗投降書系」之名推出，編者在書前配上了《寫在〈抵抗投降書系〉的前面》，內中文字不乏義正辭嚴的凜然之詞：

　　　　90 年代，在我們需要文化英雄文學鬥士、需要良知集體承擔苦難構築精神長城的時刻，我們看到了王朔發動的一次「痞子革命」……這場「痞子運動」是在痞子革命中迅速痞子化流氓化的作家無恥地領導了全民痞子化的一場運動，應該說它是文革詞語又一次曲線的「輝煌」表現，它不僅使幾千年的漢語言及她的文學的高貴與尊嚴再一次蒙受恥辱，遭受劫難，而且瓦解了十年改革的精神

成果，導致了中國人文精神的又一次沉重衰退和死亡危機。這無疑是中國文學和中國文化的一個噩夢。

……

痞子運動標誌著中國當代作家的歷史性轉變。中國絕大部分作家從此徹底放棄了對「現代」的承諾和信仰，背叛了自己八十年代的理想和熱情，公開地媚俗，向大眾投降，大張旗鼓地倡導「怎麼都行」的後現代。他們把王朔當作時代的英雄、自救的楷模。這標誌著中國作家進入放棄救世、進行所謂自娛的新時代，也就是放棄良知赤裸裸地以恥爲榮的時代。

書籍的主編宣稱，《抵抗投降書系》，就是要讓人們看到「抗戰文學大旗獵獵飄揚」，看到「抗戰文學抗擊媚俗反對投降悲壯雄偉大氣磅礴的風景」。編者有意用「抗戰」一詞來提醒人們這些書籍的戰鬥性，似乎中國文壇已經「淪陷」，「中華民族到了最危險的時刻」。

第五節　對待文學經典應有的態度

眼下讀書界的「經典熱」轟轟烈烈，不少人都主張重讀經典，我們自然也是贊成的。不過，我以爲，「經典熱」有這樣三個問題需要思考：第一，什麼才是經典？第二，爲什麼讀經典？第三，閱讀經典應該有怎樣的態度？解決了這樣三個問題，「經典熱」才能夠健康地、可持續地進行下去。

首先，什麼是經典？目前還沒有一個確切的定義。劉勰在《文心雕龍·宗經》篇中說：「三極彝訓，其書言經。經也者，恒久之至道，不刊之鴻教也。」意思是說，闡釋天、地、人這些常理的書謂之「經」。同時，「經」也是至高無上的道理、不可磨滅的訓導。而「典」有模範、典範之意。「經」和「典」兩個字合起來可以簡練概括爲：先賢智慧的總記載，文化精華的總記錄。漫漫歷史長河，不乏各種著書、各類典籍。在這些浩如煙海的著書典籍中，並非所有的書都是經典，只有歷久不衰、文質兼具、含蓄均用、蘊含偉大精神的著作，才能配得上「經典」這個稱謂。在現代社會中，那些不滿足於不合理的社會秩序或者平庸的日常生活人們，通過品讀經典，實現個人精神的超越。也正是因爲經典呈現出的某種超越的境界或意義，可以滿足人們超越現實的心理需求，人們才會承認經典存在的合法性和價

值。畢竟，沒有經過時間淘洗的作品，是不能替代經典留給讀者那種偉大、戰慄和震驚的。

我們認為，閱讀經典的魅力，在於每一個閱讀主體對於原著文本的閱讀，而不是完全依靠名家們對經典進行解讀。比如，眾多對於中國古代經典的白話翻譯，對於經典的閱讀心得和研究類的書籍，都只是輔助閱讀和理解的一種手段，只能稱為一家之言。一本對於經典原著進行闡釋、分析和鑑賞的書，其價值遠遠比不上經典本身來得深刻，它們並不能代表經典本身。比如，《論語》只幾萬字，精鍊傳神地闡釋出了深刻的哲理，記錄下了中國古代哲人廣博的思想境界。幾千年來，《論語》一直都被在闡釋，被重新解讀，被重新挖掘其深邃的內核精神，對於《論語》的闡釋文字成千上萬，但真正經得住時間考驗、不朽的仍然是《論語》原作本身。

第二，閱讀經典的意義在哪裏？明確了經典的定義（或者可以稱之為經典的標準），我們再來談談讀經典的意義。卡爾維諾在《為什麼讀經典》一書中談到閱讀經典的意義時，只說了這樣一句話：讀經典總比不讀好。對於很多讀者來說，事實上，讀經典需要的不是一個理由來支撐，而是捧起它們的決心和堅持下去的毅力。當年我們閱讀卡爾維諾的作品，就像卡爾維諾在《為什麼讀經典》這本書中，談論狄更斯、巴爾扎克、托爾斯泰、康拉德、海明威等大師的作品一樣，充滿了敬佩。區別在於，有些人只是敬佩，而之後就將經典扔在了腦後，而卡爾維諾則以此堅持了他一生的創作。偉大的作者經常也是偉大的讀者，但這並不是說他們閱讀了所有的書。在很多成功的作家的例子中，他們所閱讀的書未必多，但是他們讀得很精。經典是不會一次就向讀者傳達出它要表達的一切東西的。重讀經典也和初讀一樣，每次有不同的收穫。卡爾維諾用自己的實際行動踐行了這樣一個創作規律：對於大師的敬佩，不等於取消自己，而是汲取前人的經驗，對自己進行警醒和反思，照亮未來的路。

從事教學之初到現在，就不停有學生問我如何擺脫浮躁的狀態，我就勸他們多讀幾本好書。閱讀本身應該是一件享受的事，通過閱讀，自己的心靈和外部世界、古典先賢、社會各個層面、知識各個層次產生了聯繫。這種閱讀親密聯繫的建立，可以雕刻出不同的靈魂塑像。在中國古代對經典的理解中，不僅有「微言大義」的說法，還有治學的法則，還有能靠半部《論語》治天下的傳統。而在今天，能把經典字面後的東西讀出來、寫出來，才能真正把經典變成了自己的一部分，真正完成了對經典的擁有。我們不贊成「跟

風」似的追捧暢銷讀物的做法。在當代中國，越是暢銷的快餐讀物往往越容易面臨「速朽」。雖然並不是所有的暢銷讀物都匱乏底蘊，但是如果當下的作品對於歷史上的經典未曾領會和傳承，又怎能超越先賢、推陳出新呢？人們常說以史爲鑒，歷史雖然是發生在過去的人和事，是已經消失、永不復現的人情世態，但我們能從古人留下的經典中感知社會和事態的全貌。這種對經典的解讀，不僅僅是爲了知識獲取的需要，也是爲了在今天獲得新的存在和指導的意義。經典既然成爲經典，肯定是有其原因的。一部經典，可以跨越文化，跨越時間，與不同的讀者建立起親密的關係。從經典中，我們可以看到幾乎所有的生活側面，可以經歷幾乎涵蓋了所有人類心理的過程。經典作品本身，可能比任何闡釋、評論它的作品都更值得一讀，也比任何它改編的電影更值得一看。閱讀經典其實從某種意義上來說，就是在探討經典之所以成爲經典的原因。

其三，我們怎樣對待經典。在歷史上，各民族或國家每一次的文化復興都有這樣一個規律：回到民族或國家文化的源頭。這也是經典歷久彌新的原因所在。對每個國家民族來說，閱讀充溢著民族智慧的經典，是對文化進行溫故知新最好也是最主要的途徑。重讀經典之所以成爲一個熱潮，不僅是對經典的重溫，也是民族文化自我拯救的行動。當然，這必須解決這樣一個前提：我們該以何種態度對待經典。在不同的時代，經典其實也是一種動態的構成物。在不同讀者群的參與下，經典才有可能顯現出它們「活」的力量。因此，把經典視爲萬古不變的眞理是危險的。在我們不知道該怎麼正確對待經典，怎樣健康地傳承經典時，盲目地守護，對於經典反而是一種顚覆。我們認爲，對於經典的態度不應只是仰視或下地而跪，而是平視；不是盲目推崇或極端崇拜，而是尊重和熱愛。只有以平視的態度去閱讀經典，還原經典本身的魅力，才能夠讓經典的思想來回答當代問題，使經典在我們這個時代煥發出它背後的生命力。

舉例來說，不同時期對於魯迅先生文章的接受、閱讀、鑒賞就是這樣一個例子。在目前的大學與中學校園中，對於魯迅先生作品的閱讀處於較爲尷尬的境地。在中學，對於教材中魯迅先生作品的去留問題，一直爭議不斷。最近，網絡上又有一些文章討論是否將魯迅先生的作品從中學語文課本中拿掉的問題。應當說，「五四」以來，魯迅先生的文章伴隨了幾代人的成長。魯迅作品的深刻性以及其人格魅力，使其在中學語文教學中具有重要的歷史地

位，這是「五四」新文學其他作家難以企及的。遺憾的是，在「五四」運動發生九十年後，魯迅先生的作品卻在校園中遭遇到了尷尬。在人民教育出版社新版的語文教材中，魯迅的作品保留下來的只有《拿來主義》、《祝福》和《記念劉和珍君》三篇，諸如《藥》這樣膾炙人口的名篇，則從教材中消失了。對於這種情況，一方面，我們要重新確立魯迅作品在學校教育中的地位；另一方面，我們也需要思考，多年來在對於包括魯迅作品在內的文學經典講授中的問題。我想，面對經典，我們的態度可能存有問題：我們只是注意到了魯迅經典不變的「恒久性」意義，而沒有依時代的變化將其理解為「活」的力量。以大學的魯迅講授為例。對於初讀魯迅文章的學生而言，魯迅先生的那些思想深刻是不易理解的。在講授魯迅文章時，如果老師只搬來與「五四」運動有關的「啓蒙」、「民主」、「科學」、「革命」等過去通用的概念進行講解，很難使學生真正理解魯迅思想的深度。若較多地對作品採用慣用的空洞口號式的理解，進行僵化概念的講授，反而無益於對魯迅作品的閱讀。由於對於經典動態性理解的缺失，以及對於經典闡釋上的守舊，我們對魯迅先生作品的講授就會變成了教學中的「雞肋」。這種情況，不管是在中學還是在大學的課堂，都不在少數。

那麼，面對魯迅，我們究竟應當持有什麼樣的態度呢？其實，由於魯迅的形象深深嵌入了中國知識分子的靈魂之中，因而，不同時期，隨著時代主題的不同，每一個讀者也會有不同的閱讀體驗，其對於魯迅先生作品的接受態度也是不同的。從 1949 年到上個世紀 80 年代初，影響魯迅先生作品的接受最主要的因素來自於意識形態的導引。在當時，與魯迅先生有關的話題，是意識形態的政治話題。魯迅作為毛澤東思想的擁護者和支持者來理解，捍衛了當時的正確思想路線。80 年代中期，關於魯迅的話題逐漸被移出政治意識形態的範圍，開始進入到學術領域，而不再把魯迅當作某個標杆和工具。這一次轉變，也讓魯迅的作品得到了新的闡釋和解讀，研究碩果累累。自那時起，「從仰視到平視」，才真正地回到魯迅文本本身的價值，這也正是我們今天的讀者應該做的。

郁達夫在《懷魯迅》一文中有這樣的描述：「沒有偉大的人物出現的民族，是世界上最可憐的生物之群；有了偉大人物，而不知擁護，愛戴，崇仰的國家，是沒有希望的奴隸之邦。因魯迅的一死，使人們自覺出了民族的尚可以有為；也因魯迅之一死，使人家看出了中國還是奴隸性很濃厚的半絕望的國

家。」〔註 21〕在中國，作為「病人」形象的時代，魯迅先生的偉大就在於同最混亂的時代幻想清醒地保持著距離，並以最堅韌和執著的創作態度，傳遞著理性反思的精神。在當代中國，魯迅作品體現的思想仍然具有強大的意義：對於中國人的精神的深刻反思和對社會黑暗面的長期堅韌地抵抗。這恰恰是魯迅作品具有跨時代的深刻意蘊。他用文學這種表達方式，啟悟人們為改造自身和民族的精神以及整個人類的人性而努力。如果沒有將魯迅先生的文章還原到歷史真相，就不能將魯迅文章融入到現代公民社會的政治與文化秩序中。只有結合對當代問題深入地理解，並對其進行還原性地解讀，才能傳承魯迅先生留下的這個時代最需要的精神營養。還原式的解讀角度，對於經典本身的尊重，是每一位從事相關教學工作的文化責任。對於經典不再只是膜拜，從平視的角度進行以心契心的解讀，這可能才是閱讀、理解經典本身最健康的態度，也才能使經典具有永恒性的生命。珍視經典，而且正確地面對經典，才能掃除我們土地上太多的塵埃。

〔註21〕郁達夫：《懷魯迅》。

第三章　文藝時評種種

第一節　文學在災難之後何為

　　近日，一條鄭淵潔退出中國作家協會的新聞頗引人注意。作家鄭淵潔在博客上發表聲明，宣佈正式退出中國作家協會，並且認為北京作家協會副主席曹文軒在玉樹地震發生兩天後到青島推銷圖書，「對災區人民極度冷漠」。筆者無意評斷這條新聞中的兩位中國知名作家的是與非，只是在國家民族的巨大災難面前，作家和作家創作的作品乃至中國文學應該作出怎樣的反應和舉動，確實是令人敏感和值得我們思考的。2008 年汶川大地震過去不久之時，作家王曉漁在同濟大學文化批評研究所主辦「中國當代詩歌的邊緣化命運及其個人使命──閻安、宗霆鋒、阿庫烏霧、餘地詩歌創作懇談會」上的發言就有「地震時代，詩歌何為」的提問。那麼在一個接一個災難發生的今天，我們也應該反思一下，災難來臨之後，作家何為，文學作家和文學何以為了。

　　在「盛世論」的光環將人們輕易籠罩的今天，我們被影響力巨大的大眾傳媒撥弄的愉悅並滿足。我們很難知道、更難相信忽如其來的滅頂之災。但一次次的災難，如此輕易的發生在我們香夢沉酣的時刻。2003 年大面積爆發的非典疫情，汶川地震，還有這一次的玉樹地震等等，無不給我們猝不及防的傷痛。

　　傳媒發達的當代社會，災難一旦發生，媒體總能迅速地帶著他們對新聞的天然嗅覺牽引著無數的眼球和心奔向災難地點。新聞傳播出的文字可能難以計算。但是當災難過去，站在災難留下來的廢墟上，痛定思痛，我們還能

遺留什麼？除了一座災難博物館，除了一尊災難紀念碑，除了物質廢墟的記錄，除了儀式性的紀念，整個民族的內心能得到怎樣的刻骨銘心的遺產。災難所帶來的，除了恐懼和悲痛，更應該有歷劫之後深刻的反思。

其實，並不是沒有作家去用自己的筆來關注那一場場災難。比如汶川地震的文學作品在某一段時期內甚至出現了井噴式的創作。但這些作品可謂是熱度極高也易散，於是我們發現，經歷過非典、甲流等流行性疾病疫情，經歷過數次洪水地震等自然災害，儘管有著許多對災難真實記錄的報告文學和以災難題材的小說，我們仍舊缺乏真正深刻的災難文學作品。而現實無情的是，如果缺乏真正能超越具體時空的深刻的災難文學，災難所造成的傷痛很可能隨著時間的流逝被人們漸漸淡忘。

中華民族是一個多災多難的民族，漢語文學從來不缺乏表達災難的作品。在中國古代文學史上，文學從沒有迴避遠離過災難。《詩經》和《淮南子》中並不少見描寫災難的遠古神話與傳說。這些傳播千年的文字，將民族的集體創傷嵌入個人心靈，代代相傳。在世界文學史上，災難更是經常成為文學的題中之義。用「寓言描寫展現人性善惡鬥爭」的災難文學，我們可以閱讀《鼠疫》；用「災難場景演繹複雜人生況味」的災難文學，我們可以閱讀薄伽丘的《十日談》。1775 年里斯本大地震，更是引發了伏爾泰、盧梭等當時歐洲著名人文思想家的討論，也斷開了古代文學敘說苦難的傳統，對歐洲啟蒙思想影響深遠。可是當今，中國文學在面對災難做出的停滯反應，是如此難以與世界文學接軌。

還記得 2003 年的非典疫情爆發之時，在突如其來的災難面前人們表現出的種種焦慮與不安，國內許多人文學者和作家如周國平、史鐵生、許紀霖、劉恒、邱華棟等，都向社會發出了閱讀法國作家阿爾貝·加繆的《鼠疫》的號召。如果說之前我們閱讀這本小說的時候，還只是把它當作一部象徵性的文學作品，那麼非典之後，人們把它當作人面對重大災難時候的寫實主義巨著。人們期望通過閱讀《鼠疫》，能找出面對災難的威脅和磨難時人類永恒的精神和勇氣。歷史並不害怕重複，未來我們仍舊很難避免突如其來的各種災難，這也許是人類永恒的威脅和磨難。當下一場災難發生，在真正的災難文學缺席的當代中國，又該借哪一本外國文學作品來獲取抵抗和度過災難的精神力量和情感撫慰呢？

汶川大地震之後的地震文學創作高潮中，文學類型多種多樣，有詩歌、散文、日記等等。災難驟然發生，整個民族對災難場景的集體記憶、對受災

人群感同身受的人性痛感、整個社會人員呼吸與共休戚相關的同生意識，迅速凝聚成集體情緒，以至於不得不用筆、用文字來記錄來宣泄。在這些作品裏，作者與讀者沒有心理上的距離，一起借文字沉湎於悲痛，哀悼、祈禱中。我們不能苛責這些作品在文學藝術上的不完美，因為如四川省社會科學院文學研究所的支宇所說：「在危機時刻，它們緩解了公眾的悲情，鼓舞了大家的士氣，表現了偉大的抗震救災精神，既實現了災難體驗的審美超越，又有效地完成了抗災動員和民族國家的社會整合與身份認同。」

這些作品有的記錄了災難發生時痛徹心扉的苦難敘述，有的描寫了有著驚天動地的抗災英雄壯舉的頌歌式敘事，還有有災難和傷痕的撕心揭發和控訴。英雄情結、宏大敘述是中華民族的災難敘述千年以來的傳統，然而真正意義上個體的人與人性為中心的表達方式在作品中卻往往很難發現。當文學關注的目光一直停留在災難過程的直觀記錄和淺顯的展覽，或者聚焦於痛苦情感的簡單宣泄時，災難文學的深度就會因此而停滯。文學面對災難時應當表現的複雜歷史語境和人性深厚內涵也因此被窄化和表面化。洪子誠教授曾提到自己在閱讀《鼠疫》之後得到的不一樣的感受，他認為《鼠疫》的作者在記敘災難時，「不把愛、情感看得過分重要而無節制地渲染上，不試圖『確切』表達愛的性質、狀態」。這種不確切的表達，也是災難過後的文學井噴很難做到的審美角度。

四川省社會科學院的研究員向寶雲在「生命關懷與審美超越：災難文學研討會」上，把汶川地震時期的地震詩歌比作天安門詩抄階段。他認為這些詩歌還沒走到傷痕文學階段。這些作品中對汶川大地震的反省基本上就是這種審美傾向。中山大學中文系的謝有順教授說：「災難記憶是一種事實記憶，創傷記憶是一種價值記憶」。的確，反覆回顧災難的事實記憶，能加深情感的強度，卻難以探測內心的深度。只有傷痕，才能帶來創傷記憶。只有創傷記憶，才能銘刻在民族的內心。

中國作家從來不缺乏社會責任感。當代文學更是從一開始就被加之以強大的社會使命。因為政治規範壓製作家放棄自我與文學審美的追求的實例，這在當代文學史上並不鮮見。當社會上頻頻出現重大事件時，文學作品需要的急速性與當下性，就容易形成條件反射式的抒情或敘事。文學作品表達的社會激情也容易偏差成一種對道德的統一規範的解讀。文學往往被置於道德天平上，作家也易遭受到道德上的審判乃至指責。處於這樣一個危險位置中，

如何不因道德褒貶而喪失清醒觀察的立場，如何不因巨大的社會效應放縱文學與個人的尊嚴，言與不言，如何言說，對作家和文學，既是一種道德檢驗，也是一種審美考驗。

其實，作家是應當直接擔負起抗震救災的社會責任，以急先鋒的姿勢高舉著旗幟，以期立竿見影的臨床效果，作出鼓舞士氣、教化民眾的鎮痛文學？還是站在社會的後排與人群保持距離，以保持獨立和清醒？這兩種反映和姿態並不處於對與錯的兩個極端。也許我們無法定論。寫作與地震無關的詩歌，與寫作與地震有關的詩歌，到底哪一個更困難？哪一個更應該？但無論近距離的凝視，還是隔著時空的深刻回望，都可以是我們面對災變的姿勢與態度。重要的是作家們嘗試著以不同的方式，呈現另一個新的言說方式，並通過文學的力量，去體察失去生命的真相和感知面對災難時生命的榮辱。當詩人王家新在《哀歌》中悲訴「而我失去了你——語言／你已被悲痛燒成了灰燼」時，我們會發現文學也許能寫盡語言，卻寫不盡永遠的傷痛。傷疤可以隨時間變淡，但創傷的記憶卻不因隨時間而變淡。生命可以隨時間逝去，而一種永恆、宏大的災難意識卻可以憑藉文字的流傳而不可磨滅。向死而生，最終我們應該明白的，真正的文學應該透過災難的外殼，探入其中的人性深淵，尋找人類的自助與自救之路。

第二節　文學中的底層敘事

近年來，關於當代文學的人民性問題的討論越來越多。這反映了文學自1980 年代末突然拋離對時代的關注而轉向對自身進行審美主義的營構之後的一個重要轉向。就中國當代文學創作來看，事實上，在 2000 年前後，當代文學創作已經越來越具有人民性。

中國當代文學的人民性主要體現在近年文學中底層敘事、苦難敘事的興起上。自 2000 年以來，中國當代文學越來越多的作家把筆觸對準了底層民眾的底層生活，表現底層民眾在社會轉型期的困窘的生活狀態，底層民眾重新回到了主流文學視野的關注之內。相對於 90 年代文學更多地把目光投向都市小資們的風花雪月，或者歌頌物質主義、消費主義的生活，這不啻是一個巨大的進步。這些作品的共同之處就是描述了不同身份的底層民眾的苦難生活。墨白的《事實真相》描述了一個民工被剝奪了話語權然後瘋掉的故事。

年輕的來喜滿懷著希望進城打工，但是在城市挖了幾個月的下水道後，他沒有得到自己應得的報酬——包工頭拒絕支付民工的工資。在他勞動的過程中，他親眼目睹了一樁兇殺案。但是奇怪的是，當整個城市都在沸沸揚揚地談論這個案子的時候，民工來喜，這個因為目睹整個事件而曾經被警察詢問過的人突然成了一個局外人——沒有人聽他的關於這個謀殺案事實真相的訴說，連一個修鞋的老頭也可以喋喋不休地訴說他想像中的或者道聽途說來的謀殺現場的真相，偏偏他這個真正的目睹者被大家忽略了。小說指出來，這種情況的出現，最根本的原因在於來喜的身份——他是一個民工。小說描述了一個細節：在公交車上，一個年輕人對他的女朋友誇誇其談轟動這個城市的那樁謀殺案，似乎他是目擊證人一樣，當來喜的夥伴黃狗糾正那個年輕人的錯誤的誇誇其談的時候，小說寫道，「青年推了一下自己的眼鏡，用嘲笑的口氣說，好像你真的看見了，汽車？你知道螞蚱從哪頭放屁？」然後，黃狗的臉就紅了。顯然，從這個細節我們可以看到，在現實生活中，民工根本沒有能力發出自己的聲音。在這個世界上，根本沒有人認真的聽他們談話。這種存在的被忽視一方面帶給他們精神的壓抑，另一方面，也直接影響了他們的生存——也許就是因為他們是民工，所以他們的勞動果實才可以被包工頭剋扣而他們沒有任何能力對此發出反抗的聲音。來喜無法忍受這種壓抑，最後瘋掉了。另外，像鬼子的《被雨淋濕的河》、《大年夜》，楊映川的《不能掉頭》、陳應松的《馬嘶嶺血案》、張楚的《長發》、邵麗的《明惠的聖誕》、遲子建的《踏著月光的行板》等，也都是關注底層民眾物質、精神生活狀態的優秀作品。事實上，這樣一批關注底層的苦難敘事也獲得了主流文壇的認可，上述作品中就有多個獲得各種文學獎項。

　　近年當代文學關注底層的苦難敘事增多和外部社會環境的變化有關。一方面，1990 年代後期，隨著中國知識分子的社會地位得到提升，知識分子的精英意識也開始提升，關注底層民眾的生存狀態、代替底層民眾發言成為知識分子的自覺選擇。而且，事實上，相當多的作家本身也是出身於社會底層，這種切身的疼痛也促使他們對時代的問題作出自己的思考和回應。另外，隨著國企改革步伐的加大，中國貧富差距進一步增大，在社會成功人士不斷增多的同時，也有越來越多的工人下崗。同時，三農問題更加嚴峻，大量的農民湧進城市打工，而農民工進城之後又面臨著物質生存和精神狀態的雙重困境。面對這樣的情況，知識分子的使命感進一步增強。

面對困境中的弱勢群體，作家們也很容易地從原來個人對弱者的悲憫轉向了對整個弱勢群體的關注。中國白話文學一直就有描寫人民苦難的主題。新文學初期的白話文學中佔據主流的就是對底層民眾的苦難生活的關注。所以，這樣的描寫也符合了中國文學的現實主義傳統，很容易在中國文學場域中獲得認可。

但是，富有意味的是，在這些對底層苦難生活的描寫中，除了對主人公經歷的苦難或者辛酸人生的表達之外，這些作家表現出的驚人的一致性是對新富人階層和權力者階層的批判。爲富不仁成爲底層苦難敘事中富人的常見形象。《事實眞相》中的包工頭三聖、《不能掉頭》中的李所長、《我們卑微的靈魂》中的老扁，等等，都是典型的爲富不仁者。這種人物形象的塑造顯然和作家對現實生活的認知有關。事實上，早在 2000 年前後，文學評論者王曉明先生就以社會學家的激情寫出了《半張臉的神話》，對新富人階層進行了批判，指出在當今大眾傳媒中，社會中的新富人階層向公眾呈現出他們成功、憂雅的一面，但是大眾傳媒掩蓋了他們富裕背後的東西，比如說致富的手段以及富裕之後的許多作爲，等等。這顯然和社會觀念對於社會階層的認知發生了矛盾。在主流的社會觀念中，這些新富人階層是社會先進生產力的代表，正是由於他們的存在，才使得中國經濟高速發展。但是，在文學者關於底層苦難的敘事中，這些富裕者往往都是剝削者的代表，是道德卑下者，他們憑藉他們手中的財富實施著對底層的壓制。在對新富人階層的不同描述中，當代中國的文學敘事和社會觀念之間露出了一道縫隙。

在階級鬥爭激烈的年代，在傳統的階級視野的敘事中，底層的苦難很容易就轉化成革命的熱情，所以，面對當時的苦難，新文學初期的作家往往表現出激烈的反抗。這也是新文學初期文學之蔚爲大觀的一個重要原因。但是現在，階級鬥爭顯然已經弱化。雖然新的歷史時期仍然存在不同階層之間的矛盾，但是這種矛盾在當下無法找到合適的、恰當的表達話語。事實上，在當下的主流社會觀念中，這樣的貧富差距只是到達共同富裕的一個必經之路，這個現象只是歷史中的一個短暫的階段。而且，在當下的社會觀念中，貧富是和道德無關的，甚至，貧窮只能說明是你自己能力不足。「和專制、壓迫、勞役、苦難的傳統社會裏的窮人不同，這是一個『合理化、階層化、現代化』的社會，一個合理化、世俗化和市場化時代的窮人，……他們目前所

受的苦是無意義的，無價值的，……他們僅僅是受苦而已，或者說這是因為自身的無能、愚昧，或懶惰而受苦而已。」〔註1〕所以，面對生活的苦難，面對暴富者的權力，當代作家在做了一定程度的批判之後並不能找出合適的話語來繼續表述這些東西，而往往以一種形式主義的技巧將其掩蓋。比如《不能回頭》中的黃羊以為自己殺了人，在外面逃亡了十五年。這十五年中他歷經了底層流浪者的所有的痛苦，小說敘事過程中展示了底層的苦難。但是小說最後筆鋒一轉，卻說導致他流亡十五年的，不是他真正殺了人，而僅僅是他十五年前做了一個殺人的夢。為了一個夢逃亡了十五年，最後結尾的突然轉折使得小說由社會批判轉向了對人生的喟歎。

雖然當代作家對他們的苦難敘事做了形式主義的處理，但是從他們對苦難和對富人的表述中，我們已經清晰地看到了他們和主流社會觀念的認知的不同。如何看待當今社會的貧富分化問題，如何看待社會新崛起的富裕階層？在當代文學的敘事中，作家們表述了他們和主流社會觀念不同的看法。雖然面對這些社會問題作家並不是最有發言權的專業人士，但是，不可否認的是，作家對當下社會狀況的認知，對新富人階層的認知，顯然體現了底層民間對這些問題的認知。文學觀念和社會觀念的悖論之處，顯然也是我國現代化進程中，我國當下的經濟、文化建設中應該著力解決的地方。

第三節　紅色經典與宏大敘事

近年來，一批重述紅色鬥爭歷史的影視劇紅透了電視熒屏，《激情燃燒的歲月》、《亮劍》、《狼毒花》、《我的兄弟叫順溜》、《高地》、《軍歌嘹亮》等，都獲得了極高的收視率，同時也極為叫好。這和 2005 年為了紀念抗日戰爭勝利六十週年而翻拍的一批紅色經典遭遇到了冷遇形成了鮮明的對比。當然，這種對比反過來也能夠給我們以啟迪。

很顯然，這是一個值得思考的問題：為什麼指向同一個年代的敘事，有的就能夠叫好又叫座，有的卻不溫不火，市場反應冷淡呢？考察近年來熱播的這幾部新紅色歷史敘事的影視劇，我們會發現，相對於既往的紅色經典，一個很大的區別就在於，新紅色歷史敘事的人物身上更加富有喜劇性因素。不論是《激情燃燒的歲月》中的石光榮、《亮劍》中的李雲龍、《狼毒花》中

〔註 1〕耿占春：《敘事美學》，鄭州大學出版社 2002 年版，第 6 頁。

的常發、《我的兄弟叫順溜》中的順溜和陳大雷、《高地》中的蘭澤光和王鐵山，還是《軍歌嘹亮》中的高大山等，這些人物在或粗獷或倔強的人物主性格塑造的同時，身上都有著強烈的喜劇性因素。比如石光榮（《激情燃燒後的歲月》）對儲琴的執著的追求和笨拙的舞步，李雲龍（《亮劍》）的嬉笑怒罵，順溜（《我的兄弟叫順溜》）的接受採訪和自己製造消音器等情節，都充滿了喜劇性因素，至於蘭澤光和王鐵山一生的恩怨則簡直就像是一齣東北二人轉（《高地》）。這些喜劇因素的形成有的是出自人物性格多方面展示，有的時候，則是由於他們的粗獷、倔強等主性格在和不同的環境碰撞而造成。無論這些人物身上的喜劇性怎麼形成，毋庸置疑，正是由於這些豐富的喜劇性因素的加入，才使得熒屏上的人物生動起來，也使得電視劇更有吸引力，更具有可觀賞性。當然，這些新革命歷史劇基本都屬於正劇，所以，其中的喜劇因素並不是憑藉插科打諢或者無釐頭等特有的喜劇手段而形成的。這些劇作中的喜劇因素更多出自主人公人性的自然展示過程中和周圍環境的碰撞。他們就像我們身邊的人物一樣——本身也許是很普通的，但是和環境的相碰撞總是能夠產生出喜劇意味。換言之，這些喜劇性因素的產生源於對人性的深刻的刻畫。真實的人性在真實的生活中總會出現一些尷尬，而這些尷尬在旁人眼中就構成一種喜劇。這些新革命歷史敘事能夠如此吸引我們，就在於它們真實地刻畫出了人性和環境、歷史的碰撞，從而產生了一種喜劇的觀感。

事實上，對於人性的深入刻畫才是新紅色歷史劇熱播的關鍵所在。雖然在文學創作上，很多小說作家開始忽略人物的塑造，甚至認為注重塑造人物是小說童年時期的行為，成年的、成熟的小說樣式是把人物當做一個功能來描寫——重要的是能夠引出下面的情節和推動故事的進展而不是能夠具有獨立性格。這種觀點正確與否值得商榷，但是就影視劇敘事而言，塑造人物應該是作品成功的不二法門。問題在於如何塑造人物才能夠把人物塑造的立體、豐滿、形象。新紅色歷史劇的成功之處就在於他們把塑造人物，展示人物性格當做最為中心的事情，這樣就充分展示了人物性格的複雜性。而人物性格的不同側面的展示和人物性格面對各種不同具體環境所產生出的新的東西，就構成了這些影視作品的豐富性和可欣賞性。說這些新紅色歷史劇注重塑造人物性格是有原因的，通過閱讀這些作品的故事情節我們會發現，雖然這些戲都是和紅色歷史有關，和戰爭年代密切相關，劇作中的主人公可以說都是戰爭英雄，但是，在這些戲中，戰爭對於這些劇中人物來講並不是唯一，

而只是他們生活的一部分。換言之，這些劇作是體現了戰爭英雄全方位的生活和性格，而不單單是戰爭生活中的戰爭性格。同時，這些劇作也沒有把主人公人為拔高為無懈可擊的道德英雄、革命英雄，而是盡力還原歷史場景中的歷史人物。在顯示其英雄偉岸的一面的同時，並不諱言其性格弱點。在《激情燃燒的歲月》、《亮劍》、《高地》等劇作中，我們看到，整個的劇情故事貫穿到了主人公生命的終點或者後期，而且這些主人公也都是有著各種各樣的性格弱點的英雄，這就使得他們的光輝的一面和性格弱點在戰爭生活、和平生活中都得到了全面的展示。也正是在這樣全面的展示中，劇作的喜劇性因素就自然地體現出來了。

　　新紅色歷史劇的敘事往往包括主人公的三個方面的生活：戰爭生活、戰爭期間的日常生活和戰爭結束之後的生活。當然，有些劇作在戰爭行將結束時就戛然而止。比如《我的兄弟叫順溜》中的順溜，在戰爭尚未結束的時候就犧牲了，自然也就沒有敘述其戰爭之後的生活狀況。但是，即便是只描寫了主人公戰爭時代生活過程的劇作，由於其在敘事過程中特別注重對戰爭期間的日常生活的敘事的描寫，也就展示了人物的多元性格。比如《我的兄弟叫順溜》這部戲，相對來講，是新革命歷史劇中戰爭場面比較多的一個。在這些戰爭場面的敘事中，我們看到了一個倔強、冷酷而又富有傳奇色彩的順溜。但是，這部戲中對於戰爭期間日常生活的敘事顯然是非常到位的，給我們全面展示了戰爭間隙的日常生活中表現出來的順溜的其他性格，以及他的倔強和日常生活碰撞產生出來的喜劇效果。順溜由於槍法神準，打死了很多日本鬼子，成了軍區的英雄，於是就有記者採訪，這就引發了喜劇效果。順溜的漫不經心、與主流意識形態的疏離和女記者的一本正經、盡力想把採訪往主流意識形態上靠就形成了鮮明的對比，也成了讓我們忍俊不禁的喜劇性因素。但是在這樣的喜劇敘事中，順溜倔強之外的另外一面，樸實、不關心思想問題等等就體現了出來。這部劇作中另外一個頗富喜劇意味的劇情是順溜製造消音器。順溜在戰場上繳獲了一支狙擊步槍，但是遺憾的是，在戰場上，這支狙擊步槍的消音器丟了，於是，走火入魔的順溜開始想方法自己製造消音器，這樣就和當地的一個老漢產生了衝突，這個衝突的過程就是一個完全的喜劇敘事過程。這個喜劇的產生實際就是順溜的近乎偏執的倔強和日常生活碰撞之後產生的。它讓我們看到了順溜的倔強在戰場上能夠讓順溜成為英雄，成為傳奇，但是在日常生活中卻可能產生負面效果。這些日常生活

場景的精心營構，一方面使得劇作充滿了喜劇性因素，具有更大的可觀賞性，另一方面，也讓主人公的性格得到了全面的展開。《激情燃燒的歲月》、《亮劍》、《軍歌嘹亮》、《高地》等劇作，更是把表現對象延伸到革命成功之後的和平生活，展示了主人公在和平生活中生活情狀。在展示人物性格和複雜的生活不斷碰撞的喜劇演繹中，更為豐富、更為立體地塑造了人物性格。

　　相對於新紅色歷史劇，我們會發現，傳統的紅色經典敘事在塑造人物性格上顯然存在著缺陷。這個缺陷的根本在於，傳統的紅色經典敘事太急於傳達出主流意識形態的東西，而忽略了對人性的全面構造，於是就先驗地設定正面人物往往就是一切正確。這種一切正確的主人公的確值得敬仰，但是，在敘事中由於他們太正確了，自然就不會和環境碰撞，也就不會給我們帶來喜劇的觀感。同時，與新革命歷史劇把戰爭當做主人公人生生命的一部分和性格塑造的一部分不同，紅色經典敘事已經把戰爭當做了主人公生命的全部。無論是《鐵道游擊隊》、《林海雪原》還是《敵後武工隊》、《呂梁山英雄傳》都是把戰爭當做了敘事的主體，故事隨著戰爭結束而結束。在這些紅色經典敘事中，戰爭成了主人公生命的全部，沒有了戰爭就沒有了他們，這樣主人公就被塑造成了單一的戰爭性格。所以，紅色經典影視劇給人的意象就是寡味，缺乏咀嚼的厚度。當然，在 2005 年前後翻拍的紅色經典，相對於既往的敘事已經有意地融入了一些人性的豐富的成分，比如《鐵道游擊隊》中劉洪和芳林嫂的愛情的構造，已經超出了原著。或許編劇想要藉此表達人物的人性，但是，由於敘事的整體都沒有注重對人性的表達，這樣的一段感情戲反而顯得有些做作，不能達到表現人物豐富人性的目的，也沒有給劇作整體增色。

　　傳統紅色經典的被冷落，一度被認為是在我們這個時代大家都不再願意接受既往的革命敘事和宏大敘事，但是，同樣以宣揚宏大敘事為旨歸的新紅色歷史劇的熱播和「不拋棄、不放棄」這樣的臺詞在現實生活中的流行告訴我們，在當下這個後現代喧囂，解構一切，顛覆一切的時代，宏大敘事其實並沒有失去它在民眾中固有的影響力。重要的是，你能否脫離僵化的訓教式的敘事方式而更為深刻地體察民眾的需求，表達出健全的真正的人性。

第四節　一部影片與一個時代

　　蔣雯麗的導演處女作《我們天上見》在 300 多部參展影片中脫穎而出，最終贏得第 14 屆釜山電影節首次設立的「最受觀眾喜愛電影大獎」，隨後在

澳門國際電影節上一舉斬獲最佳男主角和最佳導演獎。該影片與當下商業片興盛的環境好像格格不入，但卻贏得了觀眾與圈內人士的好評和認可，這隱約透現了一種新的審美追求方向：還原生活的本來面貌，呼喚尋找人類失落的精神家園。

　　《我們天上見》發生的背景是在「文革」時期，但卻並沒有著眼於這個令人恐怖的「紅色時代」給人們造成多麼大的心靈創傷，而是以主人公蔣小蘭的敘述視點展開故事，再現了祖孫二人清貧卻又其樂融融的日常生活。時代風潮被淡化了，不再像「反思文學」，一提到「文革」就是一通揭露和控訴，影片所記錄的不過是大時代中小人物的點滴生活和情感體驗。蔣小蘭的父母被下放到遙遠的新疆，她和年邁的姥爺相依爲命。影片中小蘭慢慢長大，而姥爺卻一天天地衰老。終於，小蘭開始像當年姥爺照顧自己那樣照顧姥爺，最後以姥爺的故去結尾，充滿了無限的感傷和失落。縱觀整部影片，沒有故事片那樣跌宕起伏的節奏、引人入勝的情節。就像一條蜿蜒而平緩流淌著的小河，凝聚的力量在最後一刻才能爆發出來。如果要把影片還原爲文本，那它不是小說和戲劇，而更像散文詩。無論是無論是主題、意象、節奏都具有散文詩般的空靈美。

　　作爲本片導演，蔣雯麗在觀影交流會上說該影片的創作初衷並不是想煽情，而只是懷著簡單的還原生活的願望，實現自己多年來的一個心願。她認爲我們當代人的生活與 70 年代末相比變化很大，「人不知道該怎樣去生活」精神家園失落了，詩意的棲居之所消亡了。人們的生活價值觀在逐漸商業化的社會裏急遽地變化，成人整日周旋於各種各樣的利益之間，只有孩子們還未被生活所污染，未泯滅的光輝的人性需要尋找心靈上回歸，回歸童年，回歸本眞。這種觀點與當代著名作家徐小斌的某些看法異曲同工，徐小斌認爲，作爲靈長動物之首的人類在背叛自然的同時也被自然背棄，他們再也聽不懂來自於大自然的神秘聲音了。兒童在初入人世還沒有沾染世俗的俗氣，來自遠古的靈性尙存，這時的他們最容易接近神祇，與神祇對話。然後兒童長大了，被磨鈍了，融入到渾渾噩噩的群體當中，這個群體就是成人世界。此外，在會上，蔣雯麗還特別提到了《麥田裏的守望者》，從某種程度上說影片在深層精神方面與這本書有契合之處。

　　在眾多華語導演轉身大拍商業片之際，蔣雯麗卻執導了這麼一部文藝片，這是對外公的懷念和尋找精神家園的衝動使然。影片中最文藝的情節當

屬小蘭撐著傘在天空自由飛翔，身下是飛馳而過的火車。這是小蘭的夢境。夢中的她即使是在飛的時刻還是看到了鐵軌上奔跑著的同學們，似乎聽到了他們的叫罵聲「蔣介石」（那時候最大的階級敵人）、「反革命狗崽子」。這其實是暗示了小蘭內心深處的一種不安全感，她強烈地渴求保護。「傘」的反覆出現，無論是在雨天還是晴天，都象徵了一種保護。蔣雯麗深諳兒童的心理，認為他們在低矮的物體之下更有安全感，天空對他們而言太高了，他們喜歡呆在雨傘下、桌子下。影片除了主要講述祖孫二人的故事，還有一段小翠和武術教練的愛情插曲以及小翠的死亡。這一情節的安排別具匠心，它讓小蘭在成長的過程中看到死亡，在對未來憧憬的同時看到了美好事物的消失。然而這是一個女孩在成長中所必須經歷的，正因為如此，小蘭形成了對死的恐懼。直到姥爺告訴小蘭「好人去天上，壞人去地下」，才消除了她對死亡的恐懼，因為「我們天上見」包含了更多的期許和希望。另外，影片中處處流動著人與人之間的脈脈溫情，鄰居間的互相關心和幫助，姥爺對乞丐的救濟，無不顯現著人性的美好。

《我們天上見》這部影片不具有繁複奇特的拍攝角度和令人震撼的視覺衝擊力，只有純淨如「一幅水彩畫」般地畫面，寧靜舒緩的背景音樂，簡單樸素的對白和感人至深的情感體驗。不論哪個年齡段的觀眾在觀影時都會產生一種情感上的共鳴，看到影片的細節時會不禁聯想到自己的親人。這說明該影片在許多層面是具有普遍意義的。在商業片大行其道的今天，它無異於燥熱之中注入的一泓清泉，給觀眾帶來絲絲清涼，縷縷溫馨。

這部影片的成功表明了當今社會，儘管人性受到不同程度的異化，但大眾對真善美的嚮往和追求是永恆不變的。它的成功對文壇也是有啟示意義的，它為當代作家和編劇們提供了一個新的寫作思路：不需要過多的形式技巧和翻新，不需要一波三折的情節，也不需要多麼宏大的主題，只要有真摯的情感和溫情的表達。即使單純了一點、平淡了一點也會得到讀者的肯定。在眾聲喧嘩的時代背景下，源於記憶的真實和靈魂的寧靜是值得關注和沉思的。上個世紀 80、90 年代，隨著經濟的轉型和飛速發展，城市變成了鋼筋水泥的叢林，人與人之間的溫情和心靈的傾訴逐漸冰冷，西方哲學思想、文學思潮也紛至沓來，與中國傳統的道德觀價值觀相交匯、相碰撞。一時間現代西方文論對中國的文學創作者產生了巨大的影響，各種模擬性嘗試性的文本相繼誕生。這不免令中國的文學陷入了一個個泥潭之中，被不同時期興起的

思潮裏挾而行。正如李潔非在《虛寫之致》這篇評論中提到：「大家都追求力度，寫奇崛的事、奇崛的人、奇崛的情態，連語言也力戒常態——並非從美的角度，而是從醜的角度，比如對凶悖語、委瑣語、無賴語、粗言穢語的熱衷。」〔註2〕的確，在當今文壇存在這麼一種現狀，甚至是一種約定俗成的趨勢。不少作家力圖開拓創新，在思想上、形式上進行無休止的嘗試，其結果往往是陷入自己製造的怪圈中無以突破。彷彿沒有血腥、淫穢、污濁、浮靡就不是文學，彷彿文學就該「阻拒」、「陌生化」，讓讀者費解抑或誤解。

自上世紀 20 年代開始，俄國形式主義者把文本的形式成功地提到了文學批評的臺面上來，讓文學面對自身——語言的問題。於是數不清的形式探索性作品問世。同時期精神分析學說也帶來了革命性的影響，在各個領域廣泛存在著，從根本上衝擊著傳統關於人性、道德、宗教等的觀點。弗洛伊德成為了「精神分析」的代名詞，成為潮流，他的學說作為西方現代非理性主義文藝思潮的理論基礎。這一階段所有的問題的癥結都被歸於無意識的性本能，貶低了人有意識活動的主導意義。新批評在稍後一個時期強調文學的自足性、文本的獨立性和美學的自律性。這又把大多數批評者的目光重新拉回到文學文本上，形成了所謂的「文本中心論」。20 世紀中葉受現象學和存在主義哲學影響，浸染著濃厚人文色彩的文學思潮逐漸興起。這一時期出現了許多理論流派，接受美學和讀者反映論受到了絕對的關注，一時之間文學批評的重心放在了讀者身上。到 60 年代結構主義在英美新批評走向衰落時大步登上西方文壇並逐漸取得了統治地位。在「新時期」，這些五花八門的文藝思潮紛紛湧入中國，文學評論家和學者們應接不暇，幾乎每個人都有自己擅長的一套理論，以此來闡釋紛繁複雜的文本是得心應手的。但結構主義陣營內部的分歧必然性地導致瞭解構主義理論的誕生，解構主義者們顛覆一切，否定一切的反叛精神在一定程度上值得肯定，但解構是有底線的。我們不得不思考，當一切美好的事物和感情均被打破和解構之後，我們的文學還剩下什麼呢？

第五節　發達傳媒時代的小說敘事危機

考德威爾曾經對詩歌發表過犀利的批評，他說：「詩在技巧上達到了空前的高水準；它越來越脫離現實世界，越來越成功地堅持個人對生活的感知與

〔註2〕李潔非：《虛寫之致》，載《北京文學》2009 年第 8 期。

個人的感覺，以致完全脫離社會……大多數人不再讀詩，不再覺得需要詩，不再懂得詩，因爲詩隨著它的技巧的發展，脫離了具體的生活……詩從當初作爲整個社會（如在一個原始部落）中的一種必要職能，變成了現今的少數特選人物的奢侈品。」〔註3〕顯然，在馬克思主義者考德威爾看來，詩歌的沒落，在民眾中失去影響力，是詩人咎由自取。脫離群眾就意味著它將失去生機。考德威爾時代的詩歌狀況，和當下中國的小說狀況有些相似：它們都已經失去了曾經擁有的龐大的閱讀者群體，都在日益蛻變爲一種小圈子文學。當然，在這個相同的表象下，也有一個很不相同的原因，如果說考德威爾時代詩脫離群眾是因爲詩人咎由自取的話，而在今天我們這個時代，小說的狀況顯然不是作家自己造成的，而是時代的變遷帶來的結果。因此，傳統的小說、文學已經和我們今天時代的關係就需要重新思考了。

關於小說的認定和意義，作家、評論家和普通讀者的認知顯然不同。瓦特把小說的上限定到了笛福、理查遜、菲爾丁時代，認爲從他們開始，才有眞正的小說出現，而米蘭·昆德拉則認爲小說的上限是西班牙的塞萬提斯，他認爲這個時候，小說才開始呈現小說應該有的複雜性和不確定性，小說才有了小說的智慧，即不確定的智慧。瓦特和昆德拉劃分的小說時段上限雖然並不完全一致，可背後卻有一個共同的精神，即不是所有的故事敘述都可以稱之爲小說，小說是在敘述技巧、敘事內容上有特殊要求的一種文體。可是在中國普通讀者看來，小說基本等同於故事，閱讀小說的意義就在於娛樂和獲取信息。從中國明清小說以來，直到當下，就中國小說的發展我們可以看到一個非常清晰的現象是，無論《紅樓夢》、《三國演義》在今天的文學史上有多麼崇高的地位，但是在當時之所以能夠產生極大影響，還是因爲作品本身的娛樂性。舊紅學派中有一個消閒派，專門拿《紅樓夢》中的男男女女說事，就說明了小說的娛樂性對讀者來說是多麼重要。至於說到公眾讀者對小說的信息期待，一個事情可爲明證。2007 年，新浪博客的「文學已死」事件中，編輯設計了一項網上問卷調查。這項問卷設計本身可能毛病很多，如問項是否合適、單項選擇是否科學等，都大可推敲，但最後的問卷結果，依然爲我們提供了公眾對「文學」的認識和期待、對「中國當代文學」的態度等一些有價值的數據。如在「你覺得文學在生活中的意義」項下，認爲「很大」的占 67.13%，認爲「一般」的占 26.44%，認爲「沒有意義」占 6.43%；在「你

〔註 3〕考德威爾：《考德威爾文學論文集》，百花洲文藝出版社 1995 年版，第 301 頁。

覺得文學有什麼價值」項下，點擊「認識社會人生」占 61.87%，點擊「提高審美能力」占 26.21%，點擊「記錄歷史」占 11.92%；在「你覺得中國當代文學……」項下，認為「一般」的占 48.55%，認為「很沒意思」的占 39.84%，認為「很了不起」的占 11.61%。〔註4〕從這個調查答案中可以看到，當有 67.13% 認為文學在生活中意義很大的時候，有 61.87%的人把意義價值賦予了「認識社會人生」。換言之，文學能夠提供關於這個社會的信息，幫助我們認知社會是多數讀者對文學的心理期待。事實上，反觀 1980 年代，我們會發現，中國大陸小說之所以能夠空前繁榮，很重要的原因就在於在當時，小說完美地回應了讀者對文學的這兩種期待。也就是說，雖然作家創作小說遵循的是小說的基本準則，可是在娛樂和信息匱乏的時代，這些小說並不妨礙讀者將其當做有社會認知意義的娛樂故事來讀。

　　但是，在今天這樣一個發達傳媒時代，中國讀者所喜歡的小說的這兩項功能都受到了嚴峻的挑戰。首先，傳統小說的娛樂性已經遠遠無法滿足讀者的心理需求了。按照的尼爾・波茲曼說法，我們今天所處的時代是一個娛樂至死的時代，豐富發達的大眾傳媒提供給了我們各種豐富的娛樂方式。在電影、電視等各種影像資料的影響下，越來越多的年輕讀者更習慣於讀圖而不是閱讀文字，這也就是大家常說的讀圖時代已經到來。所謂的讀圖時代，其實表明了影像資料已經開始深刻地影響了我們當代人的認知方式和思維方式。相比較豐富、駁雜的各種圖象、影像，小說所具有的娛樂性顯然太過於不足。所以，越來越多的人寧願閱讀圖片，觀看影像資料而不是閱讀小說。另一方面，小說雖然是想要借助故事的講述傳遞小說家的價值指向，但是，在當下，這種價值指向顯然也並不具有帶給大眾豐富信息的功能。事實上，當下很多小說家非常關注當代生活，並且力圖在作品中發出這樣的聲音的。比如當下流行的底層文學，雖然有這樣、那樣的弊病，但是，毋庸置疑，這些作品確實顯示出了作家們力圖關注當下，關注大眾日常生活的題旨。而且，很多作品還表示出了深刻的意蘊。比如墨白的《事實真相》寫的是農民工，他沒有就物質層面的不平等展開，而集中表達的是農民工精神的壓抑以及話語權的失去這樣一個社會現象，就遠比一般的關注農民工的物質生存的社會報導要深刻地多。但是，小說敘事畢竟是要經過藝術加工的，藝術加工過的

〔註 4〕此項調查見：http：//.sina.com.cn/lm/wxsw.html，轉引自張寧《公眾期待與文學的內部秩序》，載《鄭州大學學報》2007 年第 2 期。

東西，即便是深刻，卻失去了生活真實事件本身具有的活生生的熱度。所以，這些力圖表現更為深刻的現實的文藝作品並不比網絡上一個普通的反映社會真實狀況的帖子影響更大，比如網絡上的鄧玉嬌案、譚卓案等，顯然要比這些所謂的底層文學敘事要來得更為直接和動人。小說曾經很好地承擔了幫助讀者「認識社會人生」的功能，但是在今天，小說在這方面的表現顯然已經越來越失去原有的重要性了。之所以出現這樣的情況，很重要的一個原因是在當下這樣一個發達傳媒時代，我們每一個人面臨的問題不是信息匱乏，而是信息過剩。打開網絡，輕輕點擊，你可以隨心所以地獲得你任何需要的信息，關注底層生存的人在網絡上可以輕鬆地獲得種種有關底層人的生活的資料和圖片，這遠比底層文學來得生動和便捷。在這樣的狀況下，文學作品原有的傳遞社會人生狀況的功能失效了。相比較無所不包的網絡，小說作品中傳遞的知識顯得分外貧乏和狹窄，正如作家李洱曾經說的那樣，他說作家的問題是他無法給讀者提供更多的經驗，或者，作家本人的經驗還不如讀者豐富。所以在上文所述的新浪博客調查中，絕大多數的網友對當下中國文學表示了失望。這顯然是由於他們的訴求得不到滿足而造成的，事實上，他們的對小說「認識社會人生」的訴求已經永遠不可能得到滿足了，因為無所不在的傳媒比小說更能滿足他們這一需求。

在傳統的小說敘事日漸萎縮（這種萎縮的一個鮮明表現就是公眾開始對小說漠不關心，比如相聲演員徐德亮就發博文表示本屆魯迅文學獎獲獎作品他一個都沒有讀過，這其中可能有對本屆魯迅文學獎的失望，但是顯然也表明了公眾對文學的日漸淡漠）的同時，網絡文學卻開始大行其道。據盛大文學網 CEO 侯小強說，在盛大文學網發表文學作品的作者每年都有數十個年薪在百萬以上，這又似乎表明小說敘事的春天在網上即將到來。在某種程度上，網絡文學的出現的確豐富發展了文學本身，比如小說在網絡上就被細化到玄幻、武俠、穿越、都市等等幾十個門類。而且，網絡文學的確也出現了一批實力不俗的作家和一批優秀的作品，但是，仔細觀察，我們會發現，至少在目前，網絡文學的興盛並不能代表文學的繁榮，反而表明了小說敘事的失魂落魄。就目前的網絡文學來看，其繁盛的原因就在於這些作品把讀者對小說的訴求，即娛樂和認知，尤其是娛樂，發揮到了極致。如前所述，網絡文學把文學細分為玄幻、穿越、盜墓等小說門類，不過是商業化催生的結果——門類的細分更有利於確定目標讀者，從而實現文學商品的快捷出售。例如，

網絡上的穿越文學顯然是寫給小女生看的，於是這類小說都有一個共同的模式：一個年輕的女孩，穿越到了古代某一時期，被英俊、多金、高位的王爺愛上。都市言情顯然是寫給男生看的，這類小說的共同模式是：一個原本普通的男生，陰差陽錯具有某種特殊功能，於是接著就被不同類型的美女愛上，這男生對這些美女也來者不拒。這些固有的故事模式在網絡小說中隨處可見，但是仍然長盛不衰，顯然是因為這些作品滿足了年輕的少男少女在當下的某種幻想，這也是網絡文學娛樂功能的典型表現。這些強調娛樂功能的網絡小說在某種程度上並不能算是嚴格意義上的小說，而更接近於故事，因為這些作品在敘述技巧上沒有對小說這種文體做出更進一步的創新，在敘事題旨上沒有尋找並表達「只有小說才能表達的東西」（米蘭・昆德拉語），而只是滿足於給讀者講述一個匪夷所思的故事。換言之，這些網絡文學作品只是傳統意義上的通俗故事，而非真正的具有嚴肅題旨的小說。在這個意義上，網絡文學的勃興對於傳統小說敘事來說就未必是好事。因為這些強調故事、情節的網絡作品正在大量分流傳統的傳統小說讀者，接下來或許會造成傳統小說生存環境的進一步惡化。

　　毋庸置疑，傳統小說敘事在當下這個嶄新的發達傳媒時代語境中顯得極其微妙，它面臨著失去許多讀者的危險。而在當下這個傳媒時代勃興的網絡文學，雖然從表象看也屬於小說，但它和傳統小說在精神上有著巨大的分野。網絡文學的勃興不但不能作為傳統小說中興的標誌，反而可能會帶來傳統小說生存環境的進一步惡化。顯然，對於傳統小說敘事來說，在傳統的小說生態環境被發達傳媒破壞的情況下，如何尋找傳媒時代傳統小說敘事的新的生長點已經成為必須研究的課題。當然，網絡這個平臺並非天然地是傳統小說敘事的敵人，如果當下泥沙俱下而又生機勃勃的網絡文學的評價機制能夠做出改變，不再僅僅以讀者點擊率作為對作者的唯一評價標準，而對小說敘事的藝術性和思想性加以強調，強調小說敘事藝術創新和精神突破的優秀作家也許就可以借助網絡這個平臺脫穎而出，傳統小說敘事也許會煥發新的生機。

第六節　「故事」敘述與文學性的回歸

　　最近，有兩篇訪談頗耐人尋味。一次是對導演張藝謀關於電影《金陵十三釵》的訪談，另一次是對作家格非的訪談。兩者有一個相通之處，無論是導演還是作家，都強調了文學敘事「講故事」的重要意義。

在對張藝謀的訪談中，張藝謀認爲「想表現人性的光輝，講好故事是永遠的功課」，而所謂好的作品就是「思想性、文學性、可讀性三性統一」。一直以來，學界對張藝謀的詬病，是其過於突出電影的視覺化效果，刻意追求電影宏大場面的刺激，文本的敘事性不足。對於這一點，張藝謀似乎是有苦難言。2010 年《人民日報》曾對其有過一次專訪，他在《如何講述中國故事》中說「對今天的電影來說，故事是最重要的，故事包含著萬物。因爲今天的觀眾觀影經驗豐富，花拳繡腿誘惑不了他們。故事和人物如果不好，最終會失敗」。他認爲，儘管自己非常重視文本的重要性還一直受到批評，是因爲好的劇本太難產生，而自己是「等米下鍋」。而作家格非的創作，從《褐色鳥群》到《人面桃花》《山河入夢》以及《春盡江南》，這其中很明顯的一條線索，就是格非從刻意地突出敘事技巧開始逐漸的開始重視作品的故事性。格非認爲：「我所理解的故事是一種隱喻，這就涉及到我們寫小說的爲什麼要寫故事，這個問題是最重要的，小說的特質當然就是故事，這是毫無疑問的。」〔註5〕兩則訪談似乎傳遞給我們這樣一個信息，文藝創作開始重新重視文本敘事中的「故事性」了。

其實，傳統中國文化是一直重視文學「故事性」敘述的。魯迅說：「人在勞動時，既用歌吟以自娛，借它忘卻勞苦了，則到休息時，亦必要尋一種事情以消遣閒暇。這種事情，就是彼此談論故事，而這談論故事，正就是小說的起源。」鄭振鐸在《中國俗文學史》中談到，中國古代的文學大抵可以分爲兩大類，一類是登上大雅之堂的詩歌和散文。這一類是「廟堂文學」，在傳統文化意義上屬於文人創作的文學，是眞正的文學；另一類則「差不多除詩與散文之外，凡重要的文體，像小說、戲曲、變文、彈詞之類，都要歸到『俗文學』的範圍裏去」〔註6〕，而「俗文學」的特質，在於它是大眾口口相傳的，其間，其敘述的故事性功不可沒。需要引起注意的是鄭振鐸接下來的描述。他說：「因爲正統的文學的範圍很狹小——只限於詩和散文。——所以中國文學史的主要的篇頁，便不能不被目爲『俗文學』，被目爲『小道』的『俗文學』佔領」。並且很多正統文學的文體「原都是由『俗文學』升格而來的」〔註7〕。鄭振鐸的論述，由於受制於時代環境的影響，可能會有偏頗之處，但是有一

〔註5〕格非：《小說是對遺忘的反抗》，載 2005 年 4 月 9 日《南方都市報》。
〔註6〕鄭振鐸：《中國俗文學史》，作家出版社 1953 年據商務印書館 1938 年版影印本，第 1～2 頁。
〔註7〕鄭振鐸：《中國俗文學史》，作家出版社 1953 年據商務印書館 1938 年版影印本。

點卻是很明確的，那就是「故事性」在中國古代文學敘事傳統中佔據著重要的地位。

晚清以來，由於整體社會環境的變化，文學的社會教化功能，造成以小說和戲劇爲代表的俗文學地位的提高。從改良到革命，知識分子們意識到需要廣泛的群眾基礎，梁啓超在《論小說與群治之關係》中倡導「改良群治、新民」，嚴復在《原強》中則說「今日要政，統於三端：一曰鼓民力，二曰開民智，三曰新民德」。文學在很大程度上承擔起了這種啓蒙的重任。梁啓超的「改良群治」和「新民」是要從「新」小說開始的。他說：「欲新一國之民，不可不先新一國之小說。故欲新道德，必新小說；欲新宗教，必新小說；欲新政治，必新小說；欲新風俗，必新小說；欲新學藝，必新小說；乃至欲新人心，欲新人格，必新小說。何以故？小說有不可思議之力支配人道故。」〔註8〕由於啓蒙對象主要是針對文化水平相對偏低的普通百姓，爲了迎合他們的需求，引起他們的興趣，文學創作相應的發生了變化，文言文向白話文創作的轉變，創作文體更重視敘述的「故事性」，小說、戲劇等俗文學開始登上大雅之堂，承擔起民族啓蒙的重任。

新文化運動以來的文學創作，都重視文學的通俗化和大眾化。1917 年陳獨秀在《新青年》發表《文學革命論》，強調要創作平民文學、寫實文學，通俗的社會文學，而陳獨秀所要求的這種文學創作是應該而且也必須要重視文學的故事性的。而以後的左翼文學、延安文學以及解放後從延安文學延續到全國的文學創作，基本都遵循了現實主義、寫實主義的創作風格。從新文化運動開始一直延續到 20 世紀 80 年代，中國文學大部分都是以普通大眾作爲創作的接受者，一定時期內甚至只能創作和普通大眾相關的，老百姓喜聞樂見的作品，而其他創作手法都被作爲可能的資本主義、自由主義的創作傾向受到批判，文學的「故事性」敘述在 20 世紀中國文學的創作中一直發揮著重要的影響。

20 世紀後半葉，是文學「故事性」敘述邊緣化的一個時期，其原因主要有以下幾個方面。

首先是反對文學的工具化。「俗文學」從「小道」開始延續到近代登上文學創作的大雅之堂，一直到 20 世紀成爲社會改革、文化啓蒙等的重要手段和工具，其地位的逐漸提升都是和文學作品的社會功能相聯繫的。錢理群等學

〔註 8〕梁啓超：《論小說與群治之關係》。

者認為「從《新青年》鼓動『文學革命』開始，新文學的先驅者們就主張文學服膺於思想啟蒙，注重將文學作為改造社會人生的工具」，魯迅在 20 世紀 30 年代談到自己創作的時候也說「說到『為什麼』做小說罷，我仍抱著十多年前的『啟蒙主義』，以為必須是『為人生』，而且要改良這人生」〔註9〕。1937 年全面抗戰爆發以後，文學開始服從於「救亡」這一主題，強調文學的功利宣傳性，強調「文章下鄉，文章入伍」。而這種文學創作一方面適應了時代的大環境，同時也是以喪失文學的多樣化、文學的自主化為代價的。毛澤東《在延安文藝座談會上的講話》指出：「在現在世界上，一切文化或文學藝術都是屬於一定的階級，屬於一定的政治路線的……無產階級的文學藝術是無產階級整個革命的一部分……是整個革命機器中的『齒輪和螺絲釘』。」新中國建立以後，延安講話的精神走向全國，成為惟一合法和正確的文學創作方向。《講話》關於文學是「齒輪和螺絲釘」的表述在「文革」時期的文學創作中更是達到極致。「文革」以後，學界開始清理一系列不正常的文學創作方式，而這種清理卻同樣是在政治話語體系下完成的，也是文學工具化的另一種表述方式。20 世紀 80 年代中後期，出於對文學太多干預社會生活的強調，要求文學回到自身，導致了文學創作中另一創作傾向的產生，那就是 20 世紀 80 年代以來先鋒文學、現代派文學等的創作。這一創作潮流在反對文學社會功能，反對文學作品的工具特性的時候，也同時把文學重視敘事性的傳統丟失了。文學敘事性的邊緣化還有另一個影響，這是世界工業革命以來，伴隨著科技的發展，大都市的興起，原來的創作方法已經不足以把握和書寫當時的時代。從英國的象徵詩歌、現代派創作思潮到國內的新感覺派等創作，都力圖用一種新的方式把握時代的變化，用一種新的文學書寫方式表達內心的感受。20 世紀 80 年代中後期文學創作環境已經逐步放開，西方一系列的文藝理論進入中國，同時由於周圍環境發生了重大變化，一些知識分子開始有意識地用不同的理論方式進行創作。而這種傾向也是文學「故事性」敘述逐漸邊緣化的又一原因。

　　這就產生了一個有意思的問題。20 世紀 80 年代以來文學對於創作技巧和創作手法的追求是為了回歸文學自身，為的是對抗文學的社會功能，祛除文學工具化的特徵，而文學敘事性的邊緣化卻是這一願望的不自然結果。文學

〔註 9〕魯迅：《我怎麼做起小說來》，最初印入 1933 年 6 月上海天馬書店出版的《創作的經驗》一書。

作品是內容和形式的統一，是「故事性」和詩性的統一，實驗和運用不同的形式是爲了把作品內容表述得更加生動、活潑，表述的內容更加豐富和貼切。不過，對作品形式、文學技巧的刻意追求卻丟失了文學的某些基本特性。曹文軒在《小說窗》中說：「小說離不開故事，而只要有故事，就一定會有小說。小說是那些傑出的敘事家在對故事有了深刻領悟之後的大膽而奇特的改寫。故事隨時都可能被一個強有力的敘事家演變成小說。故事與小說的這種關係是無法解除的，是一種生死之戀。」進入新世紀以來的前幾年，電影界存在一個普遍的傾向就是在電影製作過程中大量使用拍攝技巧，一味追求場面、鏡頭的宏大感。這在最開始的電影上映中受到了觀眾的追捧。但是，當電影的大場面、炫耀拍攝技術成爲一種習慣之後，人們開始產生審美疲勞。「大片」紛紛落馬，票房一落千丈。與之相對應的是今年上映的一部小成本電影《鋼的琴》，這部電影拍攝的場地是老東北的廢舊鋼廠，沒有龐大的演員陣容，沒有豪華的後期製作，只是講述了一個普通的下崗工人父親要爲女兒製造一架鋼琴的故事。然而，就是這部小成本電影卻屢獲大獎，也是 2011 年僅有幾部不但沒有被責罵、反而好評連連的電影之一。可以說，敘事性以及敘事中的「故事性」的被強調是一種必然的趨勢，是文學性回歸的一種表現。

第七節　小小說的可能性

2010 年第五屆魯迅文學獎評選條例中，已經明確規定小小說可以參評該獎。雖然在當屆魯迅文學獎評選中並無小小說作家獲得該獎，但是小小說可以獲取魯獎這個規定顯然已經表明了主流文壇對小小說這種小說形式的認可。毫無疑問，魯迅文學獎對小小說的接納，在某種程度上也是小小說這種文體再次發展的一次機遇，它可以憑藉這個新的平臺達到更大的成就。當然，小小說能否再次發展，達到一個新的高度，體制的認可只是一個外部動因，影響小小說發展的，更爲根本的原因在於，小小說作家能否寫出膾炙人口的藝術水準極高的作品。這就需要有一個高水平的小小說創作隊伍。在過去的二十餘年中，小小說這種文體在當代中國發展到一個驚人的高度，僅鄭州百花園雜誌社主編的《小小說選刊》就賣出了幾億冊。毫無疑問，對於一份堅守文學品位的文學雜誌來說，這簡直就是一個天文數字。在這幾億冊《小小說選刊》的背後，是龐大的讀者群和一個龐大的作者隊伍。毋庸置疑，在小

小說的發展過程中，所有的小小說作者都付出了自己的努力，做出了自己的貢獻。在當下小小說面臨一次新的超越的時候，還是需要作家首先完成自身的超越。

應該說，小小說在既往的發展中取得了很大的成績，可是，也形成了一些亟需突破的定式。在我看來，很多小小說作者似乎都有一個創作理念，即一定要爲小說尋找一個歐·亨利式的「意料之外，情理之中」的結尾。這種結構方式在很多小小說作品中都有體現。對於篇幅不過一兩千字的小小說來說，這樣的寫作模式的選擇有它的合理性，因爲這樣的結尾能夠更爲明顯地帶給讀者一種美學震驚，帶來情節結構的刺激性，也便於作者表達其主題。可是問題是，小小說也是文學的一種，作爲文學來講，「文似看山不喜平」，文學寫作應該不斷創新，無論是寫作內容還是寫作形式。當歐·亨利把結尾的情節突轉發揚光大的時候，對他來說，這是一種創造，給文學寫作帶來某種新質，帶來了更多的表達的可能性。但當現在中國大多數小小說作家都在創作中力圖尋找這樣一種結尾的情節突轉的時候，當很多小小說作家把這種結構模式當做小小說的經典模式進行模仿的時候，這種模式已經無法帶給讀者足夠的美學震驚。相反，它已經成了美學俗套。所以，小小說這種文體要發展，對於所有的小小說作家來說，絕非意味著把原來固有的小小說結構模式玩的熟練，然後以不變應萬變。小小說也是小說的一種，是文學的一種，應該有更多的表達方法，有和小說題材更合適的表達方法，小小說作家也應該不斷尋找更多的文學表達的可能性。這種歐·亨利式的結尾方式只應該成爲小小說眾多表達方式的一種，而不可以成爲寫作的俗套。

小小說也是小說的一種，只不過篇幅相對稍小，所以，小小說同樣應該遵循小說的敘事理念。在我看來，當下小小說最大的問題就在於大多數作家還沒有自覺的現代小說敘事理念。就當下小小說表達內容來看，大多數小小說仍然在強調對某種確定性東西的表達：或者是發現生活中平凡然而讓人感動的美和善，或者是對生活中的某些醜陋現象進行諷刺。歌頌眞善美，鞭撻假惡醜當然也是文學表達的題中應有之意，可是問題是，在當下這樣一個傳媒極其發達的時代中，小說在表達這些確定性的理念的時候，遠不如電視影像或者媒體的新聞報導來得更有說服力，更能打動人。無論小說對生活中的善與惡表達地如何形象、生動，但總是背負了一個虛構的名聲，而新聞報導則可以以直擊的形式，號稱客觀地把事件眞相表達出來，從而帶給讀者更大

的震撼。如果說 1980 年代還有一篇小說引起社會爭議，成為社會熱點現象的話，那麼，進入 1990 年代之後，特別是新世紀以來，我們發現，引起社會爭議的熱點問題不再和小說有任何的關係，而往往是新聞報導聚焦的結果。換言之，在傳媒高度發達的時代，表達確定性的東西早已不是小說所長，它必須能夠表達出自己獨特的東西。這個獨特的東西肯定不是確定性理念。那麼，小說應該表達什麼？對此，米蘭‧昆德拉有過精彩的表述，他說「我理解並贊同布洛赫反覆堅持過的觀點：小說之存在的唯一理由，在於發現那些只能為小說所發現的東西。如果一部小說未能發現任何迄今未知的有關生存的點滴，它就缺乏道義。認識是小說的唯一道義。」〔註 10〕在同一篇文章中，昆德拉還反覆闡明了他的小說理念，說「小說的智慧是不確定的智慧」，「小說的精神是複雜的精神。每一部小說都對它的讀者說：事情並不像你想的那樣簡單」。顯然，無論是強調小說的不確定性，還是強調小說的複雜性，其實都是對「小說發現只能為小說所發現的東西」的另外一種表達。換言之，以昆德拉為代表的現代小說理念是反對小說表達確定性的東西的。對於小說來說，簡單明晰的道德判斷已經沒有太大的價值，模糊、曖昧，道德懸置的區域才是更值得表現的地方。這也正是現代各類敘事話語所匱乏的地方。

　　在現代世界，我們身邊已經充滿了各種各樣的話語：新聞話語、意識形態話語、法律話語、工程話語……，這些話語各有各的表達領域。不過，有一點卻是共同的，即它們都強調一種確定性和權威性。無論什麼話語，都是以毫不猶豫的權威的姿態面向大眾，向大眾做出指導。可是問題的關鍵是，這些看似極其權威不容置疑的話語都有其內在的悖謬，特別是在它們之間發生碰撞，或者它們與社會習俗發生碰撞的時候，這些內在的悖謬就會以誇張的姿態呈現出來。事實上，這才是小說的用武之地，以一種猶疑的姿態面對這個社會，對社會中的複雜的東西進行表述。小說不需要把這個社會中複雜問題以及人的多面性和複雜性梳理得一清二楚並找出解決問題的方案──事實上，作家也沒有這個能力──只需要能夠將其呈現。這就是小說的複雜的精神，這就是小說發現的只能為小說發現的東西。在整個社會充滿確定性話語的情況下，一種充滿猶疑的複雜精神的寫作會讓我們對這個社會中的諸多確定性話語重新認知，能夠讓我們看到我們以前的盲點。這就是現代小說的理念。應該說，相當多數的小小說作家對現代小說理念還頗為陌生，仍然在

〔註10〕米蘭‧昆德拉：《小說的藝術》，三聯書店 1992 年版。

表達生活中的一個感動或者一個批判。這樣，許多小小說作家的寫作不是在告訴讀者生活比他想像的要複雜，反而是把複雜的世界給簡單化了。這就大大削減了小小說可以承載的東西。小小說通常只有一千多字，相對於其它小說體裁來說，的確是過於短小了一些，但是，短小的篇幅不應該成為小小說拒絕表達更為豐富，更為闊大的生活的藉口。事實上，詩歌作為一種文學體裁，它的字數應該是最少的，可是詩歌卻被稱為文學藝術皇冠上的明珠。之所以成為文學藝術中的翹楚，不僅僅是因為其語言的優美，更重要的是詩歌表達內容的闊大、精細和複雜，以及其往往得風氣之先的藝術精神。百花園雜誌社總編楊曉敏在談到小小說創作的時候，提到小小說是平民的藝術，強調小小說是文化中產階級的精神產品和精神食糧。這是一個頗富洞察力的看法。的確，小小說以其短小的篇幅帶來的易操作性，讓更多的文學愛好者便於進入，讓所謂的文化中產階級一樣可以享受發表作品的精神快樂。可是，如果說小小說可以成為文化中產階級的精神食糧的話，那麼，在我看來，優秀的，想在小小說園地有所作為的小小說作家卻不應該滿足於文化中產階級的身份，他必須不斷探索在這塊土地中各種耕作方式的可能性，而不可以文化中產階級而固步自封，拒絕探討更為豐富、多元的表達主題和表達方式。

在過去的幾十年中，中國的小小說得到了長足的發展，顯然，在當下這樣一個快節奏的年代，小小說的短小的篇幅非常適宜讀者的快速閱讀。當下流行的適合手機閱讀的微小說，也表明了公眾對篇幅短小的小說的精神需求。也就是說，至少從體裁這個角度，在我們這個時代，小小說應該是大有發展前途的。當然，小小說能否成為更富有藝術表現力的文體，小小說的這個方寸之地能否映照出更為闊大、複雜的生活，引發讀者對生命、社會更多的思考，還要看小小說作家群體能否實現藝術的突破。

第四章　當下文化思考的立場與方法

第一節　電影之與文學

　　自電影誕生之後，便與古老的藝術——文學產生了不解之緣，對文學與電影關係的討論也幾乎從未中斷過。清醒而客觀地對待電影與文學的關係，對兩者和諧健康地發展將大有裨益。本文將從藝術層面上來探討電影與文學的關係。

一、電影之於文學的差異性存在

　　與文學相比，電影是一門年輕的藝術，但是即使年輕，電影也必將是繼文學、戲劇、音樂、舞蹈、繪畫、建築之後出現的另一種獨立的藝術形式。《電影藝術詞典》中比較科學地定義電影藝術：是以電影技術為手段，以畫面和聲音為媒介，在銀幕上運動的時間和空間裏創造形象，再現和反映生活的一門藝術。電影產生於技術，沒有技術就沒有電影，這決定了電影必定不同於其他傳統的藝術形式。電影被稱為一門綜合藝術，並不是指電影是其他藝術門類簡單相加的產物，而是很好地利用技術手段並融合各種藝術形式所包含的藝術成分而形成的一種新藝術形式。電影可以利用文學，但是電影絕不等於文學。電影有著與文學不同的特點和表現形式。文學，作為十分古老的藝術形式，是以語言文字為媒介的，運用語言文字創作詩歌、戲劇、小說、散文等體裁的文學作品，來表現情感和再現生活。文學不同於電影，電影是從具象到抽象的過程，文學則是從抽象到具象的過程，在此過程中，它們通過不同的媒介和手段表現自我。電影與文學雖然不同，但二者淵源已久也是有

原因的，即電影和文學都通過各自的媒介去表現生活，反映生活。在電影與文學糾纏不清的關係中，我們首先要清醒的意識到，電影和文學是各自獨立的兩種藝術形式，即使有共同點，但也絕不等同。

19世紀末電影傳入中國，20世紀初中國開始了自己的電影事業。最初被搬上銀幕的是戲劇等舞臺劇，但是這些直接模擬戲劇演出的電影很快失去吸引力，喪失了藝術自身應有的生命力。20世紀20年代，大量「鴛鴦蝴蝶派」小說被改變成電影，搬上銀幕，文學開始觸「電」。自20世紀20年代電影與「鴛鴦蝴蝶派」文學結合，一直到80年代，電影像被嫁接到文學上，幾乎只從文學這一個藝術門類汲取養分，很少關注其他藝術形式，電影似乎成了文學的附庸。

那麼，電影為什麼會成為文學的附庸，電影如此青睞於文學究竟是什麼原因呢？首先，在中國，文學在藝術中的地位極高，似乎凌駕於其他各類藝術形式之上。因為文學除了具有像其他藝術形式一樣的審美作用以外，還具有非常現實的作用，中國歷代文人幾乎都通過文學陞官得名，這自然使得文學在中國人心目中的地位遠高於其他藝術形式之上。所以，電影要得到國人的接受和普遍認可，似乎只有與文學結合才是一條康莊大道。

其次，從電影在中國的發展歷程來看，電影對文學的依附也有其必然性。上世紀20年代，為了使電影公司不至於破產，電影人選擇了當時受到普遍歡迎的「鴛鴦蝴蝶派」小說，以迎合市民的喜好，獲得自身的存活。同時，電影與文學的結合，大大提高了電影的敘事功能，又進一步推動了電影事業的發展。30年代，「左翼」登上歷史舞臺，直到80年代，文學成為宣傳政治的工具。借助文學，特別是左翼作家的作品，來宣傳政治成了電影的主題。

再次，電影和文學具有更多的相似特質。電影是在銀幕上運動的時間和空間裏創造形象，它要求時間和空間要能夠自由和靈活的轉換，在這一點上文學的表現方式恰恰與電影的要求相吻合。文學（主要是小說）通過語言文字來表現時間和空間的轉換，且足夠的自由和靈活。文學是再現和反映生活的一門藝術。電影最初甩掉戲劇，是因為這類舞臺劇過於模式化，不夠生活化，不能充分發揮電影的藝術優勢；而文學以其生活化、寫實化的特徵，迅速躍升為電影的第一大「供應商」。

綜觀古今中外比較成功的電影作品，幾乎都是根據文學作品改編的。中國的情況亦是如此，對文學作品的改編促成了電影事業的繁榮景象。「第

三代」電影人高度重視電影的文學性，主張從文學中尋找電影藝術的眞諦，他們大量改編文學作品，尤其是左翼知名作家的作品，如《林家鋪子》、《傷逝》、《邊城》、《青春之歌》、《天雲山傳奇》等。「第四代」電影人強調電影的獨立性，希望電影能夠擺脫對其他藝術形式的依賴。但是，面對政治和創作上的壓力，這種積極的改良思想還是最終被淹沒在改編的浪潮中。80年前後，根據小說改編的電影就有 30 多部，比較有影響的如《城南舊事》、《駱駝祥子》、《人到中年》、《蝴蝶》、《陳奐生上城》等。「第五代」電影人是創新的一代，他們的改編作品不以完全忠實原著爲準則，但是看看他們的成名作，也都清一色的改編自文學作品。如陳凱歌的《黃土地》、《霸王別姬》；張藝謀的《紅高粱》、《活著》；田壯壯的《獵場紮撒》、《小城之春》，等等。改編文學作品的傳統從電影誕生之初一直延續至今，從「第三代」導演到「第五代」導演的作品，我們可以看到，電影是拄著文學這支「拐杖」一路走過來的，幾乎到了離開文學電影就無法行進的地步。導演張藝謀也坦言道：「我一向認爲中國電影離不開中國文學。你仔細看中國電影這些年的發展，會發現所有的好電影幾乎都是根據小說改編的。謝晉的《芙蓉鎮》，凌子風的《駱駝祥子》、《邊城》，顏學恕的《野山》，吳天明的《老井》……中國一大批好電影都改編自小說。這種例子我可以舉出很多。小說家的作品發表比較快，而且出來得容易些，所以它們可以帶動電影往前走。我們談到第五代電影的取材和走向，實際上應是文學作品給了我們第一步。我們可以就著文學的母體看他們的走向、他們的發展、他們將來的變化。我們研究中國當代電影，首先要研究中國當代文學。因爲中國電影永遠沒有離開文學這根拐杖。看中國電影繁榮與否，首先要看中國文學繁榮與否。中國有好電影，首先要感謝作家們的好小說爲電影提供了再創造的可能性。如果拿掉這些小說，中國電影的大部分都不會存在……這是我個人的看法，並不是要否定電影編劇們的功勞，電影編劇們自己創作的劇本拍出好電影的也不少，但那成就不算太高。就我個人而言，我離不開小說。」〔註1〕張藝謀導演甚至把電影的繁榮寄托於文學的繁榮，他的感謝小說家爲電影提供了再創造素材的舉動，近乎電影對文學的「卑躬屈膝」。但我們不得不承認，這段話不僅是張藝謀個人的創作經驗談，同時也是對中國電影的一種經驗總結。

〔註 1〕轉引自陳墨：《張藝謀電影論》，中國電影出版社 1998 年版，第 31 頁。

　　國內的大部分電影都是根據文學改編過來的，並且幾乎都以忠於原著爲準則，觀眾也慣於用改編電影是否貼近原著爲衡量電影好壞的標準。但是，電影眞的要一直拄著文學這只拐杖走下去麼？如果這樣的話，我們怎麼還會有底氣說電影是繼文學、戲劇、音樂、舞蹈、繪畫、建築之後出現的一種獨立的藝術形式，電影不是已然成了附庸品了嗎？要想獨立行走，就要強壯起來，完善起來，與文學保持一定的距離，電影不應該只是文學的附庸。在這一點上我們可以借鑒西方的處理方式。陳犀禾在他的論文《影戲：中國電影美學及其哲學與文化要義》中區別道：「中國人強調『綜合』的方法，其鑽研『蒙太奇和長鏡頭，只是爲更好地表現故事』；西方人則強調『分析的』方法，把『形象作爲關鍵』，而『故事只是電影的一個因素』。」〔註2〕我們也可以嘗試著讓故事性、文學性服務於電影藝術本身，而不是喧賓奪主。在這方面，「第六代」導演是有所突破的，他們一反上幾代人改編小說的習慣，而是根據拍攝的需要請作家根據他們的要求編寫劇本，有的甚至親自操刀，自己兼做編劇。雖然「第六代」電影人「還無法在紀實與自我、自我與群體之間找到平衡點」〔註3〕，但是他們使電影由文學轉向了視覺，這對於中國電影的發展是有推動作用的。

　　電影可以從文學那汲取養分，但不能變成文學的另一種表現形式，電影就是電影，它不是文學的工具，也不是宣傳的武器。文學促進了中國電影事業的發展，同時也束縛了電影藝術的發展，電影人在長期創作中形成的文字思維束縛了其影像思維的發展，導致中國電影的視聽藝術遠遠落後於西方。電影不能一味追求「文學性」而拋棄本應有的「電影性」。電影人要保持清醒並時刻提醒自己，文學只是電影探索路上不可缺的一環，就像電影當初假道於戲劇一樣，殊途同歸後的目的都是追求電影的「電影性」，當然這也要求電影人要有執著的藝術追求和爲藝術而電影的決心和勇氣。

二、技術時代文學的獨立性

　　21 世紀是一個技術狂歡的時代，在技術的推動下，視覺文化強烈地衝擊著傳統藝術。電影作爲圖象時代的產物，以壓倒一切之勢，登上歷史舞臺，並迅速成爲主流藝術形式之一，作爲傳統藝術的文學受到嚴峻的挑戰。

〔註 2〕張英進編：《審視中國》，南京大學出版社 2006 年版，第 44 頁。
〔註 3〕馮果：《當代中國電影的藝術困境》，上海文化出版社 2007 年版，第 168 頁。

　　海德格爾認為現代社會是「世界圖象時代」，視覺文化正在取代印刷文化，文學正在被邊緣化。部分學者不無悲觀地認為：「在這場美學革命中，電影以其逼真性對於藝術的規則進行了重新的定義，在資本經濟的協同作用下，作為藝術場域的後來居上者，它迫使文學走向邊緣。在此語境壓力下，文學家能夠選擇的策略是或者俯首稱臣，淪為電影文學腳本的文學師，或者以電影的敘事邏輯為模仿對象，企圖接受電影的招安，或者以種種語言或敘事企圖衝出重圍，卻不幸跌入無人喝彩的寂寞沙場。……文學的黃昏已然來臨。」〔註4〕在電影的挑戰下，一些文學作家選擇投靠電影。他們在創作時，首先考慮的是作品被改編成影視作品的可能性，而不是作品的文學藝術價值。《斷背山》的作者安妮・普勞克斯曾坦言道：現在的作者，很大程度上，他們評判自己的工作值得與否，是以作品最後是否被改編成電影為衡量。作者們一隻眼睛盯著正在寫作的作品，另一隻眼睛忙著朝電影人送秋波。這些文學作者成了為電影服務的奴隸，他們喪失了自我，獻媚於電影。鑒於這種情況不免讓人覺得，電影將令文學終結，「圖象」必將取代「文字」。連當代西方著名的文學理論家 J・希利斯・米勒也給出了一個令人傷感的結論：「文學研究的時代已經過去了，再也不會出現這樣一個時代——為了文學自身的目的。撇開理論或政治方面的考慮而去單純研究文學……文學研究從來就沒有正當時的時候，不論過去現在還是將來。」〔註5〕

　　那麼，作為新興藝術形式的電影為什麼會後來居上，甚至讓古老的文學也向它俯首稱臣呢？對文學「投靠」電影的原因應該做客觀地分析。

　　首先，電影作為一種視覺藝術，給受眾帶來的是比文學強烈得多的視覺衝擊。這種視覺衝擊更能夠吸引觀眾的眼球，配之以更加生動的對白，帶給觀眾的是更加強烈的直觀快感。美國小說家菲茨傑拉德酸楚地寫道：「這是一種使文字從屬於形象、使個性不得不在低檔次的寫作中銷蝕殆盡的藝術，早在 1930 年時，我即已預感到，對白將使哪怕是最暢銷的小說也變得和默片一樣陳舊乏味……當看到文字的力量從屬於另一種更耀眼、更粗俗的力量時，我幾乎總是難於擺脫一種令人痛心的屈辱感。」〔註6〕文學家們因為文學魅力

〔註4〕朱國華：《電影：文學的終結者？》，載《文學評論》2003 年第 2 期。
〔註5〕J・希利斯・米勒：《全球化時代文學研究還會繼續存在嗎？》，載《文學評論》2001 年第 1 期。
〔註6〕轉引自茂萊：《電影化的想像——作家和電影》，中國電影出版社 1989 年版，第 186 頁。

的減退而倍感無奈。但是視覺藝術的確以其「一覽無餘」的特徵搶佔了受眾。視覺藝術以圖象的形式進行傳播，無需借助任何中介，擺脫了文字的束縛，以直觀關照的方式呈現在受眾面前。視覺藝術無論在內容上還是形式上，較文學都更加通俗化，更符合現代人的欣賞習慣，文學魅力的減退也就不足為奇了。

其次，電影在吸引住受眾眼球的同時也佔據了市場。電影的特質和獲得途徑的廣泛，使其更適合消費時代的受眾。人們可以選擇走進電影院，通過電視或者網絡，花費幾個小時就能看一部電影；而且快節奏的生活使煩躁的現代人很難空出時間靜下心來閱讀文學作品，哪怕是經典，文學沒了市場。本雅明在《機械複製時代的藝術作品》中對電影的審美特質與傳統藝術的審美特徵做了對比：「電影那分散注意力的要素首先是一種觸覺要素，它是以觀照的位置和投射物的相互交替為基礎的，這些投射物以成批的方式衝向了觀賞者。因此，電影就獲得了這種似乎仍被達達主義包裝於道德之中的官能上的驚顫效果，也就從那種束縛中解放了出來」。〔註 7〕電影無需受眾前期的知識投資，並以其逼真性使受眾更容易地介入電影敘事中。文學作者們要生存下去，就會不得已的接受電影的「招安」，分得電影的一杯羹。這也沒什麼不對，但文學作者的寫作態度必須端正，可以利用電影獲利，但是決不能給作品的「文學性」打折。也就是說，文學不能真的成了電影的奴隸，靈魂和肉體都投靠了電影。

文學作家們遭遇了前所未有的困境。文學作品不被改編成電影就很少有人問津，而作家為了達到與讀者溝通的目的不得不選擇一種更能迎合受眾口味的藝術形式，唱主角的電影也就順理成章地成了文學作品的依托。文學作品被邊緣化導致作家也被邊緣化，被邊緣化的文學作家其傳統的文學價值觀產生了不同程度的動搖，其作品也出現由「雅」入「俗」的趨勢，而這又導致文學作家的處境更加尷尬。但是我們不用過於悲觀，因為即使在世界圖象時代的今天，電影也無法替代文學。因為電影永遠無法做到「有一千個讀者就有一千個哈姆雷特」。

電影通過直觀的形象直接作用於人的感官，文學則是通過文字作用於人的想像思維。文學作品中微妙的關係，思想感情和意境是電影很難捕捉到，

〔註 7〕本雅明：《機械複製時代的藝術作品》，浙江攝影出版社 1996 年版，第 38～39 頁。

很難表現出來的。文學是活的，是無限的；電影是死的，是有限的。童慶炳先生在他題為《文學獨特審美場域與文學人口——與文學終結論者對話》的論文中列舉了文學繼續生存下去的兩個理由：一是文學是人類情感的表現形式，只要人類的情感還需要表現、舒泄，那麼文學這種藝術形式就仍然能夠生存下去。二是文學不會終結的理由就在文學自身中，特別是在文學所獨有的語言文字中。在審美文化中文學有屬於自己的獨特審美場域，這種審美場域是別的審美文化所無法取代的。〔註8〕文學有很多不同於電影，優於電影之處，文學不應甘心做電影的奴隸。它可以成為電影劇本很好的參照物，也可以利用電影將受眾吸引到它獨特的審美場域中。文學作家們應該樂觀面對挑戰，放棄高高在上的姿態，順應時代發展做出改變。暢銷小說作家海岩也這樣說：「我們現在處於視覺的時代，而不是閱讀的時代，看影視的人遠遠多於閱讀的人，看影視的人再去閱讀，其要求的閱讀方式、閱讀心理會被改造，對結構對人物對畫面感會有要求，在影像時代，從事文本創作時應該考慮到讀者的需求、欣賞、接受的習慣變化，所以作家在描寫方式上很自然會改變，這是由和人物和事件結合在一起的時代生活節奏和心理節奏決定的。」〔註9〕儘管文學不再唯我獨尊，但是文學絕不會消亡，面對電影的衝擊和受眾接受心理的變化，文學作家們應該調整創作姿態和心態，讓這門古老的藝術形式在這個機械複製時代再放光彩。

三、差異性與獨立性

　　無論是80年代前的電影依附文學說，還是如今的文學奴役於電影說，都沒有說明電影與文學的相處方式。電影與文學作為藝術之樹上的兩朵奇葩，應該各行其道，且相生相成。電影與文學具有各自獨特的美學形態與魅力，但是作為藝術形式，它們的終極目的都是在與人們的情感產生共鳴之後，淨化人的心靈。電影和文學在追求自身的完善與發展的同時，應該相輔相成，互相促進。

　　電影需要文學。首先，電影離不開劇本，而由文字寫成的劇本免不了要從文學那借鑒小說的敘事性、詩歌的抒情性和散文的靈動性。其次，面對當

〔註8〕童慶炳：《文學獨特審美場域與文學人口——與文學終結論者對話》，載《文藝爭鳴》2005年第3期。

〔註9〕轉引自鮑曉倩：《作家紛紛觸電影視　創作心態各不相仿》，載《中華讀書報》2003年11月26日。

下中國電影敘事紊亂、形象蒼白、情感貧乏的現狀，適當的呼喚電影的「文學性」也未爲不可，況且中國電影尚未完全脫離文學。文學也需要電影，特別是在視覺藝術占主流的今天，改編電影使文學原著在大眾中形成廣泛的影響。張藝謀的《紅高粱》使莫言的小說出現在人們的視野中，王朔的一系列小說經馮小剛拍成電影後迅速走紅，還有瓊瑤、金庸、二月河、海岩等，他們的文學作品一經被改編成影視劇作品後，立刻成了熱銷作品。文學不僅能夠通過電影進入受眾的視野，文學的內容和創作技巧也會受到電影的影響。文學可以從優秀電影中尋找切合大眾心理和情感的創作題材，也可以將電影的蒙太奇和長鏡頭的拍攝手法運用到文學寫作中，給讀者以全新的感受。文學不是電影唯一的源泉，電影也絕不是文學的終結者。電影與文學作爲品格各異的兩種藝術形式，會一直並存下去，共同豐富人們的精神生活，淨化人們的心靈。

第二節　大眾文化背景下的藝術審美教育

　　審美教育是我們當下所面臨的一項重要課題，審美教育的成功與否直接影響個體的審美發展，而個體人格的完善必須依靠審美教育來實現。席勒曾說「人從自然人走向理性人，中間必須架起一座橋梁，這橋梁是審美教育，讓藝術充當使人恢復健康、具有美的心靈和人性的教師。」這句話既透露了審美教育對人的感性與理性和諧發展的重要性，也強調了藝術充當審美教育手段的重大意義。在這個感性缺失，機械複製的大眾文化泛濫的時代，我們應該更加重視審美教育，更加注重培養審美主體的審美能力，淨化作爲審美客體的當代藝術。

一、大眾文化發展與審美主體性的缺失

　　自 20 世紀末期以來，中國經濟體制的變革和科學技術的進步給人們帶來了巨大的物質財富和經濟利益，但同時也帶來了精神的貧乏和靈魂的虛空。工業的發展使一切都變的模式化、符號化，發達的工業社會成功地壓制了人們心中否定性、批判性和超越性的向度，把人塑造成「單向度」的人。人在大工業社會中似乎也成了批量複製下的「產品」，冰冷理性而缺乏感性的成分。在機械複製的今天，我們所面臨的問題是：人們的物質生活在不斷的豐富，情感卻愈加衰頹。蔡元培很早就意識到這種情感缺失危機，他早在一次

與《時代畫報》記者的談話中就談到：「根本人類製造了機器，而自己反而變了機器的奴隸，受了機器的指揮，不惜仇視同類。我的提倡美育，便是使人類能在音樂、雕刻、圖畫、文學裏又找見他們遺失了的情感。」情感的缺失會使整個社會麻木不仁，審美教育承擔著塑造感性的人的重任。席勒說過：「有健康的教育，有審視力的教育，有道德的教育，也有趣味和美的教育。後一種教育的意圖是，在盡可能的和諧之中培養我們的感性力和精神力的整體」。這後一種教育便是審美教育，審美教育使人們擺脫了片面的理性化，使人成為感性與理性和諧發展的完善的人。當我們建立了足夠堅強的理性壁壘之後，不要忘記打造同樣重要的感性家園。

　　當前審美教育面臨的更加棘手的問題是，本來大工業社會就已造成了人們情感的缺失，偏偏又遭遇到大眾文化，審美教育要完成解放感性的歷史重任更顯困難重重。20世紀80年代，中國社會進入了全面而深刻的轉型期，伴隨著大工業社會而來的還有大眾文化。對外開放的國門得以使大眾文化這股「西風」吹進中國；新的經濟體制使大眾文化獲得了生存的土壤，迅速在中國紮根、萌芽，並發展壯大起來。僅十幾年的功夫，大眾文化就與中國的主流文化和精英文化並駕齊驅，並大有超越之勢。通過現代傳媒傳播的大眾文化，一方面打破了精英文化壟斷的傳統，推進了中國文化民主化和平民化的進程，另一方面卻也暴露出更大的弊端。文化大工業下生產出來的大眾文化具有無深度、模式化、易複製、批量化、標準化等特徵，大眾文化的這些特徵使其迅速發展壯大，並在今天呈現泛濫之勢。不同於西方的大眾文化，中國大眾文化的興起是以對民族文化和精英文化的解構為代價的。它的速食化、娛樂化、膚淺化乃至色情化的發展趨勢，已經使民族文化與精英文化越來越邊緣化，而這勢必造成思想、精神和文化的嚴重缺失。

　　審美教育是規避大眾文化缺點的重要手段，審美教育可以幫助審美主體樹立正確的審美觀、培養審美主體的審美能力，使其能夠在大眾文化泛濫的今天去發現美、感受美，從而完善自我。而「進行審美教育最重要的方式和最凝練的形式」則是藝術。藝術是人類文明的果實，是人類精神的創造，具有表現生活的本質特徵和規律的功能，並且能夠揭示人類的生存狀態與精神世界。通過藝術手段進行審美教育，是人類審美意識的集中體現，是真、善、美的結晶。可是，在大眾文化背景下產生的各種門類的當代藝術形式，如流行音樂、現代繪畫、現代舞蹈、商業電影、網絡文學等，也都具有消費性、

通俗性、娛樂性等特點，更有甚者還暴露出低俗化、色情化、醜惡化的傾向。大眾文化背景下的當代藝術，很難像古希臘的藝術一樣給人帶來心靈的震撼與淨化，很難喚起人們情感與精神的超越。那麼，在大眾文化背景下，我們的藝術審美教育該如何進行呢？

二、培養審美主體的藝術審美感知力

　　席卷全世界的大眾文化正在潛移默化地影響著人們，塑造著人們的思想和情感，改變人們的思維方式。在大眾文化背景下，要使人們依然保持一份純粹的審美情感，依然能夠深切地感受美，我們的審美教育急需要做的便是培養審美主體的審美感知力。審美感知力，即審美主體對審美客體（或審美對象）的外在形式和內在情感感知的能力，它是審美活動中各種審美能力發展的前提和基礎。而藝術審美感知力就是以藝術爲審美客體，通過對藝術的鑒賞培養和提高審美主體的審美感知力。藝術是實施審美教育最有效的手段，特別是在大眾文化背景下，面對審美主體的情感淡漠與心靈空虛，藝術的審美教育作用顯得更加重要。藝術是人類智慧的結晶，它不僅能夠豐富我們的情感，還能淨化我們的心靈，所以借助於藝術這一手段來培養和提高審美主體的審美感知力是必要且明智之舉。審美感知能力分爲「感」和「知」兩個層次，「感」是對審美對象外在形式的感受，「知」是對審美對象內在情感的領悟。審美主體完成了從「感」到「知」的過程，才算眞正具備了審美感知力。

　　審美感知力中的「感」是對藝術的外在形式的一種感受力，是一種鑒賞美的能力。例如當我們欣賞一幅畫作、閱讀一首詩、聽一段音樂的時候，我們能夠感覺和感受這些藝術品的形狀、語言、旋律等外觀形式。這便是審美過程中審美主體應具備的最基本的感受美的能力，是通過感官對審美客體的一種最直接、最具體的審美把握。但是，只完成「感」的這一層次，還並不是「審美」，審美主體只有從「感」上昇到「知」才算是眞正的「審美」。審美感知力中的「知」是對審美客體的理解和領悟，是通過對審美客體外在形式的感受進而把握藝術美中所蘊含的情感和意義，是一種間接的、抽象的審美把握。例如我們在欣賞一幅畫的時候，我們不僅要能夠從感官上感受到畫的顏色、線條等，還要透過這些顏色、線條感知到畫作所蘊含的感情和意義。總之，對審美客體的理解和領悟離不開最基礎的對審美客體外在形式的感受

能力，但僅僅停留在「感」的層面，不能深入體味藝術作品所具有的「弦外之音」，則不能稱之為「審美」。

　　在大眾文化背景下，我們應加倍重視對審美主體審美感知力的培養。因為，當代的審美主體面對的是大眾文化影響下的當代藝術，具有通俗性、消費性和模式化的特徵，且良莠不齊、魚龍混雜。成熟的審美感知力可以使我們練就一雙能發現美的眼睛和一雙有音樂感的耳朵，能在良莠不齊的當代藝術中感知到真的、善的和美的。利用審美感知力中的「感」能力可以感受藝術外在形式的美醜，利用「知」能力則能夠更進一步分析美醜背後的藝術本質。集合了審美態度、審美判斷力、審美興趣等各種審美因素的審美感知力，是審美主體審美能力發展的前提和基礎，更是關鍵。而當下的藝術審美教育在對審美主體的審美感知力的培養上，只停留在對藝術理論知識的傳授和對藝術形象的抽象分析的膚淺層面，也就是只停留在對審美主體審美感知力中「感」能力的教育，而忽視了對「知」能力的培養，即忽視了對審美客體內在情感把握力的培養。這是大工業社會和大眾文化背景下，審美教育者與審美主體集體淪陷的表現。現代的審美教育用理性的解構替了感性的建構，藝術美對人的情感教育作用被完全忽略。蘇珊·朗格認為：「藝術教育就是情感教育，一個忽視藝術教育的社會就等於使自己的情感陷於無形式的混亂狀態。」在大工業社會和大眾文化背景下，我們比任何時候都更需要情感教育，需要用藝術來提高審美主體的審美感知能力，並反過來利用這種審美感知能力去欣賞美、領悟美，獲得更高層次的審美體驗。

　　那麼，我們如何通過藝術的審美教育來培養審美主體的審美感知力呢？培養審美主體的審美感知能力主要有三個途徑，即自然美、現實美和藝術美。自然美是大自然帶給我們的美，旖旎的自然風光，壯麗的山川湖海等，通過作用於我們視覺、聽覺、嗅覺和觸覺來陶冶我們的情操，培養我們對自然美的感受力。現實美是現實生活中人的生產、生活等社會活動所呈現出的美感，包括偉大的思想、高尚的情操等一切真、善與美。現實美的審美教育可以幫助審美主體樹立正確的審美觀，培養審美主體健康的審美情操。自然美和現實美審美教育對審美感知力的生成無疑具有十分重要的基礎性作用，它們在審美主體對藝術美的審美感知力的形成過程中起到了重要的輔助作用。通過藝術美來培養審美主體的審美感知力是最為有效的一個途徑。藝術美是藝術所展現的美，藝術是人的精神生產活動的產物，是藝術家審美目標、審美實

踐和審美理想的集中體現。藝術美相對於自然美和現實美來說,帶給審美主體的審美感受更深刻些,更有助於審美主體從「感」到「知」的審美感知能力的培養。藝術作品或美或醜的外在形式,帶給我們的是更深層次體驗與領悟。例如,當蜀道的艱險恐怖出現在李白的詩中時,我們不只欣賞到險要的蜀道和沿途的景色,更被作者對祖國大好河山的熱愛之情和對國事的關切與焦慮之感所感染。雨果的《巴黎聖母院》用強烈的美醜對比給我們帶來強烈的心靈的震撼,使我們對「美」有了更深層次上的認識。醜惡可能就隱藏在美的外形下,而崇高有可能躲藏在醜陋的外表背後。貝多芬的音樂之所以感動世界,是因為他的音樂作品不只是激蕩人心的旋律,更是靈魂的交響,是其對苦難命運的不屈與超越。偉大而優秀的藝術作品給審美主體帶來的不僅是感官上的享受,更多的是內在情感的湧動與心靈的震撼。審美主體只有透過藝術的表象看到其意義與本質,才算是真正的審美感知。當然了,對藝術的審美感知力的培養還需要審美主體具有一定的專業知識、文化背景、生活閱歷及情感經驗,它們是審美感知力得以形成的保證。對審美主體審美感知力的培養是審美教育過程中最重要的一環,特別是在大眾文化的背景下,只有具有由「感」到「知」的審美感知能力,才能在面對紛繁複雜的當代藝術作品時保持清醒與審慎的審美態度。

三、對審美客體──藝術的淨化與優化

　　既然藝術是實施審美教育、培養和提高審美主體審美感知力的最主要途徑和最有效手段,那麼,藝術的優劣便直接影響審美教育的效果。當今,大眾文化充斥在我們社會生活的各個領域,衝擊著我們原有的文化價值體系,精英文化和民族文化被邊緣化,具有「民主」性的大眾文化佔據了主流。當代藝術也被捲入大眾文化的洪流中,顯示出大眾文化所具有的優點和弊端。一方面,藝術從高高的殿堂上走了下來,變得更加大眾化、通俗化。藝術借助於現代傳媒走近大眾,讓更多的受眾可以很容易地欣賞到藝術。另一方面,在西方大眾文化的衝擊下,中國當代藝術走上了一條顛覆傳統的「革命」之路。當代藝術更重功利性,藝術創作者為了最大可能地實現藝術作品的消費性,為了宣泄私欲、一舉揚名,不惜將藝術作品變得通俗、庸俗甚至低俗,變得虛偽和醜惡。美已不再是藝術創作所追求的目標,藝術積極健康的審美教育功能也在漸漸消逝。

　　藝術不分高低，但有優劣。優秀的藝術作品無論是形式還是內容，帶給人的都是美的享受、情感的滿足和心靈的觸動，在審美教育中發揮著重要的作用。優秀的藝術作品不僅能培養審美主體辨別美醜的能力，並且能提高審美主體對「美」更深層次的理解和領悟能力。低劣的藝術作品則恰恰相反，不僅外在形式上缺乏美感，也不具有直達審美主體心靈的功能。在西方大眾文化的影響下，中國當代藝術暴露出無深度、庸俗化、娛樂化、功利化的弊端，且具有反傳統、反高雅、拒絕理性的特點。大眾文化影響下的當代藝術給審美主體帶來的主要是感官上的刺激，用純感性的創作，獵奇的、鄙俗的、甚至醜惡的藝術作品來刺激審美主體的感官，忽視甚至拋棄了藝術本應帶給人的精神上的享受。本世紀初誕生的「下半身詩派」，堅持「形而下」的創作意圖，赤裸裸的肉欲和性欲被毫無遮攔地寫進詩歌，無論是在形式上，還是在內容上都毫無美感可言。源於歐洲的當代行為藝術，一改當初行為藝術的初衷，代之以裸體、血腥和暴力。行為藝術表演者的行為根本無法與審美主體產生共鳴，得到的只是審美主體的無法理解與嗤之以鼻。當代的電影屏幕與電視熒屏上開始出現空虛、無聊，甚至下流、色情的的影視劇作品，這些作品不再以傳播真、善、美作為創作宗旨，而完全是在迎合大眾的口味，為了取得更大的商業利益。當代文藝的各個領域都開始出現以醜代美、以醜為美的現象。藝術作品可以表現醜的，可以是審「丑」的，而此審「丑」是以揭露丑、教育審美主體看到醜背後的藝術本質為目的，是把表現醜作為傳播美的一種手段，是以醜引美。並非彼審醜的宣揚醜，以醜為美，並且完全將醜作為審美客體。藝術本應是表現真、善、美的一種文化形式，其最大的價值就體現在它能夠豐富和發展審美主體的精神生活，提高審美主體的認知能力、情感能力和意志水平。醜的藝術則完全違背了藝術的宗旨，是混淆審美主體對美醜的界限，導致審美主體情感缺失的罪魁禍首。所以，淨化與優化通過大眾傳媒傳播的大眾文化背景下的當代藝術，是審美教育所面臨的艱巨而緊迫的任務。

　　那麼，面對大眾文化背景下紛繁複雜的當代藝術，我們該如何對其進行淨化與憂化呢？

　　首先是從藝術的生產過程入手，通過強化藝術家的社會責任感與道德意識來淨化與憂化當代藝術。藝術作品是藝術家主觀意識下的產物，是對藝術家個人情感與欲望的宣泄，更是藝術家與審美主體進行交流的中介。我們的

審美教育主要通過藝術對審美客體實施教育，而藝術的優劣直接取決於藝術家的社會責任感與道德意識。當代的一些藝術家為了凸顯個性，大肆奉行個人主義，所創作的藝術作品幾乎無關我們當下的社會生活；且當下的藝術家多道德意識淡化，並未將高尚的道德追求列為藝術作品所要傳達的主要信息。偉大的藝術創作源自偉大的思想，一個不關心社會、缺乏道德意識的藝術家何來偉大的思想，又何談創作出偉大的藝術作品。當代的藝術家應該清醒地認識到自己的地位，應該意識到當下最要緊的是要「修養自己的情感，極力往高潔純摯的方面，向上提挈，向裏體驗。自己腔子裏那一團優美的情感養足了，再用美妙的技術把它表現出來，這才不辱沒了藝術的價值」。當代的藝術家應該承擔起審美教育的重要責任，樹立正確的世界觀與人生觀，善於從古今中外偉大的藝術作品中總結藝術理論與創作經驗，努力創作出優秀的藝術作品，為審美教育與審美主體的全面發展做出貢獻。

其次是從藝術的傳播過程入手，通過強化藝術管理部門的監管力度來淨化與憂化當代藝術。藝術作品主要是通過一定的物質媒介和傳播方式傳播給大眾，而將什麼樣的藝術作品放送給大眾則需要藝術管理部門根據一定的審美標準和道德機制來加以淨化和優化。隨著科學技術的發展和大眾文化的傳入，藝術可以通過更多、更現代化的傳媒手段傳播給受眾，也就是說受眾接觸藝術的途徑更廣泛、更快捷了。那麼，面對紛繁複雜的當代藝術，我們如何使之更有效地發揮其審美教育的功能呢？除了需要藝術創作者的努力，也需要藝術監管部門的配合。通過出版物、廣播、電視、網絡等傳播手段傳播的當代藝術，大都只是以牟利為目的的文化消費品，帶給審美主體的主要是感官上的刺激，以其無深度、批量化、娛樂化、庸俗化等特徵，通過現代傳媒手段一股腦地灌輸給受眾。在這種文化傳播過程中，我們十分需要作為放送者的文化監管部門對所放送的藝術內容進行淨化與憂化，過濾無聊的、低俗的、醜惡的藝術作品，保證傳播給大眾的當代藝術都是健康的、積極的、審美的，是能夠提高大眾的審美能力，帶給大眾更深層次的精神享受的藝術。

結　語

大眾文化背景下的藝術審美教育是促進審美主體全面發展和社會和諧發展的重要手段。大眾文化在科學技術飛速進步的中國傳播迅速，影響廣泛而深刻，它的發展帶來了中國文化發展的新契機，卻也不可避免地暴露出種種弊端。大眾文化膚淺化、模式化、庸俗化及色情化等缺點正在腐蝕著當代審

美主體的思想，造成審美主體心靈的空虛與情感的淡漠。要規避大眾文化的消極影響，淨化審美主體的心靈，豐富審美主體的情感，提高審美主體的審美能力，最有效的手段就是對審美主體實施審美教育，特別是藝術審美教育。藝術審美教育是通過表現眞、善、美的藝術來提高審美主體的審美感知力等各項審美能力，使審美主體在認識美、感受美的基礎上更能夠得到思想與精神的提升。藝術在審美教育過程中起著十分重要的作用，而不同品質的藝術作品也會帶來不同的審美教育效果。所以，對作爲審美客體的藝術進行淨化與優化也是審美教育中至爲關鍵的一環。我們可以通過自檢與他檢兩種機制來對藝術進行過濾，一方面提高藝術家的社會責任感與道德意識；另一方面要靠藝術監管部門嚴格審查、考量即將放送給受眾的藝術作品。雙方共同努力，確保受眾所接觸到的藝術作品都是積極、健康和高雅的。

第三節　文化傳播的民族性與民族使命

文化傳播具有鮮明的的民族性。按照西方思想家如本尼迪克特・安德森的理解，文化傳播（包括文學藝術、教科書、報刊、影視等等），構成了一個民族「想像的共同體」，其在民族國家建構中起到重要作用。在當代被大眾媒介文化包圍的社會氛圍中，特別是在媒介傳播中的殖民因素侵蝕之下，民族性的自我菲薄和文化的消費性合謀，成爲當前文化的一大弊病。有鑒於此，我們不僅要重申文化傳播的民族性，而且要明確倡言文化傳播爲民族復興努力。

一、近代文化傳播與民族自卑

近代中國遭遇到「數千年未有之變局」。有學者指出：「中國不是走出中世紀而是被轟出中世紀的。從世界領先的地位降到後發國家的位置，於是中國文化的心態在中、西之間，古、今之間，崇洋與自卑之間」。在西方入侵和西學東漸的作用下，中國人的西方觀發生了整體性、根本性的變化，崇洋心理逐漸取代了「天朝上國」的觀念，日益成爲社會的主流心理，並影響到社會意識的變遷。余英時說：「一百年來，在中國文化界發生影響的知識分子，始終擺脫不掉『尊西人若帝天，視西籍如神聖』的心態。西方知識界稍有風吹草動，不用三五年中國知識分子就有人聞風而起」。〔註10〕

〔註10〕余英時：《厄言自紀——余英時自序集》，北京大學出版社 2012 年版。

教科書是印刷文化傳播的形式,在清末民初,也深深地打上民族自卑的烙印。清末廢科舉、辦學堂。光緒二十九年(1904 年)頒佈《奏定學堂章程》,把地理作爲中小學文化基礎課程的必修課。商務印書局出版的《中學中國地理教科書》「人民」部分,在中國國民的「性質」一段,以「外國人觀我性質」,認爲「人種駿雜,方言參差,無統一之宗教,無立憲之政禮,其他百般關係,各地不同,故無國民之性質。」該書編者還說:「中國人所最缺乏者,全體之愛國心,非無個人之勇氣也」。〔註11〕

伴隨著民族自信的丟失,是歐洲中心觀念的表述。1907 年版的教科書《人生地理學》在「每個種族的優劣及其未來」一節中提到,現今世界是「最優秀的白種人」控制了地球。民國三年(1914 年),中學教科書《人文地理》〔註12〕在「人類種族」一章開篇就指出:「在世界的種族中,組織有強弱,膚色有黑白、性質有柔脆、文化有優劣。總體看來,他們並不在同一層次上。」年輕的學生們被告知,在五個種族中,白種人最強大,但黃種人最豐饒,會逐漸遍及五大洲〔註 13〕。近代以來,在面對西方強權時,中心身份的失落,也使國人對於自我的民族身份主體產生懷疑。時至今日,崇洋的心理還殘存於不少國人心中。按照安德森的理論,教科書、報刊和文藝是民族「想像的共同體」的主幹,在此種因素的影響下,民族自卑成爲近代以來國人的「想像的共同體」。

二、當下的文化傳播與民族性

媒介文化是目前文化傳播的主要形式,其大肆倡導的消費性加速了崇洋傾向:春節、中秋、端午、七夕等等包含中國價值的節日被報刊鼓吹的洋消費所異化,國慶、「五一」等具有政治意義的節日也被報刊宣傳成旅外「黃金周」消費假日。跨國公司的消費邏輯和全球化的西方秩序使一部分國人喪失自我,在西方生活方式和價值觀念後面亦步亦趨。而一些暢銷的文藝作品,表達著西方價值之下的感官、身體、物質欲望,憑藉傳媒的巨大作用,也爲製造崇洋潮流推波助瀾。

媒介傳播所製造的權力因素使洋消費更加具有對受眾的控制力。市場的標準成爲可供個人複製的模板,流行和時尚內化爲大多數人的審美觀念和價

〔註11〕編者屠寄,光緒三十一年初版。
〔註12〕供中學四年級下半年之用,該書至 1925 年共印刷十一次。
〔註13〕見傅運森:《人文地理》,商務印書館 1914 年版,第 9~15 頁。

值標準。表面上看，人們有絕對自由的選擇權和絕對自由的選擇空間，但實際上，貌似自由的選擇空間已經提前經過了媒體傳播的過濾性「選擇」。大多數人被媒體控制而不自知，被「匿名的權威」肆意擺佈。消費性的文藝產品其實也是一種媒體文化，其作用與廣告無異。這種產品在其引領生活品位和生活方式中往往傳達出「西方在場」，將歐美人的「幸福生活」作為供中國人複製的模板，對中國消費者在民族身份界定上進行引導和操縱，使他們淹沒於通過媒體製造的模擬的西方「符號」和「形象」裏，引導大眾生活於脫離民族本土的擬像當中，造成新的民族自卑，甚至是民族文化的自戕。這些產品在引領大眾的生活的同時，大眾也就成為媒體價值宣傳的消極順從者，成為喪失民族性的「沉默的大多數」。

丹麥哲學家克爾凱郭爾曾說：「真理往往掌握在少數人手裏，少數人往往比多數人更強有力，多數人由一群沒有觀點的烏合之眾組成」。崇洋者自我意識的喪失正是模仿多數的結果，而這個多數正是媒體製造出來的。即使有不同於此的少數人，也只能按照傳播媒介來決定自己的意見。但事實是，「哪裏有群眾，哪兒就有虛偽性」。魯迅就看到社會傳播的毀滅力：「皆滅人之自我，使之混然不感自別異，泯於大群，如掩諸色以晦黑，假不隨駙，乃即以大群為鞭，攻擊迫拶，俾之靡騁」，於是人們隨波逐流，「莫不能自主」。〔註14〕從這個角度說，當前文化傳播的社會功能不是削弱了，而是憑藉傳媒的力量被強化了。只不過，其作用是消極的。這正是傳媒立場上民族「想像的共同體」。它製造出民族的自卑感，同時迫使所有人接受。

三、民族重建與文化傳播的使命

尤其如此，我們就更應該以歷史責任感擔當起民族重建的使命。文化傳播要成為表達健康民族精神的「共同體」，就要以正確的價值觀弘揚民族自信心。自近代以來，正確的文化傳播在引導民族重建方面起到了重要作用。魯迅曾明確說過：「創作是有社會性的」，他「不過想利用」文藝「的力量，來改良社會」〔註15〕。我們不妨以文學為例，梳理一下新文化對民族使命的實踐。

〔註14〕魯迅：《破惡聲論》。
〔註15〕魯迅《我怎麼做起小說來》，最初印入 1933 年 6 月上海天馬書店出版的《創作的經驗》一書。

　　對於新文學史，我們分別有不同的闡釋：不斷革命的歷史邏輯，新文化知識分子的精神史，現代性的獲取，甚至還有所謂「晚清現代性」的闡釋。各種文藝現象，從表面上看其立場各個不一，但都以重塑民族自信、傳播新的國家精神爲主流。以晚清爲例。清末民初由「維新」主題傳達的是對於中國「進步」並融入世界的想像。比如，晚清的科幻小說並非完全的「科學幻想」，亦是一種政治小說，是關於國家未來的烏托邦文學。這類小說上接王韜的《淞隱漫錄》等作品，往往通過對理想世界的想像，不僅向國民介紹各種西方科技文明，而且不斷地倡導新的國家政治圖景。梁啓超的《新中國未來記》和陳天華的《獅子吼》也是對未來中國政治的烏托邦圖畫，引發人們對宏大的現代化國家的無限憧憬。這些作品的民族意義甚爲突出，以致時人有「作爲國民之標本」的稱譽。也就是說，即使是人們所說的「晚清現代性」傳統，也脫離不了傳導新的民族精神的範疇。「五四」以來新文學的兩大文學主體，「啓蒙」也好，「救亡」也好，其實是民族精神建設的兩個方面。魯迅開創的「國民性」探索，京派等人的民族再造觀念，抗戰文藝的民族精神高揚，80年代新「啓蒙」文學的產生，雖說其價值立場有所不同，但整體而言，都在傳播新的民族精神。從主題來說，不管是啓蒙的新文化改造農民，還是知識分子的自省，不管是城市優於鄉村，還是鄉村改造城市，客觀地講，也都體現著健康的民族性探索；從人物形象來說，知識分子、農民成爲中國新文學的主要人物，也正體現著這一核心。從某種程度上說，民族性建設是中國新文藝傳播最重要的傳統。文化傳播的使命是樹立偉大民族新的精神，而不是在民族自卑中表達別人的聲音。

第四節　當代「山寨」文化解讀

一、「山寨」的概念與語義泛化

　　在中國，「山寨」是一個有淵源的詞彙。在現代漢語詞典中，對於「山寨」有這樣的解釋：「山寨者，綠林好漢佔據之山中營寨，它是朝廷正規體制之外的小政權，在官方地盤之外自立爲王。」現在流行的「山寨」一詞是一個粵語詞彙，最初指民間手機行業對名牌手機的模仿生產。這類生產整合了品牌手機開發出的各種功能，製造出功能齊全、價格低廉的手機。但因其生產的不是正規品牌，出身有點「野」，因此被稱爲「山寨」手機。其主要特點爲仿

造性、快速化、平民化。這個詞後來擴展到指代任何模仿產品或行為，成為一類以模仿為特徵的經濟現象的命名。

「山寨」最初所指的產品生產只是一個開端。在短短幾年之間，「山寨」這個詞彙在諸多文化領域迅速擴散。2008 年，以「山寨」命名的文化現象達到了一個極致。Google 公司發佈了 2008 年度中國搜索熱門詞彙（Chinese new hot words）排名，這些詞彙反映了過去一年中發生在中國的重要事件和現象，其中排名第一的就是「山寨」。在 2008 年 12 月 3 日，作為政府官方媒體的節目《新聞聯播》也提及到了「山寨」一詞，對其做了如下簡單的評價：「『山寨』一詞已經從經濟行為逐漸演變為一種社會文化現象。」目前，「山寨」一詞存在著的語義泛化的情形。「山寨」一詞不僅具有語言的魅力，同時也在不斷的傳播中，將自身詞義的所指和能指玩得嫻熟而不露痕跡。市場經濟和消費主義的力量正在悄然地不斷改變文化的公共空間，「山寨」在自身的流行中，語義已經悄然改變。恰恰是這種改變，它有可能為改革政治和革新文化帶來某種新的契機。

「山寨」一詞正在經歷著語義泛化的情形。應當說，作為一個在網絡和民間首先興起的概念，「山寨」其實並沒有被準確定義。因為「山寨」的草莽性，它不需要一個被正名的概念，而是在自身流行的過程中完成了自身概念的語義泛化過程。「多元競爭的價值觀念是山寨進入流行最高潮階段表現出語義含混的重要原因。」這種語義泛化的例子在漢語的發展中其實屢見不鮮。「山寨」已經由開始的手機製造的作坊延展至了社會生活的方方面面，在文化上尤其突出。「山寨」服裝、電子產品依舊延用了「山寨」最初興起時的含義。當「山寨」在文化領域中擴展的時候，語義被拓展為了以下的理解：只要不是創意的原始發起者（有模仿原型）和製作人員不是專業的人員、流通方式不是通過正規的製作而進入到社會性生產和流通環節、承擔的責任是草根複製、模仿、DIY、惡搞、內容俗化……只要符合其中任何一個語義，都能以「山寨」冠名。

因為「山寨」的火爆，作為一個流行詞，「山寨」一詞的語義拓展其實是必然的。以「山寨」命名作為宣傳的噱頭，自然可以受到更多的關注。有的形式和內容不屬於「山寨」，但是心甘情願地歸屬於「山寨」這個範疇，借「山寨」之名擴大自己的影響力。也正是在強有力的媒體的號召力之下，「山寨」逐漸完成了由最初的對於民間仿冒民牌手機的一種蔑稱，變成了具有泛指特

點的詞彙。雖然「山寨」的出現也伴隨著它破壞原創性的隱憂，比如它對知識產權的忽視等問題。但是就發展趨勢來看，「山寨」作為平民階層宣洩壓力的一種方式，它其實是無害的。它在不同領域的擴散，其實也完成了一個自己由貶義語體色彩向中性甚至是褒義語體色彩的轉變。據它的發展趨勢來看，這個文化現象還將在一定相當長的時間內繼續發揮它的影響和作用。用「山寨」去標識某種現象和某個人群已經顯得不再那麼恰當，它不再只是一個孤立的事件，而是存在於中國社會文化之中，成為大眾文化中具有自己獨特之處的文化症候。

二、「山寨」文化的特點及與其他文化形態的關係

說到「山寨」文化，可以有很多的詞彙與之有關聯。有兩點最為主要、最能切近「山寨」文化的內核，那就是它的草根性和「偽創作性」。下面就對「山寨」文化的這兩個特點進行分析。

說到草根，不得不提為草根崛起提供廣大平臺的大眾文化。「山寨」一詞在網絡的助推下開始蔓延到生活的各個領域，這不僅是後現代主義去社會化的一個典型的代表，同時也宣告了全民娛樂時代的到來。前面已經提到，在現代漢語詞典對於「山寨」一詞的詮釋，這個注解背後其實還隱含了一層含義：「山寨」就是占山為王、不受官方管轄的地盤。它對待官方、主流文化採取的態度是對立和抵制。現在流行起來的「山寨」文化非常傳神地繼承了這種對立和抵制。「山寨」文化誕生之初，就因為這種遺世獨立於正統之外，自成一體拒絕約束的姿態而廣受推崇。「山寨」的粉墨登場，一開始就被認定是一種在民間興起的大眾文化形式。它的創造者是普通大眾，創作者的階層屬性使得這種文化屬性也有了很大的改變。它的出現一改往日「文化」只與「精英」相關聯的局面。帶有濃重「平民情結」色彩、草根性、大眾性、民間性、娛樂性、自發性、參與性的「山寨」甚至被看成是一次民意的集中噴薄。在這場文化狂歡中，大眾的群體意識增強，參與的熱情被激發。「山寨」文化一定程度上可以被認為：它以自身的草根地位對主流文化、精英文化進行反撥，並以自己為中心建立新的文化邏輯，應用這個新的邏輯構建屬於自己的草根狂歡。

然而，「山寨」的出現也引發了關於原創性和抄襲之間的爭論。Google 公司在向世界介紹「山寨」一詞使用的英文翻譯是「copycat」，中文的意思是「複印機、盲目模仿。」目前，對於山寨的原創性和剽竊性的爭論從沒有停止過，

但本文更傾向於認定它的特性爲「原創性的匱乏」。它將主流和精英的文化進行了一次顛覆性和消解性的重組，重組的過程是一次創作性的活動。不過，從山寨的成品中，我們卻不難找到主流和精英文化的原型。能找到原型的重組，體現出的是一種「僞創造性」。有人認爲，「中國山寨文化的原罪在於它還沒有足夠的野性、個性、主體性，在於它尚只有借來的外衣，在於它還沒有自己的靈魂和心臟。」「僞創造性」這一點恰恰也爲對「山寨」現象持批評態度的人留下了抨擊的詬病。

不管是草根狂歡，還是「山寨」的「僞創造性」，都隱含了這樣一個不得不說的話題：那就是「山寨」文化與主流、精英文化之間的關係。「山寨」作爲大眾文化的一種典型的文化現象，它與主流文化、精英文化之間關係的衍變可以說經歷了一個由對立到曖昧共生的過程。

由於長期的政治化傾向，至 20 世紀 80 年代以後，人們的娛樂需求在不斷膨脹。大眾文化作爲一種文化形態，與主流文化、精英文化形成了三足鼎立的局面。而在今天，「山寨」文化作爲大眾文化中的一種形式，從它與主流文化、精英文化的關係中，可以窺見到大眾文化、主流文化、精英文化三者之間關係已經不再是簡單的互相「抵抗」，而是已經微妙地開始相互接納與融合。這裡的「抵抗」一詞之所以加引號，是因爲「山寨」的這種反抗可能是弱勢的，是不徹底的，甚至可能是對主流、官方意識形態的認可。「山寨」文化來源於草根，也面向草根，它給龐大的草根階層帶來了一種選擇：抵制主流文化價值的可能性。但是草根通過模擬主流的方式進行娛樂，恰恰說明了主流文化符號及其所標識的階級身份在今日中國的強大話語能力。在這種一切向中心看的語境下，「山寨文化不可能具有真正的山寨性——只有當山寨文化的創造者忘掉中心、蔑視中心、忽略中心而強調自己的地方性和個人性時，山寨文化才能真正山寨起來。」模仿和戲謔是在默認主流文化、精英文化的權威性，是爲了能獲得與主流文化一樣受人注目的陣地。「草根人士對中心、主流、精英的模仿客觀上推動了後者的增殖、播撒、再生產。只要分析山寨春晚的運作過程，我們就可以清晰地領受到這種複製對主流的增殖、播撒、再生產機制：幾個民間人士欲排演自己的春晚，貌似向央視叫板，但實際上卻將央視春晚當作了原型、榜樣、目標。」

有意思的是，現在我們正面臨著一個有意思的現象：不同美學之間的壁壘雖然還在，還在各自標榜著所代表的階級，但是一種美學戰勝另一種美學

已不可能，出現的是一種混雜的美學。在大眾文化發展到了比較成熟的階段，必然會出現大眾文化與主流、精英文化的相互交融。它們不是互相排斥的，它們會在某些具體的語境之中，相互補充。

伴隨著改革開放和市場經濟大潮，大眾文化迅速壯大，成為與來自官方的主流文化、來自學界的精英文化並駕齊驅、三足鼎立的社會主幹性文化形態。在面臨到大眾文化衝擊的時候，主流文化和精英文化也做出了調整。為達到動員社會和教化公眾的主流文化，為盡可能贏得和征服最大量的公眾，作為官方的主流媒體也開始借鑒有效的娛樂手段，贏得最佳的社會效果。而精英文化「承襲80年代理性沉思傳統和從事形式試驗的那部分精英文化人從廣場退向書齋，另一些精英文化人則不得不暫且放棄孤芳自賞舊習，努力向大眾文化吸取成功的娛樂手段，以便傳遞獨特審美體驗，或者通過言語的狂歡獲得個體的滿足，從而也帶有了娛樂文化的特性。」

從主流、精英文化對於大眾文化最初的牴觸，到之後的融合，都表明了這樣一個不爭的事實：大眾文化的出現打破了主流文化一統天下的局面。它使主流文化、精英文化開始反思自己，認識到運用多種文化形式以滿足不同層次的受眾需求的重要性。「山寨」因其「草莽」出身，在全社會引起軒然大波，人們對此各執一詞，褒貶難定。在面對山寨文化這種現象時，主流和精英文化表達了對山寨「偽創造性」等問題的憂慮。部分來自主流和精英文化層的聲音認為：「山寨」文化的命運亦如「山寨政權」一樣，最後只能走向被招安的命運。但是對「山寨」正面的肯定的聲音也不絕於耳，而且更多的是對「山寨」文化持以一種比較樂觀的態度。作為目前大眾文化最典型的「山寨」文化現象，已經不再是傳統意義上的精英文化和高雅文化的對立，而是一個有層次的相對無等級的文化概念（最初面向的是草根階層，但是最後發展到任何階級、任何身份都能參與其中）。商業的根本利益需要打破消費活動的等級限制，這種文化之間的曖昧狀態也在說明某種文化現象的出現其實「是一種心理代價，是在娛樂中虛幻地滿足自己無法實現或無法成功的商業投機的需要。」「山寨」消解的不僅是文化的含義和等級，也消解的是不同文化之間的差異。

三、後殖民語境下的「山寨」文化流行現象思考

「山寨」的出現，其實也是和文化形態的中心邊緣的格局有關的。回顧歷史，我們可以看到一個有意思的現象：歐洲也曾經出現過中國產品的「山寨熱」，而且還盛行了達一個多世紀的時間。在 18 世紀以前，中國的生產技

術和經濟水平與西方相比一直都遙遙領先。17 世紀，由於新航道的開闢，更多的中國產品湧入歐洲，整個歐洲陷入了長達百年的「中國熱」。這個熱潮一直延伸至了歐洲王公貴族的階層。中國元素在當時歐洲成爲了品位和地位的代名詞。宮廷裏面掛著中國圖案的裝飾布，只有在宮廷裏才能看到的中國瓷器被視爲珍玩，王宮裏的貴婦紛紛搖起了中國式的扇子，巴黎街頭出現了中國的轎子……在 16、17 世紀，中國作爲世界上經濟以及文化強國，成爲其他眾多國家學習和模仿的對象。所以，不管是中國現在的「山寨」熱，還是歐洲的中國產品「山寨熱」，都可以看到這樣一種趨勢：經濟發展的強弱趨向決定了文化意識形態上的中心與邊緣地位。也許正如學者王岳川所說：「只有自己在獲得正確的闡釋角度，健康的闡釋心理，以及對對象（西方）和自我（東方）的正確定位，才可能眞正進入『身份確認』的時期。」

在當下中國，人們爲什麼願意濫用「山寨」、欣然選擇用「山寨」這一符號去標示各種文化主體？若從對文本意義的探究，轉向物象之間以及不同的文化形式之間的社會學意義角度出發，就會發現，這種文化現象背後蘊含了更深層次的含義。以「山寨」命名的熱情恰恰說明了當代中國文化生態和文化態度的某些特色。「山寨」語義在中國後殖民主義時代的語境下完成了泛指的拓展。「山寨」文化與主流、精英文化之間的曖昧關係，能夠拓展聯想到中國現今的一些文化現象。「山寨」是一種發展的模式，「山寨」的發展也印證了一種社會發展的模式，這種模式可以說是一種「山寨」模式。現今，中國的傳統文化對於西方文化、中國的鄉村文化之於城市文化，都出現了類似於「山寨」發展模式的特點：對於中心文化既抵制又認同的趨向。

從根本的意義上說，文化的全球化應該是在尊重和保持文化個性基礎上對人類文化其性的發揚和推廣的，是在保持差異性前提下的文化交流和融合的，也是文化多樣性和統一性的雙向互動。但是，在現實的發展中，文化全球化的問題矛盾叢生，其中的核心矛盾是「文化普遍主義和特殊主義的矛盾」。全球化固然爲中國大眾文化帶來諸多有利因素，但同時也帶來巨大在壓力：一是受到外來大眾文化的強烈衝擊；二是在實現國際化發展方面所遭遇的西方文化標準的阻力。

中國本是一個受封建體制與思想長期統治的農業國家。在幾千年來的歷史中，傳統的思想與傳統的農業的關係密不可分。近代以來的中國，從迫於西方槍炮的壓力被迫打開國門，到新中國建立後所經歷的變革，直至中國主

動打開國門面向世界發展，在一百多年的發展中一直經受著多種體制、思想等變革帶來的劇烈陣痛。現在的中國面臨的是全球資本主義體系不可避免的擴張，以及中國在這種擴張中在短時間內完成的經濟和文化上的突變。但是，不可否認的是，現代性以及現代文明在中國的落地深根，對於其本身而言是沒有任何參照系的，只能以複製和模仿西方的方式來完成自己由傳統向現代性和全球化的蛻變。這就是本書想在這裡探討的延伸主題：中國現代化進程中的「山寨模式」。中國的鄉村對於城市文化的模仿、中國的現代化進程對於西方文化的模仿，似乎都逃脫不了向中心模仿、向中心看齊，根據自身特點對主流模式學習並進行重組的命運。

「山寨」文本生產和消費再現了中國社會的經濟上的巨大貧富分化狀態，以及處於邊緣位置的一個龐大群體在經濟、文化等方面匱乏感，和向中心移動的強烈訴求。中國在轟轟烈烈地進行城鄉一體化和現代化進程中，鄉土文明已無還手之力被動地捲入到了這場大潮中。不高的消費能力和有限的受教育水平使占中國人口三分之二以上的中國非城市人口，往往成為「山寨」商品和「山寨」文化的最主要生產者和消費者。相對封閉的生存環境和對外面的世界產生了強烈的好奇，使得這個龐大的群體必然會對外部世界產生一種強烈的瞭解欲望。在中國走向現代化的進程中，鄉土社會自身的民間文化因受到主流文化的衝擊而銷毀殆盡，但他們又沒有能力、機會進入主流文化的中心區域。在他們身上，一方面體現的是對主流文化的認同、崇拜，和陌生感；另一方面，主流文化對於他們未必完全接納，甚至出現了歧視和排擠。這個龐大的群體常因這種對主流文化的陌生感和被主流文化排擠的狀態受到主流文化的觀看和嘲笑。因為這種表達被表現得隱秘，所以就連群體本身也默認了這種客體化的觀看位置而自娛其中。比如，這幾年的官方主流媒體中央電視臺舉辦的春節晚會中最受歡迎的當屬趙本山的小品。雖然他的小品創作不乏針砭時弊的內容。但在他被稱為經典的幾個節目中，他和搭檔扮演的中國東北農民，以在主流、精英文化面前展現出的一些愚昧無知供觀眾取樂。而在在趙本山的一些節目中所嘲弄的階級——貧下中農，在上個世紀新中國成立至改革開放前期，在社會主義意識形態的政治話語中，曾經是這個國家階級成分中最受到尊崇的出身背景。越來越多的學者意識到這個問題，並且開始對這個現象進行分析。趙本山被社會各個階層廣泛的喜愛說明了這種新的霸權結構在中國社會文化中的牢固。

如果說中國鄉土的「山寨」體現在認同、模仿城市的生活方式上，那麼，作爲被模仿的中國城市文化同樣在「山寨」西方中心文化的一些生活方式。因爲這種跨文化、跨地域的模仿，往往帶有陌生性和想像的成分。中國今日的富裕階層可以說世界上致富速度最快的一代人。他們的上一代也大都是農民或者城市小資產階級。從中國的改革開放開始，他們大多在少於二十年的時間內經歷了從赤貧到巨富的過程。然而在全球資本主義的語境下，他們仍然處於一種半邊緣的位置。他們以傚仿西方上層社會的生活方式來標榜自己的文化身份和地位。財富上的積累可以在短時間內完成，而文化的積澱和身份卻不能像財富積累一樣在如此短的時間內完成。作爲全球資本主義體系的邊緣，他們對西方文化身份也處於一種相對陌生和不熟練的狀態。如果說窮人對這種匱乏狀態的補償性解決方案是對「山寨」內容的生產和消費，那麼富人的補償性解決方式則是誇示性消費，是想像性的通過消費國外名牌這種方式補償來填充這種內在的匱乏。

四、結語

「山寨」文化的異軍突起，有多方面的原因。和「山寨」有關的討論話題也還在不斷見諸於各種媒體。不管這種文化現象存在的爭議性有多大，「山寨」現象存在的價值就在於：快速消化外來文化、官方主流文化、精英文化。在文化的輸入與輸出，對文化因素各個方面的吸收與接納等方面，「山寨」作爲一個特殊的文化現象被很多來自不同階級的人所接受。它可以看成是模仿、消化處於核心地位文化的典範，也可以看成是謀求自身發展的一種精神上的自覺。在上文中的分析中可以看到，對於「山寨」這個典型的大眾文化的文本的態度不一，但是最終都在確立一種新的對待官方主流以及精英文化的一種姿態：不再用仰視的角度去審視，而是學會平視，尊重彼此存在的差異，而不是以優劣等級來劃分。

第五節　當代微文化解讀

在博客技術先驅 Evan Williams 於 2006 年創建的新興公司 Obvious 推出 Twitter 業務後，世人的目光便被吸引至「微博」這樣一個新名詞上。2009 年，微博以絕對優勢戰勝甲流等名詞成爲年度世界最流行詞彙。Twitter 所建立的微型王國在國外的大紅大紫引起了我國網絡傳媒的興趣。從 2007 年 5 月非主

流媒體的嘗試到 2009 年 8 月新浪網開通微博內測版，再到 2010 年我國四大門戶網站（新浪、搜狐、網易、騰訊）均開通微博服務，微博在我國大熱。時至今日，我國的微博發展仍是方興未艾。

正如當年博客的興盛帶動了廣大民眾紛紛投入博文創作的熱潮中一樣，微博的發展與完善也引發了另一場全民大行動——「織圍脖」。在各種「圍脖」產品中，微小說的發展勢頭可謂如火如荼。在推動這種尚未被明確定義的小說類型的產生與發展的同時，微博技術的不斷髮展，微博服務的漸趨完善，也孕育或影響了其他多種微文化，如：微電影、微視頻、微童話、微劇本、微簡歷、微新聞、微營銷、微公益等等。各種以「微」字打頭的微現象形成了蔚為壯觀的微文化。「微」字頭大軍首先在網絡中興起，網絡中的陣容漸趨龐大後，又延伸至現實社會，其所涉及的領域漸多，包含的內容範圍漸廣，可謂無「微」不至。那麼，為何會有如此眾多的文化現象被冠以「微」名，它們產生的原因是什麼，其背後又有著怎樣的文化邏輯，它們的走向當如何呢？本文將立足於當代，結合共性（各種微現象）與個性（微小說）兩個方面嘗試對微文化進行解讀。

一、何謂微文化

國家語言文字工作委員會（簡稱國家語委）在對 2010 年的新詞語進行公示時，曾給予「微文化」的提示性釋義是：指由於微博這一網絡平臺的產生和普及而衍生出來的注重向個體和微觀發展的文化現象。國家語委給出的這一定義主要從物質基礎與精神指向兩方面對微文化進行了界定。首先，微文化是基於微博的產生與普及而衍生的；其次，它的精神指向是向個體和微觀發展。

就技術層面而言，微博確實對微文化的產生起著重要作用。微博，也就是微博客（在一定程度上可以看做是一種簡化了的博客），它在繼承了博客為用戶提供信息分享、傳播及獲取的平臺這一主要功能外，更是以可使用手機等便攜式終端以 140 字左右的簡潔文字及時更新信息的優勢而擁有比博客更廣闊的市場。當越來越多的人開始使用微博，網絡供應商們也很給力地完善著微博的功能，使它不僅能夠更新文本，而且能發佈多媒體文件時，使用微博就成了大多數人的一種生活習慣。在習慣與技術的合力推動下，人們越來越認識到微博的優點，而微博也為人們提供著日益豐富的表達方式，於是，尚簡、崇微慢慢成為人們的一種生活理念。在這種「微」觀的影響下，微小

說、微電影等多種微現象漸次出現，各種微現象共同作用產生了微文化。所以說微博是微文化衍生的技術平臺。

微博在內容上有所限制，其主要功能又是表達自我，因此，由其衍生而來的微文化也便具有了一種注重向個體和微觀發展的精神指向。然而，微文化的最終價值指向卻並非個體與微觀。拿微小說與微電影而言，儘管其在形式上符合「微」的特點，其題材也多從普通個體的日常生活中選取，且其著眼點也是生活中的某個或者某幾個細微之處，但很多微小說與微電影都有著小中見大之效，其最終指向的是題材所涉及的遠大於題材本身的社會生活，其所要達到的也往往並非僅僅是表達個體，而是借個體行為的善惡傳達出的社會行為準則與其價值取向。因此，所謂的注重向個體和微觀發展僅是就其形式及淺層內容而言的，並不能完全涵蓋微文化的全部意義。

此外，嚴格來講，「微文化」的概念在我國的提出要早於微博在我國的大熱。二十世紀九十年代，一支名為「微」的樂隊就已經在北京的酒吧中借歌聲傳播他們的微文化理念。該樂隊的主唱麥子在 2006 年就已經開通了名為「萬物本微·人類微文化交流」的新浪博客。他更是在 2008 年出版了自己的哲學書籍《微的哲學》，旨在介紹其「生命本微」、「微即溫暖」的哲學思想。有人評價他的這部作品及其理念預示了中國微文化時代的提早到來。我們現在言及的微文化，也就是隨著微博的流行而出現的微文化其實是要晚於麥子提出微文化理念的。這兩種微文化之間有著很大的區別，麥子所說的微文化是建立在微哲學基礎上的一種文化現象，這種文化中包含了極大的人文關懷，是一種高度自覺與文明的象徵，而我們所說的微文化則是由多種微現象和諸多微字頭概念所構成的一個集合。這些概念中有些是《微的哲學》中提到過的，比如：微公益、微關懷等，這部分微文化閃爍著麥子「微即溫暖」的人文光彩，而這些之外的微文化的其它構成，如：微小說、微電影等，其概念的產生更多的是基於其產生方式或形式之微，其中是否蘊含人文關懷色彩則需要根據其內容做進一步探討。由於目前對微文化還沒有一個統一的、明確的定義，而其本身又包含著諸多不同領域的以「微」命名的概念，這些概念有的是地道的網絡產物，有的已超出了網絡的範圍，普遍存在於這些概念上的只有形式上的尚簡、崇微。鑒於其中的複雜性，我們暫且將微文化定義為：一種由微博衍生而來的，暗含了尚簡、崇微觀念的各種因形式微小而被冠以「微某某」之名的微文化所共同形成的具有時代特色的文化現象。

　　人類學上將文化定義爲文明化了的人類所進行的一切活動，顧名思義，廣義的文化包含著政治、經濟、哲學以及人類生活的各方面。微文化是一個大的集合體，也涉及人類生活的各方面，正因其涉面之廣而達到無「微」不至的程度。儘管微文化是在微博的發展與普及的基礎上衍生的，但其內含的諸多具有微形式特點的文化個體被命名的原因卻也不盡相同。根據個體命名的原因，大致可將微文化分爲兩類：一類是基於微博這一核心命名的微文化，另一類是因其形式微小命名的微文化。

　　在構成微文化的諸多個體中，大部分個體的命名是由於其是基於微博這一平臺而產生的。根據微博在其形成過程中所發揮作用的不同，這些個體又可細分爲三類：

　　以微博爲創作平臺形成的微文化。隨著微博技術的不斷髮展，其功能日益增多，文本、視聽圖象都可以在微博中呈現，使用者得以用多種方式表達自我。當單純地用隻言片語或單張圖片來表達自我不足以彰顯個性時，有些人就開始在表達內容上尋求突破，從而形成了更高層級的表達——創作。文本創作上出現了微小說、微簡歷等，視聽創作上出現了微視頻。這些微形式在不斷被認可的過程中又逐漸向網絡之外延伸，於是，微小說不再僅僅發佈於微博之上，一些紙媒也開始征集、刊載；微簡歷也出現在求職者發出的求職信件中；而微視頻更是有了突出發展，產生了具有完整故事情節、能夠在各種新媒體中移動播放的微電影。微博作爲創作平臺形成了多種旨在表達自我，傳遞信息的微文化。

　　以微博作爲聯繫工具形成的微文化。我國知名的新媒體領域研究學者陳永東在國內率先給出了微博的定義：微博是一種通過關注機制分享簡短實時信息的廣播式的社交網絡平臺。既然是社交網絡，那麼它必然有著重要的社交功能。社交，簡而言之，就是通過某種媒介在彼與此之間建立某種聯繫。微博這樣一種交往工具將原本陌生的人們聯繫在一起，各種關係便表現爲各種微現象，種種微現象便形成了一定意義上的微文化。比如：微博110、微博問政、微博議政等將權力機關、行政人員與普通民眾聯繫起來形成的政治領域微文化；再如：微博招聘使企業與應聘者及時、有效互動的商業領域微文化；還有利用微博萌生、培養、傳達彼此愛意的微愛情。以上種種微文化的形成都與微博聯繫工具作用的發揮有著密切關係。

　　因具有微博的某種特點而命名的微文化。前兩種類型的微文化均是在使

用微博的過程中形成的，還有一些微文化並不與微博發生直接的使用關係，而是因爲具有微博的某種特點被命名。比如：有 140 秒時間限制的微訪、不被民衆所認可的有字數限制的微投訴以及具有微博特色的用於敘述事件或表達感情的微博體。

以上三種類型的微文化命名均與微博有著密切關係，它們或因爲微博的使用而命名，或因爲具有微博的特點而命名，總之，都是微博這一核心詞彙所衍生的微文化。此外，還有一些因形式之微命名的微文化。儘管微文化的興起確實極大地受到微博大熱的帶動，而網絡世界中微字頭成員的日益增多也影響了現實生活中的很多現象被冠以「微某某」之名。但現實中很多微現象的命名並不與微博發生關係，而僅僅是因爲相對於該現象的母體而言，新出現的現象其範圍、形式更加微小、細緻、具體。比如「午美族」們所發起的微整容，心理學研究熱潮微表情研究，互聯網小金額支付微支付，積少成多的志願行動微公益，還有微喜劇、微新聞等等。這些微文化均因其形式上的微小而被命名，但又都有著集腋成裘、聚沙成塔的宏大目標，尤其是其中提倡個體行動，立足於用小愛改變世界的微公益，更是彰顯了麥子「微即溫暖」的哲學理念，閃爍著人性的光芒。

以上是從命名角度對微文化所做的分類，但在具體實踐過程中，並不應呆板苛刻地將某一文化現象絕對性地歸於某一類，因爲事物是發展變化的。同時，不同的分類標準也可能造成不同的歸類結果，原本某一類的微文化現象也可能會隨著時間的變遷或分類依據的改變而在歸屬上發生變化。比如微小說從網媒發展到紙媒之後，其與微博的關係就發生了變化，形式之微同樣對微小說的命名有一定影響。因此，對微文化的分類應具體問題具體分析。另外，在研究微文化的過程中絕不可望文生義地將新近出現的所有微字頭概念都歸入微文化，比如：微單、微耳、微針就是不同領域的某種新技術或者新發明，而非我們所說的微文化。

二、微文化背後的文化邏輯

正如前文對微文化概況進行說明時提到的，微博的發展促使網絡微現象湧現，網絡微現象誘發的微觀念又影響了現實世界中更爲廣泛的微概念的出現，最終形成了蔚爲壯觀的指涉人類社會生活多方面的微文化，幾乎達到無「微」不至的程度。無「微」不至不僅可以用來概括微文化整體涉面之廣，也同樣適用於解讀其中的個體現象。在構成微文化的諸多個體中，微小說因

其形成時間早、發展速度快、參與人數多、影響範圍廣而堪稱微文化之典型。此處，就以微小說為範例，立足當代語境，看看微文化如何無「微」不至，對其產生的文化背景及其精神指向做一簡單探討。

後現代主義思潮自20世紀中期產生之後就在毀譽交加中深刻地影響著人類生活的各領域。微文化作為一種文化現象，勢必受到這一世界性思潮的影響，而微小說作為一種新型文體，更是從多方面印刻著後現代理論的痕迹。

首先是作者無處不在，內容無所不涉。那種以單一的標準去裁定所有差異並統一所有話語的「元敘事」已被瓦解，法國哲學家利奧塔德如是說。他將後現代看做一套價值模式，去中心、多元論、解「元敘事」是其表徵。後現代社會是一個卸除標杆，提倡多元的社會，尤其是在自由度較大的網絡世界中表現更為明顯。表現在以微小說為代表的以微博為創作平臺產生的微文化中便是創作者無處不在，創作成品無所不涉。縱觀網絡微小說的作者，早已不僅僅是作家、文學家、記者之類的社會文化精英，而是包括各行各業人士在內的廣大民眾。任何一個會使用微博，懂輸入法的人，只要有創作願望，創作靈感一出便可以成為微小說的創作者。如果再擁有一個可以使用微博功能的便攜式終端，如手機，那麼手指在方寸間短時間移動後便可將自己的作品「出版」。科技的進步使創作的門檻降低，而後現代社會又否定著「堂皇敘事」，不再要求創作者表現宏大主題，於是，依託於網絡這個大眾化公共空間的微小說寫作就成了一種大眾文化行為。「人人都可以成為藝術家」，就以新浪網兩次微小說大賽獲獎作品的作者為例，就幾乎囊括了各行各業的人士。正因為作者身份的多元化，作品也便在不經意間印上職業的痕迹而變得多元。即便是同一主題的作品，也可能因作者身份的不同而具有不同的領域特色。微小說的這種特點同樣也適用於微電影、微視頻等網絡微文化。

其次是讀者參與創作，解讀不再單一。哈桑強調後現代藝術是一種行動和參與的藝術。微小說儘管是一種語言性文本，但由於網絡的開放性、互動性，它並不是一個讓讀者靜觀的對象。渴望行動、參與的讀者也不會被動地接受微小說給予自己的內容、結構、思想等，而會在先見與期待的影響下完成對文本的解讀。傳統的解讀結果很少能或者很少能及時地反饋給作者，但如今的讀者可以通過評論來表達自己的感受，還可以僅僅用一個「贊」的標誌或者「轉」的動作來表明自己的立場，甚至有的讀者會受到文本的某些啓

發而自己創作，這樣讀者也就成了作者。在「作者——讀者——作者」這雙重身份的轉化中，微文化被更多的人進一步認識。

後現代知識追求「不穩定性」，而拒斥穩定系統和決定論。「想像力」是後現代知識最爲推崇的，它可以包容整個後現代的知識領域。具有這種不斷創新的想像力，就具有了將分離的知識有系統地組合併清晰表達的可能。正是因爲這種想像力的影響，再加上本身身份的不同，讀者們才可以對微小說進行多元化解讀並及時反饋。因爲，文本的意義是無限的，它永遠處於與理解者的對話的意義生成過程中。後現代主義打破了中心論和專家式的一致性，以更深廣的氣度去寬容不一致的標準，微小說乃至其它微文化個體正是這一文化邏輯的現實運用。

再說微文化的精神指向。

本文開始對微文化的概念進行闡述時，就提到國家語委對微文化的界定：微文化是指向個體和微觀發展的。儘管其終極指向需具體問題具體分析，但就其共性而言，個體與微觀確實是其主要指向。下面，仍以微小說爲範例進行分析。

微小說是屬於大眾的，爲大眾所參與，具有平民性質。廣大民眾所創作的微小說具有消解神聖崇尚鄙微的傾向，遠離了崇高、偉大的敘事主題，轉向對自身生活的書寫。這正如哈桑所提出的後現代主義所帶來的轉折一樣：它不再對精神、價值、終極關懷、眞理、美善之類超越價值的事物感興趣，相反，它是對主體的內縮，是對環境、對現實、對創造的內在適應。後現代主義在瑣屑的環境中沉醉於形而下的卑微愉悅之中。於是，在微小說瑣屑的敘說中，話語權回歸於廣大民眾，使其可以與精英、權威們在同一平臺上表達自我。微文化倡導互動參與，合理交往。哈貝馬斯的交往行爲理論構建了一個美好的「新理性」圖景：通過對話、交往獲得具有共識的價值觀，通過理解達到合理的意見一致的眞理，通過社會階層的成員之間相互理解和平相處達到社會和諧的目標。以微小說爲代表的微文化因於網絡中興起，而網絡環境又具有極強的交互性，因此人們在參與過程中不再像看電視那樣被動地接受其輸出，受眾可以有直接回應的權利，布希亞德所提到的「傳播與回應的不均等關係」在一定程度上變得均等，廣大民眾在與權威的對話中有了話語權，於是，交往便趨於合理，有望構築更加和諧的社會關係。微文化還有以小搏大、釋放壓力的作用。貝爾指出在後工業社會，科技與文化的變化造

成了動盪的根源，外部世界的迅速變化導致人在時間感和空間感方面的錯亂。人們長時間處於機器、工業發展所帶來的快節奏生活中，精神高度緊張，本能的欲望又促使其尋找突破口，從高密度的時間鏈條中尋找發泄的間隙來釋放壓力、緊張和焦慮。而網絡的全時性便將時間的佔有權完全交付給受眾，讓人們可以隨時從網上的海量信息中尋找慰藉，爲人們提供了一種減壓途徑。同時，網上內容的可選擇性，使得受眾可以對大眾化的信息進行過濾，選擇自己感興趣的，對自己有意義的小部分內容，從而從大眾傳媒時代的小眾化獲取中得到精神的愉悅。此外，長期處於壓力中的人們內心充滿表達的欲求，看別人如何表達，表明自己的態度與觀點是人們的心理需求。但時間緊迫的快節奏生活並不允許人們長時間在網上逛巡，於是，隨著微博的大熱，篇幅短小、內容簡練的微小說、微電影等就成爲人們的寵兒，給人們提供了快速閱讀、及時消化、短時創作的途徑，在大的時空壓力中給人以釋放的微小出口，從而使人的精神壓力得以一定程度的解脫。

微博借 140 字的內容讓人們說出自己，認識別人；微小說讓人們在惜字如金的氛圍中感受語言文字之美；微電影將對生命的感悟濃縮在幾分鐘的視聽圖象中。這些微文化儘管形式微小，但內容都指向對生命、生活的感悟。簡單的文字、聲音背後卻有著濃鬱的生活氣息和豐富的人文色彩。而像微公益之類的志願行動更是踐行著「勿以善小而不爲」的理念，循著「微即溫暖」的哲學思想，在個體微小的行動中表現出極大的人文關懷，爲改變世界貢獻著綿薄但持久的力量。

三、微文化發展前瞻

現代科技不斷髮展，人們的生活理念不斷更新，尚簡、崇微的微觀念伴隨微文化的蓬勃發展成爲越來越多的現代人的生活理念。在微理念潛移默化的影響下，微事物不斷湧現，而其彙集成的微文化也被越來越多的人所接受。就如微博於 2010 年開啓元年，2011 年成長至壯年，到如今的 2012 年趨於成熟一樣，微文化也經歷了一個從產生到發展乃至興盛的過程，而從這一過程中大可一窺其發展趨勢。下面，就對微文化的發展做一前瞻性展望。

縱觀微文化的發展過程，其發展走向大致可能有以下三個趨勢：

涉面漸廣，無「微」不至。微文化自網絡中興起，之後由虛擬的網絡世界延伸至現實世界，由微小說、微電影等構成的網絡微文化發展至囊括微商、微營銷、微訪談、微公益、微關懷等諸多個體的社會微文化陣容。在多個個

體的合力推動以及微觀念的日益滲透下，必將促使微文化以微小的形式指涉巨大的社會生活領域，最終呈現無「微」不至的局面。二、日益規範，融入主流。儘管微文化指涉範圍漸廣，發展勢頭良好，但不得不承認的是：當今的微文化陣容中存在許多不規範現象，而蔚爲壯觀的微文化也並未被主流文化完全認可。微文化自網絡中興起，網絡本身的開放性爲其自由發展提供了可能，但與此同時，也造成了諸多微文化產品的魚龍混雜，使得很多掌握文藝話語權的精英人士對微文化的發展多有質疑。但是，縱觀文化發展歷程，幾乎任何一種文化在其發展過程中都經歷過不被認可的階段，然後由非主流逐漸融入主流，乃至成爲主流文化不可或缺的組成部分。社會各界對微文化的關注，必將促使其所指涉的諸多領域加強行業自律，而政府對興起微文化的網絡領域的規範，也會促使微文化本身趨於規範，從而使得大眾化的微文化由精英眼中的非主流逐漸融入主流，成爲主流文化的重要組成部分。三、精英推動，「草根」爲本。由網絡興起的微文化，因爲網絡的開放性與包容性而發展成一種涉及諸多領域的大眾文化，而大眾文化往往具有強烈的平民意識與草根性。可以說廣大民眾的認可與參與是微文化蓬勃發展的根基。但是，我們並不能因此否定精英的力量。無論是微小說、微電影之類的網絡文藝創作，還是微公益、微關懷之類的社會公益活動，精英的推動力與號召力都是普通民眾無法同日而語的。而文化本身所具有的包容性使得精英與草根相互理解，並有一定融合，因此，微文化將在精英與「草根」的合力推動下獲得長足發展。

　　以上是由微文化從初露端倪發展到蔚爲壯觀的過程中所分析出的三個發展趨勢，總體而言，其有著健康、光明的發展前景。正如前文所述，作爲在後工業時代興起的微文化，其自身印刻著諸多後現代主義的光輝色彩，但其若想獲得長足發展，也必須克服後現代中的某些可能會阻礙其發展的障礙。

　　傑姆遜提出，後現代主義表徵爲深度模式削平，歷史意識消失，主體性喪失，距離感消失等幾個方面。具體表現爲眞理被擱置不顧，整個世界成爲一堆關於表述的文本，思想不復存在，只有文字寫滿紙張，文本的不斷翻新代替了意義的追尋。同時，本源的喪失導致「複製」的盛行，人們習慣於一味地接受而拒絕思考，整個社會成爲一個「他人引導」的社會。後現代這些文化邏輯在微文化的發展過程中同樣有所體現。科技的發展固然帶來了微文化的產生與發展乃至興盛，但也在某些方面導致了人們思考能力的下降。便捷的網絡和略顯浮躁的時代氛圍使許多人在面對網絡微文化（如微小說、微

電影等）時，並不會特別地思考其深意，而僅僅是在瞬間的審美之後落在一個簡單的「贊」或「轉」的操作上。而對於嘗試創作的人而言，也常常會落入堆砌文字或簡單拼接圖象的窠臼中。至於像微公益之類的極具人文關懷的微文化，儘管具有極大的人文價值，但在快節奏、機器化的後工業社會，其推廣與普及還需有更大的力度。因此，微文化若想獲得長足發展，必須有足夠的深度與廣度，不論是微小說、微電影還是微公益，乃至其他微文化都應該努力發掘更長遠的意義所在，避免瞬間審美之後的遺忘。此外，微文化儘管具有強烈的平民意識與草根性，但權威與精英在其發展過程中發揮的作用仍然不可小覷，就像微博的發展離不開主流媒體的推動，所以，權威與精英應在微文化的發展過程中發揮自己應盡的社會責任，以使其走向更加積極健康的方向。作爲一種大眾文化，每一個民眾在生活中都會或多或少地接觸到微文化或在無意識中受到微觀念的影響。我們在關注於表達個體意願的同時，要加深思考力度，慎重對待每一個微小的行爲，爲微文化的發展奠定優質基礎。

處於深受後現代思潮影響下的後工業時代，微文化有其產生與發展的必然性，並且因其微小、細微的特點而具就有強大的滲透力，使人們在不知不覺中受其影響。儘管其在發展過程中也表現出一些不足，遭遇到一些障礙，但每一種文化都是在肯定與否定、優點與不足的合力中發展的。我們有理由相信：在將來的日子裏，適合於快節奏生活，符合人們生活理念的微文化一定會獲得長足發展，以其無「微」不至的覆蓋面，以小搏大，改變世界。

第五章　鄉土與地方

第一節　「鄉土」與現代：傳統的斷裂

　　現代中國白話文學發軔之初，文學巨匠魯迅就開創了鄉土寫作的題材領域，他筆下的阿Q、閏土、祥林嫂等人物形象長久地引發著人們對於鄉土中國的批判性思考。從此之後，鄉土文學成爲了現代中國文學寫作中一個恒久的主題。從某種意義來說，一部現代中國文學史就是一部現代中國鄉土文學史。而鄉土本身，也不再是自足的天然的鄉土，它成爲了作家理想指向、批判指向等種種民族國家建構以及現代性批判的起落之地。

　　在魯迅等一批現代啓蒙作家筆下，鄉土中國是凋敝的，鄉土中國的民眾是麻木的，通過這樣的書寫，魯迅等人實現了對於鄉土中國的批判，表現了對於西方現代性的某種嚮往。但是在沈從文等一批京派作家筆下，鄉土社會成爲了保留人性的自由本眞狀態的唯一場所，沈從文借鄉土表達了他對於現代性文明的批判性反思以及對於鄉土中國本眞狀態的嚮往。當然，鄉土文學在表達價值指向的同時，也都較爲本眞地表達了作家認知下的鄉土中國的現實。且不說魯迅對於鄉土中國凋敝衰敗、精神愚昧的強烈的批判，便是沈從文，在借助鄉土中國表達自己對於西方性現代性的批判與對於純粹鄉土文明的禮贊時，也不免發出浩歎：「一九三四年冬天，我因事從北平回湘西……去鄉已經十八年，一入辰河流域，什麼都不同了。表面上看來，事事物物自然都有了極大進步，試仔細注意注意，便見出在變化中墮落趨勢。最明顯的事，即農村社會所保有那點正直素樸人情美，幾幾乎快要消失無餘，代替而來的

卻是近二十年實際社會培養成功的一種唯實唯利庸俗人生觀。……『現代』
二字已到了湘西。」〔註1〕換言之，大概由於中國一直是鄉土中國的緣故，中
國的現代作家，已經形成了關注鄉土，並且借其表達自己的中國社會的認知、
表達自己的價值指向的寫作傳統。這樣的寫作傳統，在新時期以來也一值得
到延續。新時期影響較大的小說思潮如傷痕文學、反思文學、改革文學、尋
根文學等等，都可見到鄉土文學的影子。鄉土文學在某種程度上亦可看作對
於當時中國政治、文化狀況的一種敏銳的反映。

　　隨著市場經濟的發展，「現代」二字正越來越深刻地改變著我們的社會。
城市相對富裕的現代物質文明與鄉村相對匱乏的物質文明，被電視這個媒體
非常形象地展示給了廣大的鄉村。在這樣的刺激下，城市對勞動力的需求也
使得眾多的鄉下人看到了擺脫自身物質貧困的曙光。於是，新世紀以來，進
城打工成為了眾多鄉下人擺脫貧困的第一選擇，而這樣一種生活形態的變
化，也從物質和精神兩個層面深刻地改變了鄉村的面貌。對於眾多的鄉村打
工者來說，貧窮的痛苦和富裕的誘惑，以及城市現代性文明，也在日夜改變
著他們遠離鄉土的靈魂。當鄉土文明和都市現代性文明被如此直接地放置在
一起進行對比而不能讓任何一方視而不見的情況下，鄉土文明雖然也有對於
現代性文明的反抗（如陳應松的《馬嘶嶺血案》中的九財叔用暴力結束了城
裏人的生命，顯然是他不能容忍金礦工程隊侵入傳統鄉村的勢力範圍，在自
己的地盤上發財，但是他又沒有能力來對抗這樣的新的強大的力量，於是便
選擇了極端的暴力手段）。但是，更多的情況下，打工者還是對以城市為表徵
的現代性文明表示屈服：鄉下人開始學習現代生存理念，積極地按照現代文
明規則行事。比如周大新的《湖光山色》就描寫了一個在城市打過工又回到
鄉村的鄉下女子楚暖暖以現代性文明準則戰勝鄉村固有的醜陋習俗和風氣的
故事，表現了接受現代性文明的進步性和必要性。但是，如同沈從文所說，
在這種現代性文明的侵染之下，一種唯實唯利的風氣也侵染了鄉下人的思
想。而這種唯實唯利的風氣發展到極端，則是表現為對於傳統鄉土倫理道德
的極端性對抗。於是，在新世紀的鄉土小說中，我們看到了《生存之民工》
中的小白、王家慧，《我們的路》中的春花等進城的鄉下女子，以青春的身體
換取生存的資本。這些進城的鄉下人的選擇，表現出了鄉土倫理道德在面對
現代性唯實唯利風氣衝擊時候的潰敗。

〔註 1〕沈從文：《長河·題記》。

　　都市現代性文明不僅對進入城市的鄉下人的觀念、思想進行重構，而且，在迅速擴張的都市現代性文明的壓迫之下，整個鄉村也開始被納入現代性文明的軌道，這也意味著鄉土傳統文明的斷裂以及鄉土倫理道德的潰敗。賈平凹在新世紀寫出的長篇小說《秦腔》，就表現了現代性文明擴張帶給鄉土文明的毀滅性打擊：秦腔名角白雪嫁給了頗有名氣的作家夏風，夫妻間為了秦腔的前途發生衝突。夏風對鄉土文明沒有感情，他想的只是怎麼離開這塊土地，而白雪則離不開秦腔，為此夫妻二人離婚。但是最後秦腔還是不可避免地沒落了，白雪的巡迴演出以失敗告終。村子老支書開墾荒地的勃勃雄心眼看難以實現；新支書則緊跟潮流，建造貿易市場，熱熱鬧鬧奔富裕，大獲成功。農民們似乎注定要離開土地，另謀生路。這樣，賈平凹的這部小說的名字顯然就頗帶有隱喻的意味：秦腔就像是這塊土地上的輓歌，蔓延成令人心痛的絕響。不僅是文化，還有鄉土社會傳統的鄉土倫理也在現代性文明的壓迫下呈現出了潰敗。盛可以的小說《北妹》中的錢小紅返鄉時，因為她的明顯有別於鄉村貧困的富有而震動了鄉村。耐人尋味的是，雖然人們仍然對錢小紅在城裏時所從事的職業議論紛紛，他們因為這樣的猜測而對錢小紅存有偏見，可與此同時，他們卻一再地請求錢小紅帶他們自己或子女到城市中去尋找財路。這顯然是和傳統的鄉土的重義輕利的倫理道德相悖離的，究其原因，顯然是金錢改變了鄉村的倫理道德觀念。顯然，都市現代性文明的擴張對於鄉土文明來說意味著多重意義：它可能意味著物質的富裕以及以某種現代文明消除愚昧，但是也可能同時意味著傳統文明的斷裂，以及傳統素樸、純潔的鄉土倫理觀念在唯實唯利的現代觀念的壓力下的潰敗。「面對被工業社會和城市化進程所遺棄的鄉間景色，我像一個旅遊者一樣回到故鄉，但注定又像一個旅遊者一樣匆匆離開。對很多人來說，『鄉村』這個詞語已經死亡。」〔註2〕而在「鄉村」這個詞語死亡之後，事實上，鄉村已經失卻了其本身的特性，完全變成了一個城市的拙劣的模仿物，一個失卻了自己靈魂的地方。

　　當代中國現代性文明擴張帶來了鄉土社會的物質的豐裕以及現代文明精神的生成。但是，與此同時，值得注意的是，現代性文明對於傳統鄉土文明是一種極端的全面否定的姿態。這樣的姿態導致了傳統鄉土倫理道德在現代性唯實唯利的風氣下節節潰退，鄉土社會不再具有鄉土氣息，而成了都市現代性社會的翻版。而這種鄉土社會「鄉土」的缺失也給我們呈現出了一個值

〔註2〕柳冬嫵：《城中村：拼命抱住最後一些土》，載《讀書》2005年第2期。

得注意的命題：在我們國家大力實現現代化的時候，在實現物質富裕的同時，如何保持我們的優秀的傳統——包括優秀的傳統文化以及淳樸的鄉村道德。

第二節　鄉土寫作在當下的可能性

對於中國現代白話文學體系來說，鄉土文學一直是其中舉足輕重的部分。從魯迅開始，一代又一代的作家都孜孜不倦地表述著自己眼中的鄉村，以及自己理想中的鄉村。毋庸置疑，是鄉土中國龐大的農民數量和複雜的鄉土生活給了一代又一代作家們不盡的創作靈感。但是上世紀 90 年代以來，情況發生了變化：在都市文學、青春寫作不斷發展壯大的同時，中國鄉土文學創作卻日漸式微，很少有優秀的關注當下鄉土狀態的作品出現。

這種情況的出現大概和當下社會的變化有關：隨著中國城市化進程的加速，鄉村正在越來越失去其本身特有的韻味。由於當下中國鄉村城市化變革的急劇進行，以至於有論者甚至斷言，在中國當下，「鄉村」已經消失了，「面對被工業社會和城市化進程所遺棄的鄉間景色，我像一個旅遊者一樣回到故鄉，但注定又像一個旅遊者一樣匆匆離開。對很多人來說，『鄉村』這個詞語已經死亡。」〔註3〕換言之，中國的鄉村已經不再是傳統意義上的鄉村，而是被城市現代性高度影響下的鄉村。應該說，這樣的說法具有其合理性，隨著市場經濟的發展，「現代」二字正越來越深刻地改變著我們的社會。城市相對富裕的現代的物質文明與鄉村相對匱乏的物質文明，被電視這個媒體非常形象地展示給了廣大的鄉村。在這樣的刺激下，城市對勞動力的需求也使得眾多的鄉下人看到了擺脫自身物質貧困的曙光。於是，新世紀以來，進城打工成為了眾多鄉下人擺脫貧困的第一選擇。眾多的鄉下人進城，使得新中國成立以來城市和鄉村從來沒有這麼緊密地結合在了一起。而這樣的一種生活形態的變化，也從物質和精神兩個層面深刻地影響著了鄉村的面貌。這樣，鄉村原有的生活形態、價值倫理都處於消亡之中。

或許正是這樣城市化進程的影響，鄉村越來越失去其自身的特點。也正是在這樣的背景下，中國當下的鄉土寫作呈現衰退景象。且不說鄉土題材的小說越來越少，便是那些涉及鄉土的小說中，相當多的作品也往往只是拿鄉土作為某種故事背景，來表達作者的價值準則。比如近年來興起的相當多的

〔註 3〕柳冬嫵《城中村：拼命抱住最後一些土》，載《讀書》2005 年第 2 期。

「打工文學」、「底層敘事」，在某種意義上都可以看做是傳統鄉土敘事的某種轉型──在這一類作品中，主人公往往是一個鄉下進城打工的人。但是問題的關鍵在於，由於這個鄉下人已經脫離了其鄉下的生活環境，而且從理念上也開始完全接受城市價值倫理。所以這一類的小說已經不帶有典型的鄉土敘事特徵──主人公的生活基本沒有任何鄉土特色。作者只是借助他們的鄉村身份來表達自己的某種價值觀念。這樣做的結果是使得相當多的鄉土敘事已經陷入了類型化狀況：作者只是借助主人公的鄉土身份，借助一個鄉土背景，然後展開倫理審判，至於鄉土的典型的生活細節、文化特徵往往就付諸闕如了。這不僅使得當下的「底層敘事」缺乏動人的力度──曾有論者批判當下熱鬧的「底層敘事」是缺乏生活實感，內容大同小異，完全是一種脫離生活的理念化敘事──也使得鄉土小說越來越失去其自身特有的文化意義。

應該說，中國當下的城市化進程的確對鄉土社會影響巨大，或者說我們可以承認，「現代」的城市正在一步步地影響著鄉村。但是這恐怕不能就說鄉村已經完全成了城市的翻版。退一步講，鄉村即便是城市的翻版，也是正在轉化過程中的翻版。在這個轉變過程中，敏感的作家更應該能夠觀察到其間的痛苦與欣喜。換言之，鄉村的變化絕不應該成為鄉土文學敘事沒落的理由──鄉村雖然已經不是田園牧歌般的鄉村，但是這種劇烈變動中的鄉村實際上也為寫作提供了新的資源和更為廣闊的豐富性，而不應該僅僅是「打工文學」、「底層敘事」這樣狹窄的概念。當然，批判當下作家把鄉土寫作寫成「底層敘事」，並不是說鄉土寫作就應該是一種喜劇式的寫作，如同當下熒屏流行的鄉土題材的電視劇一樣。事實上，那是另外一種形式的僵化的創作，是為了收視率的需要而任意篡改生活的結果。在某種意義上，這種鄉村喜劇和許多「打工文學」一樣，是以某種理念為先導，按照理念裁剪鄉土生活的。我們提倡的鄉土寫作應該是作家在真實地介入到鄉土生活之後，在對鄉土生活有一個真誠的思考基礎上，創作出的帶有自己獨特的思考痕迹的作品。對於這些作品，我們不一定要求「政治正確」，即一定要符合所謂歷史發展的方向，重要的是，能夠表達作家對這個時代的獨特的思考，能夠發出自己單獨思考的聲音。

從這個意義而言，最近一屆茅盾文學獎獲獎作品《秦腔》和《湖光山色》就為當下日漸困窘的鄉土寫作提供了一種新的可能性。《秦腔》重點表現了現代性文明擴張帶給鄉土文明的毀滅性打擊，從某種程度來講，賈平凹的作品

帶有反「現代」的意味：小說講述了秦腔名角白雪嫁給了頗有名氣的作家夏風，但是夫妻兩人為了秦腔的前途發生衝突。夏風對鄉土文明沒有感情，他想的只是怎麼離開這塊土地，而白雪則離不開秦腔，為此夫妻二人離婚，但是最後秦腔還是不可避免地沒落了，白雪的巡迴演出以失敗告終。村子老支書開墾荒地的勃勃雄心眼看難以實現；新支書則緊跟潮流，建造貿易市場，熱熱鬧鬧奔富裕，大獲成功。農民們似乎注定要離開土地，另謀生路。這樣，賈平凹的這部小說的名字顯然就頗帶有隱喻的意味：秦腔就像是這塊土地上的輓歌，蔓延成令人心痛的絕響。與《秦腔》的意義指向相反，《湖光山色》則是更加強調了鄉村對現代性文明的接受的必要性：一個在城市打過工的鄉下女子楚暖暖雖然因為生活所迫又回到了鄉下，但是，在城市接受的現代性文明卻開始在她身上發揮作用。她拒絕包辦婚姻，拒絕對基層專制權力的屈服，甚至還顛覆了曾經統治村莊的專制的基層權力。曾經的城市生活又給了她現代性的商業視角，並且由此完成了自己的富裕，也開始帶領鄉親們致富。小說中楚暖暖的敵人除了貧窮，還有的就是鄉村固有的醜陋風俗和風氣。小說寫出這些鄉村固有的醜陋的風俗具有強大的侵蝕性：楚暖暖的丈夫曠開田曾經是一個純樸、善良的小夥子，但是在當了村主任之後，也逐步蛻變成了和他曾經痛恨過的前村主任一樣醜陋的人。楚暖暖在對前後兩任村主的濫用權力進行反抗的同時，還要和維護村主任的鄉村的固有的陋俗作戰，而她依靠的正是在城市接受的現代性文明。通過這樣的反抗，小說彰顯了現代性文明在改造中國農村方面具有的意義。

應該說，從主題指向來說，《秦腔》和《湖光山色》很難說有超出其他作品的特異之處，並且在具體寫作上都存在自己的問題。但是，毋庸置疑的是，至少在指向鄉村敘事的作品中，這兩部小說相對來說是近年來少有的好作品。原因不僅僅在於作者對於敘事藝術的精到的把握，還有很重要的一點就是小說注重全景式地把握當下農村的現狀，真實地寫出了劇烈變動社會中的農民的精神的變化和農村社會關係的變化。換言之，作家是真實地感受了鄉村，真誠地把握了鄉村跳動的脈搏，而不是憑藉某種理念進入，以六經注我的方式按照自己的需要對鄉村生活進行裁剪，而不去真實感知複雜變動中的鄉村生活。

《秦腔》和《湖光山色》的獲獎或許告訴我們，鄉土仍然有其特有的獨特的魅力。就文學來說，當下劇烈的城市化進程不是消弭了鄉土寫作的可能性，而是更加增加了鄉土寫作的新的資源。或者我們還可以這樣說：當下劇

烈變動中的鄉村客觀上正是寫作的豐富的礦藏。當然，一個很重要的前提是，作家必須真正進入鄉土，能夠真實地感受到鄉村跳動的脈搏。

第三節　鄉土文化與 20 世紀河南文學

一、百年河南白話文學的歷程

　　河南地處中原。在先秦時期，中原地區作為中華文化文明的搖籃，中原文化以其特異的光彩向四周輻射。漢唐時期，中原文化仍然帶著鮮明的本土文化中心地區的色彩，東與齊魯文化、南與楚文化、北與燕趙文化、西北與三晉文化相映並輝。南宋之後，由於戰亂頻仍、文化南移，地處中原的中原文化才日漸蕭條、沒落，甚至衍化為一種帶有邊緣意味的文化。中原文化原來所具有的先鋒文化特徵，也開始變得模糊起來。作為中華文明的發源地，中原地區在文學上也是大家輩出，杜甫、韓愈、白居易等等，一代一代的文豪，構築了中原文化、中原文學的宏偉大廈。隨著文化中心的南移，中原地區的文學大家也開始稀少起來。到了 19 世紀末期，20 世紀初期，在中華文明轉型，白話文學興起的這樣一個重要時期，雖然由於戰亂頻仍，天災不斷，中原文化仍然處於邊緣化的狀態，但是，河南文學卻在這樣一種邊緣化的狀態中蘊蓄著迸發的力量。從徐玉諾、馮沅君開始，歷經師陀、姚雪垠、李準等文學大師，中原作家歷經幾代人的努力，終於在上個世紀末被文壇冠以了文學豫軍的旗號，堅守在河南本土的田中禾、張宇、李佩甫、李洱、墨白、二月河，以及從河南走出來的張一弓、劉震雲、閻連科、周大新、劉慶邦等當代著名作家，在上個世紀 90 年代不斷拋出重量級的作品，驚動了文壇，河南文學又重新走在了全國的前列。而這百年來的河南文學，幾代作家的作品背後，都深蘊著獨特的中原文明精神。

　　如果要給 20 世紀河南作家的創作劃一個大致的分期的話，從整體創作風貌來看，大致可以分作三個時段。第一個時段是從白話文學開始，一直到新中國的建立。這一時期是河南白話文學的初創時期。這一時期，由於由於國家處於動蕩不安之中，而河南地處中原鄉土，一方面為兵家必爭之地，戰亂不斷，另一方面，災荒頻頻出現，使得整個中原地區的生存條件極為艱難，客觀上都限制了河南文學繁榮發展的可能性。而且，河南地處內陸，既無法象北京那樣成為全國文人聚居的地方，從而實現文化事業的繁盛，也無法象

上海那樣得風氣之先，在某些方面引導文學的新風尚。這樣，在這一時期，河南文學雖然為全國貢獻了一些優秀的作家，如徐玉諾、馮沅君、蘇金傘、師陀、姚雪垠、李季、劉知俠、魏巍等人，但是，畢竟不能形成一個集團，一股力量，相對於河南龐大的人口基數來說，知名的文學家實在是太少了。但是，值得注意的是，由於中原的獨特的人文地理環境，河南文學在這一時期已經呈現出了百年河南文學的兩大母題：對災難的反抗和對中原文明的反思。

第二個時期是從 1949 年到 1980 年代初期。這是一個新的政治時代，社會政治、經濟、文化等等都在發生深刻的變化，社會主義建設在熱火朝天的進行，生產力開始恢復和發展，河南也不再像解放前那樣，好像除了落後、兵匪之亂什麼也沒有的內陸省份，成為了一塊在革命和建設的浪潮中不斷創造出令世人矚目的奇迹和經驗的熱土，成了一個出「典型」的地方。很多東西的是非功過在這裡暫且不論，但是這的確是一個充滿激情的年代，一批老作家，如蘇金傘、何南丁、於黑丁、姚雪垠在新的河南開始了他們充滿激情的創作。姚雪垠的長篇歷史小說《李自成》第一卷在當時產生了重大影響，與此同時，一批年青的作家，如李準、喬典運也一鳴驚人，迅速躍上文壇。提及這一時期的創作，不能不說河南的散文創作和戲劇創作，年青的作家魏巍的《誰是最可愛的人》，穆青、周原、馮健的《縣委書記的榜樣──焦裕祿》等作品在那個特殊的時代發生了特殊的影響，影響了整個中國。楊蘭春等人改編的豫劇《小二黑結婚》、《劉胡蘭》、《花木蘭》等作品在當時產生了一定的影響，而 1960 年代左右出現的豫劇《朝陽溝》、《李雙雙》更是享譽全國。應該說，在這一時期，河南作家的創作在全國產生了較大的影響，但是，緊接著而來的 1960 年代後期之後，河南作家也陷入了瘋狂的大躍進之中，對於新生活的真實的描述讓位於假想的階級鬥爭，大批的作家被劃做右派，被迫停止創作，河南文學也陷入停滯的狀態之中。在這一時期，應該說，河南文學有繁盛的一面，但是，就是在這個繁盛中，其實已經折射出了河南作家極強的趨時性。這個東西有好的一面：魏巍的《誰是最可愛的人》、李季的《玉門詩抄》等，在建國初期的建構民族國家的想像過程中起到了很大的作用；李準的農村小說在及時迅捷的反映農村建設狀況以及國家政策的實施方面等也有很大影響。但是，這種文學的趨時性也給河南文學帶來了很大的負面效應。1960 年代以後，河南文學的消沉，在很大程度上是和這個分不開的。

百年河南文學的第三個時期是從 1980 年代以來，一直到現在。在這一時期，伴隨河南經濟的騰飛，河南文學開始眞正的繁榮昌盛，一批河南作家在中國文壇佔據了重要位置，文學豫軍躍入人們的眼簾。在八十年代，姚雪垠連續出版了《李自成》第二卷和第三卷，魏巍連續出版了長篇小說《東方》、《地球的紅飄帶》，李準出版了《黃河東流去》。這三位作家都獲得了中國文壇長篇小說最高獎──茅盾文學獎，初步顯示了河南作家的實力。接著，張一弓異軍突起，他以直面歷史的勇氣，先後推出了在全國有重大影響的中篇小說《犯人李銅鐘的故事》、《張鐵匠的羅曼史》、《春妞和她的小嘎斯》，引領了 1980 年代初期的中國文壇，爲河南文學掙得榮譽。緊接著，他的同齡人，如喬典運、段荃法、張有德、鄭克西，一批年青一些的作家，如張宇、李佩甫、田中禾、劉震雲、周大新、閻連礴、劉慶邦、行者、李洱、墨白等紛紛衝上文壇，不斷推出佳作。僅進入九十年代以來，河南作家推出的在全國具有極大影響力的作品就有李佩甫的《羊的門》，張宇的《軟弱》，劉震雲的「故鄉三部曲」以及《手機》，閻連科的《日光流年》、《堅硬如水》、《丁莊夢》，周大新的《第二十幕》，劉慶邦的《穿越死亡》、《波濤洶湧》，李洱的《花腔》，墨白的《夢遊症患者》等，還有當代歷史小說寫作大家二月河的「落霞系列」。歷經百年的滄桑，數不清的起起伏伏，上個世紀 80、90 年代河南作家的集群式衝擊終於使得在 20 世紀初期開啓的河南白話文學迎來了繁盛期。在這一時期，河南作家的創作主題更爲多樣化，手法更爲複雜。在這些不同的河南作家紛繁複雜的創作中，我們可以清晰的發現，貫穿在其中的中原文化精神。

二、百年河南文學的三大創作形態

在百年河南文學的歷程中，上個世紀初期的河南文學的初創期的蕭條與 80、90 年代的繁盛自然不可同日而語，但是，由於中原鄉土獨特的人文地理環境的薰陶，在這些河南作家的創作中，都有一條中原鄉土文化精神的主線貫穿其中。這樣，體現在作品中，也就形成了河南作家創作的幾大形態。

首先，對苦難的描述以及從中表現出來的強烈的反抗精神，成爲百年河南文學的一個主要文學形態。20 世紀的中國充滿了憂患與災難，身處中原腹地的河南作家，在他們的作品中，都表現出了鮮明的反抗苦難的強烈的意識。苦難成爲了河南作家筆下的永恒母題。「五四」時期河南白話文學第一人徐玉諾是以詩歌享譽文壇的，但是，從他發表的有限數量的小說來看，他對苦難的的描寫和批判具有著強烈的自覺意識。他 1923 年發表在《小說月報》的小

說《一隻破鞋》在「五四」時期是影響比較大的小說之一。小說描寫了一個勤勞善良的農民，穿著破鞋，給在開封上學的兒子送錢，在返回家鄉的路上被土匪殺害的故事。這篇小說是徐玉諾的成名之作。在小說發表的前一期《小說月報》上，編者就提前給讀者推薦：「徐玉諾君有一篇《一隻破鞋》，敘寫河南匪亂慘狀，極為真切動人，即我們沒有身歷其境的人讀了，也不禁要顫慄起來。」在 1920 年代，描寫苦難，在當時的文壇是比較普遍的事情，但是，徐玉諾的苦難敘事能夠得到特別的推薦，也可以從中看到徐玉諾對於苦難現實的生動描述及能夠帶給人的強烈的震動。徐玉諾是一個詩人，他的詩歌中對於苦難的描述也是比比皆是，比如《火災》：沒有恐怖──沒有哭聲／因為處女們和母親／早已被踐踏得像一束亂稻草一般／死在火焰中了。／只有熱血的噴發，／喝血者的狂叫，建築的毀滅，／岩石的崩壞，槍聲，馬聲……／轟轟烈烈的雜亂的聲音碎裂著。此外，與徐玉諾同期的馮沅君、尚鉞，以及之後的師陀、姚雪垠等，都以他們鮮明的感情投入到了對於苦難的批判中。特別是尚鉞，有意識的暴露苦難，表現他的鮮明的反抗意識，先後出版了小說集《斧背》、《病》以及《巨盜》，對不公正的現實以及苦難作了深刻的批判。魯迅對尚鉞的《斧背》曾經有過評論：「尚鉞的創作，也是意在譏刺，而且暴露，搏擊的，小說集《斧背》之名，便是自提的綱要。他創作的態度，比朋其嚴肅，取材也較為廣泛，時時描寫風氣未開之處──河南信陽──的人民。」〔註 4〕對於苦難的描述和反抗不僅是解放前河南文學的主題敘事，在解放後，河南作家仍然以他們執著的眼光，發現尋找在這塊土地上發生的種種苦難，發出憤激的批判。河南作家張一弓的小說《犯人李銅鐘的故事》一直被文學評論者劃為傷痕文學或者反思文學，然後再在這個被人為指定的圈子裏面思考。但是，如果拋開所有的政治背景，我們發現，張一弓不過是寫了一個關於苦難的故事：自然的苦難──災荒；社會的苦難──不准外出逃荒；然後是人在苦難中的生活以及面對苦難的反應。小說的主人公李銅鐘，本來是村子裏的書記，在面臨著過重的徵購任務剝奪了人們的基本口糧、全村四百九十口人面臨生死存亡的緊急關頭，在面對苦難重壓的時候，他作出了決絕的反抗，毅然做出被當時的權力部門視作極端大逆不道的「借糧」壯舉，以自己的生命換得了村人的平安，顯示出了中原漢子面對苦難時候的血性。閻連

〔註 4〕魯迅：《〈中國新文學大系〉小說二集序》，《魯迅全集》第 6 卷，人民文學出版社 1981 年版，第 253 頁。

科的中篇《耙耬天歌》，更把這種對苦難的挑戰渲染成了一個慘烈的傳說：尤四婆子的幾個兒女先天智力殘疾，但她不願意相信這就注定兒女們一生的生活悲劇。在得到用親人的骨頭入藥可以治好病的啓示後，她不僅毫不猶豫地到墳塋裏把已死很久的丈夫的骨頭挖出來，而且爲了讓自己的每一個兒女都有足夠的骨頭治好病，果斷地採取了自殺的方法……。對苦難的反抗和挑戰是如此深刻地深蘊在中原作家的靈魂之中，以至於有些作家在書寫苦難，書寫對苦難的反抗的時候，甚至都要情不自禁的直接發表言論：劉震雲在《溫故一九四二》中，就直接對大災荒年代裏敢於領頭到地主家明火執仗地滋事的毋得安，予以熱情肯定。

面對苦難的反抗，不僅僅有如同李銅鐘、毋得安那樣直捷的強硬的反彈，事實上，在河南作家筆下，這種反抗，更多的體現爲一種默默的反抗——承受。通過承受苦難來反抗苦難。在中原這塊土地上，默默承受痛苦，以一種堅韌的姿態生存似乎是必不可少的生存手段。但是，需要指出的是，這種承受並不是一種屈服，它仍然是一種反抗——通過默默的堅守，最終擊敗苦難。這種源自生命本能的承受苦難的堅韌也爲作家們所關注。當代河南作家李佩甫常常以此作爲小說的某種主題。在他的小說中，鄉民的生活處境在命運的沉重壓迫下極爲艱難，而且還常常遭受著意想不到的厄運。但是，即使在最難以承受的時刻，他們身上也會迸發出令人難以想像的忍耐力。《紅螞蚱，綠螞蚱》裏邊的瞎子舅面對的是命運賜給他的那份無窮無盡的黑暗，但是卻頑強地和苦難命運抗爭，「似乎那黑暗有多頑強，這生命就有多頑強」；德運舅在新婚之夜媳婦上吊，似乎一下子被壓成「呆子一個」，一連一聲不吭地躺了七天七夜，可第八天又背著老撅一如既往地下地了。這種源自生命本能的承受艱辛的堅韌，成爲了中原民眾抗擊苦難的最普通的手段。在物質資料匱乏的鄉土中國、鄉土中原，對苦難的反抗不僅是一種個體行爲，爲了能夠抵禦苦難，鄉鄰的患難與共就成爲抵抗苦難的最爲有效的手段，也成了作家筆下中原淳樸鄉情的最好注腳。在李佩甫的小說就多次描述到這樣的情節：《無邊無際的早晨》中的國一出生就父母雙亡，但是，大李莊的全村女人的奶水把他養大；《紅螞蚱，綠螞蚱》中的狗娃舅十二歲就挑起了生活的重擔，不僅要照顧自己兩個餓得眼巴巴的弟弟，還無私地照顧著「我」——城裏來的遠方親戚；一生面對無窮無盡的黑暗，自己生活極端困苦的瞎子舅，慷慨地收留路上遇到的外鄉有孕女子，容她在自己家裏生下孩子並悉心照顧，然後又容

她抱著孩子飄然而去。張宇的《鄉村情感》也表現出了這份動人的民間溫情：鄭麥生得了癌症，受到的是全村人由衷的關懷。爲了使他在臨終前能看到自己的兒媳婦過門，不僅各家各戶兌糧兌錢齊心合力幫忙，外村來給他做棺材的木匠也主動把自己的工錢兌了上去。這樣的細節，在李準的《黃河東流去》中也多有表現。在物質匱乏的鄉土中原，當苦難成爲一種生命必須時常面臨的問題的時候，中原的民眾自發的組織起來，以一種最原始的方式默默承受苦難。這種相濡以沫患難與共的情感給中原民眾的生存抹上了一層溫情的色彩，但是，最根本的，這也是鄉土中原苦難中的民眾反抗苦難的最好方式。

其次，對中原鄉土文化的反思，也成爲貫穿百年河南文學的一條主要文學形態。河南作家中，較早系統的對中原文化進行反思的是師陀。他的《果園城記》對中原文明的惰性進行了深入系統的批判。小說中的朱魁爺，是這個小城的無冕之王。他在小城中沒有擔任任何公職，但是，小城每任縣官上任伊始，第一件事就是拜訪魁爺，數年不變。外面的任何的新風尚也無法改變這個獨立王國的內部秩序，而果園城中的知識者面對這樣的情況無計可施：他們所有的努力、掙扎注定都是徒勞無功。如果他們不想在小城中麻木下去，便只有逃出小城。小說中最富有隱喻意義的是果園城孟林太太的女兒素姑。這個寡婦的女兒，從 12 歲時候開始，就給自己縫繡嫁衣，這些衣服放滿了一大口又一大口的箱子。如今，她在不停的縫繡中來到了 29 歲，在閨房中慢慢憔悴。素姑這個形象顯然是一個隱喻，顯示了果園城這個中原小城的沉寂，表現了作家對於中原文明的死寂的批判。這以後，中原文明批判成爲了中原作家一直堅持的一個重要主題。即便在 1950 年代，在作家還相對不自由的時候，河南作家李準的《李雙雙》通過喜旺這個人物形象也有意識地表達了對中原鄉土文明中的小農意識的批判。後來的《黃河東流去》通過春義和鳳英的婚變，也表達了中原鄉土文明在現代商業文明衝擊下的崩潰，表現了對中原文明的批判。

進入新時期以來，作家更具有理論自覺性，開始更加認真地反思中原鄉土文明的利弊，開始對中原鄉土文明進行系統的批判。河南當代作家對中原文明的批判首先指向的是在長期政治文化奴役下形成的奴性。長期的封建專制奴役，使得農民逐漸自覺放棄了自己的主體性，而把自己置於「官」的奴隸位置上。由於中原古代政治文化的發達，這樣一種奴性人格，在中原鄉村最爲常見，河南作家就有意識的對這樣一種奴性人格，以及隱藏在其後的形

成原因進行了批判探討。《冷驚》是喬典運對造成農民靈魂扭曲的深層原因進行反思的一篇很有代表性的作品。農民王老五種的韭菜長得好，人見人誇，王老五也將之作爲自己的驕傲。他 60 歲生日時，五婆要割一點韭菜包餃子，「他不，堅決不，紅著臉說：『咱吃了算啥話？咱啥不能吃？咱吃了瞎了，吃可惜了，多好的韭菜叫咱的臭嘴吃了吃糟踏了，叫人家有錢人吃了才是正吃』。」作爲一個正當的勞動者，卻說自己的嘴是臭嘴、吃自己生產的好東西就是糟踏這些東西，顯然，他並沒有把自己擺放到主人公的位置上。受封建意識的影響，他因自己不是官，沒有錢，而自覺地把自己擺放到了低人一等的奴僕的位置上。這裡，作者表現了封建意識對普通人民的靈魂的扭曲。後來王老五的韭菜被支書老婆割走，王老五在不知情的情況下大罵小偷。在得知是支書老婆所割時，感情又有了微妙變化：「王老五忽然升起了另一種感情，沒有了對賊的氣，沒有了對賊的恨，虧心地埋怨道：『咦，她咋不言一聲哩，她要言一聲我給她割割送去嘛，我跑幾步腿算啥，咋能叫她費事，真是！』」而後情節急轉直下，王老五爲無意中罵了支書的老婆而懊悔不已，一再要求支書整他。支書不整他，他又疑神疑鬼，幾至神經。最後在支書「整」了他一頓後，疾病才霍然而愈。這時王老五的種種表現，顯然已不僅僅是受封建殘餘意識影響的結果，它已呈現爲一種病態的奴性。小說也給出了這種病態的奴性的來源：「王老五也坐了起來，想起下臺的劉支書整人不眨眼的樣子，不由得頭皮都麻了，就說：『也真是哩，變成了蠍子要不蜇人還算個啥蠍子！』」，從這裡我們可以看出，王老五的這種病態的奴性主要源於怕，是一種對權力的恐懼。因爲怕挨整，所以便怕有整人權力的人；因爲怕有權力的人，便在這些人面前卑躬屈膝，表現出十足的奴性。久而久之，這種病態的奴性對他而言已成爲一種習慣。一旦自由民主了，不整他了，他反而不習慣了，不適應了。借助王老五這一人物，喬典運不僅告訴我們封建殘餘意識仍頑固地盤踞在人們的思想之中，也表達了他對濫用權力等扭曲農民性格的社會因素的警醒。劉震雲對中原文明的負面因素顯然也是深有體悟，在他的的荒誕之作《故鄉相處流傳》裏，民眾今天依附曹操，明天又歌頌袁紹，缺少固定的道德操守，只有生存本能和利益追求；在《頭人》裏，申家和宋家誰在權力鬥爭中佔了上風，誰在街上走過時，老百姓就對誰紛紛點著飯碗熱情地打招呼。由對依靠個體弱小力量改變命運的無望轉向對個體能力的否定，由對個體能力的否定又轉向對強權的依附和餡媚，又反過來強化著他們的一種奴

性人格。當奴性意識內化爲一種心理本能時，也就異化成對等級秩序的自覺依附和維護。河南作家敏銳地發現了深蘊在大平原的民眾的身上潛藏的這種奴性人格，將之單列出來，予以了犀利的批判。

河南作家對於中原文明的批判還表現爲對中原一種政治智慧的批判。一般來說，某種政治智慧的形成，往往和獨特的人文地理環境有關。在黃河邊的大平原上，就形成了這樣一種政治智慧——小處做人。它的特點是「敗處求生、小處做人」，用不務虛名的謙卑姿態應對來自外邊各方面的衝擊，把那些可能對自己權力地位形成威脅的東西不動聲色地消解掉。通過這樣的手段，那些深諳此道的人獲得自己想要的一切。這樣的一種文化個性，不一定是他們的一種自我認同，但它卻是在這塊土地上獲得的有效的維護自己私利的生存智慧。河南作家李佩甫近年來的創作，著力從這個文化角度入手，對中原文明進行批判。在《小小吉兆村》中，當上邊有了幹部年輕化的政策後，身爲原大隊支書的吉昌林並不直接對抗這一政策，自覺地退居到副支書位置。可是富有意味的是，他並不是完全的退位：新任的支書吉學文是他挑選上來的，而挑選的原因則是吉學文被他認爲最沒出息最不會對他的位置形成威脅。換句話說，雖然他從支書的位置上退下來了，但是，他還是沒有支書名分的眞正的支書，而且，這樣做的好處不僅是遵循了上級的政策，還使得自己隱蔽在了風口浪尖之下：有什麼問題的話，群眾、上級對準的對象是吉學文而不是他這個副支書。相似的是，扁擔楊村的楊書印，本來是可以當支書的，但他不當。38 年來，「他沒在最高處站過，也沒在最低處站過，總是站在最平靜的地方用智慧去贏人」。這種智慧就是這塊土地賦予他們的「小處做人」的智慧。他們既不把自己推到容易在上邊和下邊發生利益衝突時成爲眾矢之的的位置上，又在暗中操縱一切。換言之，他們要的不是支書的風光，但是，卻緊緊攘住了支書所有的權力。小說《羊的門》中呼家堡裏的呼天成更是把「人是活小的」這句話奉爲座右銘。即使他已經手眼通天，甚至可以憑藉一己之力推翻市委的幹部任免決議，但是，他始終以「玩泥蛋」的身份自居，反對任何形式的張揚，因爲在平原上，「你越『小』，就越容易。你要是硬撐出一個人的架勢，那風就招來了」。他不僅以此諄諄教育從這個村子裏走出去的縣長呼國慶，而自己也身體力行，一生都從來拒絕與各種出風頭的場合沾邊。李佩甫的對於中原文明中的這種「敗處求生、小處做人」的政治智慧的發掘頗具慧眼，發前人所未發，對中原文明的發掘，開拓了一個新的境界。

　　河南作家對於中原鄉土文明的批判指向，還有對民眾的為了利益而放棄原則的批判。中原民眾的狹隘的小生產者視野使得他們的目光短淺，往往沒有自己必須堅持的原則，而為了某些具體的利益，或者僅僅是忌妒，便不惜傷害他人。喬典運《香與香》裏，在五爺被誣陷，說害死了生產隊的牛時，村民們雖然明知善良的五爺不可能做這件事，但無不熱情洋溢地落井下石。原因很簡單，「操你奶奶，可叫你坐火車坐汽車，可叫你住高樓吃香的喝辣的，可叫你和省長握手，可叫你比香油還香」。在小說《無字碑》中，作家以群像的方式集中展示了對國民劣根性的種種令人觸目驚心的表現：為了自己不被整，村民就拼命去整別人；為了證明自己清白，村民就拼命說他人不清白，甚至不惜以鄰為壑。但正是他們的愚昧和自私，既害了別人，又害了自己。作為個案，《從早到晚》中的陳老漢更值得剖析。陳老漢一開始是以正直的形象出現的。作為一個虔誠的「革命者」，他當然知道在那個年代「反革命」意味著什麼，知道和「反革命」接近意味著什麼，但他還是毅然挺身而出，幫「反革命」老王解決了困難。而數年後，他卻為村支書調戲婦女的醜惡行為作辯護：「這能都怨支書？怨誰？誰叫他們娶那麼好的婆娘，老百姓嘛，為啥要找個漂亮婆娘，還能不招事……」陳老漢在危難時刻幫助老王是出自善良的人對處境悲慘者的憐憫，同時，我們也必須承認，他的赤貧的經濟處境也使他無後顧之憂。他並沒有什麼可失去的，所以他可以憑良心行事。但後來不同了，當他有了一定私產，日子「要多美有多美」時，為了不失去「美傷了」的生活，他便本能地選擇不與能打破他這種日子的力量對抗。於是，當他面對任何一個善良的人都會為之憤怒的醜惡行徑時。他卻故意迴避了正義、良心，而從傳統的封建意識角度去理解它，從而讓自己心安，也使自己淪為了一個惡勢力的衛道士。由於愚昧，他並不知道，對惡勢力的妥協、退讓只能讓惡勢力更加囂張，從而可能使他本身成為下一個受害者。通過陳老漢這個人物，喬典運實現了對農民深層文化心理的觀照，對中原鄉土文化中沒有原則的利益趨向予以了犀利的批判。

　　最後，濃鬱強烈的鄉土意識和鄉土形態是百年河南文學最為明顯的外在形態特徵。關於河南人，人們一個常見的看法是「土氣」，這種「土氣」顯然其來有自。在河南作家的創作中，我們也分明可以嗅到濃鬱的泥土的芳香。整個 20 世紀的河南白話文學，幾乎都可以和鄉土扯上關係，或者說，鄉土描寫成為幾乎每一個河南作家饒不開的一個主題。從較早的河南作家徐玉諾、

馮沅君、尙鉞、蘇金傘等人開始，鄉土主題就成爲了貫穿河南作家百年創作的一個永恒主題。徐玉諾的《一隻破鞋》、馮沅君的《劫灰》，尙鉞的《洗衣婦》、《伏法的巨盜》等在當時全國影響比較大的作品，其題材全部是鄉村世界的生活。接著，師陀、姚雪垠以及後面更晚一些的解放之後出現的作家如李準、喬典運、張一弓、張宇、李佩甫等等，都是以寫鄉土見長的作家。甚至一些在年齡很小時候就走出了河南，旅居在外地的河南籍作家，例如劉震雲、周大新、閻連科等人，他們的筆下，也脫不了中原的山山水水，鄉土人情。事實上，這些作家的代表作品，往往都是對這些作家熟悉的中原區域文化的一次展覽：如劉震雲筆下的豫北農村的生存；閻連科的耙耬山故事；周大新的豫西南盆地系列；劉慶邦的豫東鄉土風情等等，無不是如此。這也是我們論述中原作家時候不斷提及他們的原因，而並不僅僅因爲他們是河南籍。

河南作家的鄉土意識並不僅僅表現在文學題材上，事實上，在他們的作品中已經形成了一種鄉土韻味，鄉土已經成爲他們寫作中的有機組成部分。評論家王鴻生曾經指出，對於出生地的關注是豫藉作家的一個基本出發點。評論家孫蓀曾經對於河南作家創作的鄉土情結做過一個比喻：外地作家比作品時，常常是比手法比「衣服」，豫藉作家比作品一直是「脫光了衣服比肉」，這個「肉」的重要內容就是鄉土。〔註5〕這話說的似乎不太雅，但是，卻形象地表明了中原文學與鄉土之間的緊密聯繫。或許，在河南作家看來，鄉土就是他們的根——這不僅指向出身鄉村的作家如劉震雲、張宇、閻連科等，也指向出身城市的李佩甫。李佩甫雖然在城市出生，但是，他筆下活躍著的，也更多的是中原農民，而他也更善於表達農村生活。這樣一種與鄉土的緊密聯繫，造成了中原文學的某種鄉土特色：不僅題材是鄉村的，鄉土味十足，即使題材寫的是城市生活，這個城市也總是要和鄉村發生關聯，或者，這個城市生活，在某種意義上來說，更像是一種鄉村生活，而不是一種典型的現代化的，或者工業化的城市生活。在豫藉作家裏面，劉震雲算是寫城市生活比較多的作家了——更多的作家是一直執著於鄉村題材而很少涉及城市生活，即使他們生活在城市，這也是一個比較奇特的現象。在劉震雲早期的書寫城市生活的作品，如《單位》、《一地雞毛》等，其目的並不在於書寫城市的典型生活形態，事實上，作品中也沒有表現出這些東西。在這些城市題材

〔註 5〕孫蓀：《文學豫軍論》，劉增傑、王文金主編《精神中原——20 世紀河南文學》，河南大學出版社 2002 年版。

作品中，劉震雲只是表達了他對小人物生存的一種關注，對權力的某種批判。這並不能算嚴肅的城市文學。最新的作品《手機》以主持人嚴守一爲主人公，寫到了城市人豐富多彩的生活，但是，劉震雲又讓嚴守一有了一個鄉村的根。事實上，劉震雲的《手機》固然寫出了城市生活的某種獨特形態，但是，他的目的確實是對其進行批判，而批判的理論、情感來源，正是作爲城市對立面的鄉村。

中原鄉土之於河南作家，並不僅僅是他們的出生地，或者說，是他們創作的題材來源，事實上，一些中原作家對於中原鄉土感情的深厚，已經達到這樣一種程度：他們在某種程度上已經將之視作了某種理想的文化生活形態，並且，以此來形成對來自對壘方的現代城市文明的批判。在上個世紀50、60 年代，河南作家李準的《李雙雙》和豫劇《朝陽溝》成爲享譽全國的著名文本。事實上，在這些作品中，作家表現出了他們對於鄉土的深厚的感情。在《朝陽溝》中，栓保和銀環的愛情受到了來自城市方面的銀環媽媽的阻撓，而銀環媽媽阻撓的原因是對女兒好，她認爲農村太艱苦。這個時候，銀環媽媽的對於農村的態度，就隱含了城市文明對於鄉土文明的不屑。但是，戲劇的結果是讓銀環媽媽受到了教育，認識到農村是廣闊天地，大有可爲。這樣一個結局，就成功地推翻了城市文明對於鄉土文明的不屑，反過來要使得鄉土文明教育城市文明了。這顯然是和傳統的現代化理念相背離的：傳統的現代化理念是要使城市文明代替鄉土文明。通過對傳統的主流的現代化理念的背離，《朝陽溝》這個戲完成了對於城市文明的批判，以及對於鄉土文明的提升。這樣一種理念的正確與否姑且不論，但是，它的確是表現了中原作家對於鄉土的深厚的感情。這樣一種理念，並不僅僅是極左年代的一時心血來潮，在之後的當代河南作家中，這樣一種理念仍有表現。在劉震雲的新作《手機》中，他通過幾個時段的對比，表達了對城市現代文明的批判和對於淳樸的鄉土文明的懷念。這個小說的主要部分是嚴守一成年時期的在都市文明中的多彩而荒唐的生活。富有意味的是，以電話作爲貫穿線，作家還設置了嚴守一的童年和嚴守一奶奶時候的故事，來和當下的都市文明形成對照：在嚴守一的奶奶的時代，沒有手機，甚至還沒有電話，這個時候的信息傳遞主要靠人們的口口相傳。這樣一種極爲原始的信息交流方式自然有他的弊端——太慢了，但是，在淳樸的鄉土文明中生存的人也給這種信息的傳遞上了一個保證——即使慢，但是可靠。所以，這種原始的信息交流方式並沒有耽誤嚴守一

的爺爺回來娶妻。到了嚴守一少年時期，此時已經有了電話，但是還不是特別方便——打電話在那時候是一個很鄭重很不容易的事情。在這樣的狀況下，呂桂花給牛三斤的電話在礦上流傳，成為一個美麗的歌謠。到了嚴守一成年的時候，手機成為每人攜帶的東西，交流變成一個隨時隨地都可以進行的事情，但是，在這個時候，手機中傳遞的不再是誠信或者綿綿的情義，而是謊言。事實上，小說的主人公費墨在因為偷情被妻子抓住之後，他並沒有怪自己，而是埋怨時代，他說：「還是農業社會好哇……那個時候，一切都靠走路。上京趕考，幾年不歸，回來你說什麼都是成立的。」又戳桌子上的手機：「現在……近，太近，近得人喘不過氣來！」通過這樣的對比細節，劉震雲表達了對於農業社會的嚮往以及對於當代都市文明的批判。事實上，這樣的價值取向並不僅僅是劉震雲一個人，像作家張宇的《鄉村情感》、《城市逍遙》等，也都表現了對於鄉村文明的溫情的嚮往。或者我們可以說，對於鄉村文明的溫情的嚮往，就是河南作家的某種集體無意識。

三、河南文學背後的中原文化精神

中原文學形態並不是一種孤立的文學形態，它的出現，是和中原的特殊的人文地理環境緊密相關的。古代稱中原為天下之中，豫州為九州之中。可以說，在中國古代，中原在中國佔據著特殊的地位。從現在不斷更新的考古發掘以及歷史記載來看，中原文明是中華文明的發祥地，在整個中華文明史上具有重要的地位。中華文明的這樣一種特殊的位置，也對中原人的性格、中原文化的形成造成了重大影響。由於中原文明是中華文明的發祥地，歷代帝王把帝都設在河南的就有漢朝、宋朝等多家皇朝。即便明清兩朝把帝都設在了北京，距離河南也並不是太遠。這樣長期的在帝都下的生存，就直接養成了河南的奴性人格——在封建王朝的愚民政策下，愚民政策是一種長期的國策。作家張宇曾經不無痛心的說過河南人的兩大病竈：一曰唯上；二曰跟風。正是這樣的一種負面的精神，才使得具有自省意識的中原作家寫出了一系列的對中原文化精神批判的文章。中華文明是一種農耕文明，作為中華文明發源地的中原，農耕文明自然極為發達。雖然隨著近代以來，西方現代性在世界的普及，一種商業性的海洋文明成為世界的主流文明，農耕文明似乎顯露了它的落伍的一面。但是，一種文化、文明的轉型是一個緩慢的過程，更何況這是一個延續了幾千年的，有著無數優良傳統的文明。這樣，在中國

近現代的文明轉向上，河南顯然滯後，這也使得河南保留了更多的農耕文明的特色，比如說對土地的深厚感情，對鄉土的眷戀等等影響了中原作家，在他們的筆下，鄉土氣息，或者說，「土氣」顯得非常的濃鬱。這也造成了河南作家的一個重要特色。對於他們來說，寫作手法也學不是最先進的，事實上，河南作家在這方面似乎一直都不能引領潮流，但是，倚靠著深厚的中原鄉土文化，河南作家以他們土氣的筆調，書寫著一種沉重的文化精神。

由於黃河，河南成爲了中華文明的發源地。但是，同樣由於黃河，河南遭受了太多的災荒，成爲了災難深重的地區。在近幾百年來，中原地區不斷遭受天災，黃河多次決堤，直接影響了中原地區人民的生命安全，使得河南的生態環境惡化。上個世紀的河南更是災難深重，據史書記載，在 20 世紀前期河南遭受的災荒就有：1921 年，全省大旱，收成不及常年一半，災民 670 萬；1922 年，持續大旱，災民近千萬，豫西、豫北每日凍餓而死者五六千人；1928 年，省內大旱，災民 400 餘萬；1929 年，全省受災，災民 770 萬；1931 年，全省水災，災民 940 萬，死亡 11 萬；1932 年，先是水災，後是旱災，加上蝗災、霜災、冰雹，幾乎顆粒無收，全省災民 1480 萬，死亡人數 34 萬；1938 年，蔣介石爲了阻止日軍南下，炸開鄭州花園口黃河大堤，水淹河南 44 縣，淹死、凍餓而死的人數 89 萬……。這樣，天災人禍不斷，原本的中華文明的發祥地，成爲了一個災難重重難以生存的地區。在這個地區生存的中原人，在這困難的環境中，要想生存下去，就必須具有更爲強烈的抗擊苦難的能力。當苦難成爲中原人的生活中時刻出現的陰影的時候，中原人面臨苦難也表現出了或者剛烈或者韌性的戰鬥精神。當對苦難的抗爭成爲中原人生存必須不斷面臨的問題的時候，在中原也就形成了堅韌厚重的文化理念來對抗苦難。在中原作家筆下，也就展示了中原人的面對苦難的頑強。

可以說，中原獨特的人文地理環境形成了中原獨特的文化精神。也正是在這樣的中原文化精神影響下，才有了 20 世紀光輝燦爛的河南文學。

第四節　生命與社會的分離
——讀張宇小說《疼痛與撫摸》

在河南作家張宇鄉土題材小說《疼痛與撫摸》中，明顯存在著作者敘事的兩種物境構成。其一是具有明確含義的社會環境，在小說中主要有三個表

現： 首先是民國時期，邊遠鄉村傳統禮俗與多元混亂勢力的政治文化系統；其次是水草與丈夫結婚時的 1949 年前後新的政治系統； 再次是李洪恩時期，即改革開放後新的經濟社會系統。這三個物境構成前後所包涵的意義有差別，處於變化之中，但同時又是統一的，都包涵了清晰的社會面目，分別代表了文化、政治、經濟種種社會形態。第二類物境構成面目不甚明晰。小說中的性愛故事往往沒有特別具體的時代背景，朦朧、原始、飄忽不定，不可預測，按作者的話說是： 一切都是機遇、機緣。最典型的是水月的故事。水月因不滿自己的婚姻，把與村中任何男人的可能性都想到了，而唯獨沒有想到李洪恩，而性愛故事就發生在這種「不可能」之中。

事實上，不同物境構成的基礎在於作者敘事的兩個系統。一個是社會系統。它包含了確定的社會含義： 組織、形態、歷史，如宗族制度、鄉村禮俗文化、對通姦的懲處、家庭模式、行政機制等等；另一個是生命系統，具有不確定的含義，一切都是原生態的，自在的，偶然的。作者在描寫性愛時，多放在生命系統之中。

在作品中，兩個系統又分別由若干子系統組成。生命系統有時被具體化為女人、性愛、情感、本能等等，當然，其中最重要的是女人——性愛系統，作品中經常出現的月亮花意象是這一系統的符號代碼。社會系統則被具體化為男人、婚姻、禮俗、教化、政治與世俗理性，當然，其中最重要的是男人——婚姻兩個子系統。另外，作品中還有一個企圖融合社會與生命的綜合系統，這就是男人與女人的結合，婚姻與性愛的結合。在作品的意象處理上，就是月亮花與太陽花的結合，以及水家女兒每人手中都有的象徵性愛的信物。但這個綜合系統並不真實存在，只是一種企圖，特別是水家女人們的一種企圖。只有女人的單方面渴望太陽花與月亮花的結合，而信物也從來都只是女人們手中之物。

很明顯，作品中兩大系統的關係是對立，對立的基礎在於分離，即社會與生命的分離，而分離狀態最終導致對立與衝突，具體說來就是社會對於生命的抑制，以及生命對於社會的反抗。在作品中，社會系統與生命系統最主要是由男人與女人兩種語碼來完成：男人形象被賦予較多的社會學含義，是社會形態的具體承載者；女人形象則被置於生命意義之中，代表了性愛、情感、本能等生命語碼。因此，作品的意圖也大致在男人與女人的關係中得到展示。

作品中的男人，都有明確的社會屬性，其核心是社會身份的明確性，有時甚至是一種社會代碼。水秀時期的族長，代表著宗族的禮俗優勢。他的人生被肢解爲白天與晚上，晚上是獸，白天是神。曲書仙是社會含義被揭示得較全面而深刻的一個形象。他是鄉紳。在中國傳統社會，鄉紳是融合禮俗社會政治、經濟、文化形態的核心力量，並最終表現爲對人精神的威懾，其外在形態則是文化力量，讀書寫字成爲這一力量的符號。水蓮的丈夫李和平眉清目秀，由忠厚本份的農民，日後成爲共產黨的幹部，代表著篤厚善良、勤懇質樸的鄉間倫理原則怎樣向 50 年代新型政治原則的過渡，副縣長是這一政治體系的符號。後期的李洪恩則代表改革開放以來新體制之下的經濟與政治語碼： 帶頭致富、共同富裕。即使是水月爹與郭滿德也有明確的社會屬性。水月爹靠的是十足的奴性獲得社會身份（如由李和平那裡得到的幹屬地位）。郭滿德則是世俗理性的代表。這種世俗哲學的形成，帶有明顯的社會痕迹，屬典型的鄉間底層農民生活形態。可以說，不管時代如何變化，每一個男人都是特定時期的社會形態的符號。

事實上，男人與女人在作品中並不構成完全的社會關係，我們看不到以往作品中那種所謂夫權的現實壓迫。作者的意圖在於揭示整套社會形態對人的生命的抑制，在作品中，主要表現爲對生命基本原則——性愛原則的壓抑。不管是男人，還是女人，都是如此。當然，作者在此無心否定任何一個特定的社會歷史形態，特別是新時期改革開放後的社會形態，而是在形而上的哲學角度探討生命的狀態。

我們來看看生命狀態被抑制的情形。

先說水秀。水秀被置於禮俗社會的男權結構當中。她的婚姻是由男女雙方家族權益的平衡所致，在這裡，並沒有當事人的生命權益在內。對於水秀的孩子，水秀自己並不在意姓什麼，但水家爭姓水，黃家爭姓黃，顯然是宗族之爭，遠離生命繁衍的意義。水秀的被迫墮落，鐵鎖的死，都由宗族造成，宗族取得了勝利。

水草的婚姻被置於鄉間政治倫理形態之下的人際權謀之中。曲書仙的優勢在於文化，他懂得控制人的方法，在於控制人的精神。對於水草，他先裝出善良、隨和與雍容作爲鋪墊，又假裝醉酒以消除水草對他性道德的懷疑。一切都是過場，最後，水到渠成，順理成章地佔有水草。其實，不管是水秀時期的族長，還是水草時期的鄉紳曲書仙，都把精細、溫雅與虛僞附著於性

之上，使性愛變成了天衣無縫的完善的文化形式。於是，性愛變成了佔有，性愛的內容空洞了。50 年代後，水月爹與水草的婚姻，雖沒有建立於水月爹自身的社會優勢之上，但它是在土改政治形勢下完成的，依靠的是強大的政權系統與將人分爲階級的政治權力。水草作爲地主的小老婆，如同地主浮財一樣，被分給他，如同當年被送給曲書仙一樣。

郭滿德與水月的婚姻更有意味。郭滿德最笨，但最稱得上哲學家，他靠的是鄉間愚昧的智慧與世俗理性。在與水月相親時，他把水月摔到床上，一如生命洪流般地企圖強暴水月，使水月眩暈、激動，但這是假的，不是出於生命衝動，而是實用性的狡詐，而且還是李洪恩之子教的，即並非生命本源性的行爲，是繼發的、目的性極強的社會行爲。郭滿德的目的在於佔有，確切說是對婚姻的佔有，所以郭滿德特別看重外在的東西，比如「相親時，怕水月看不上地方」，此後又格外注意自己社會地位的獲得。郭滿德社會屬性的獲得在於奴性，他一直葡伏於現行政治與文化之下。當發現李洪恩與水月的姦情時，一度英雄主義高昂，表現出了某種血性，但隨之勇氣瓦解、屈服，居然還爲李洪恩守門，事後又去找李洪恩認錯，以求安穩地作他的採購員，出入旅館飯鋪。這是他的社會代碼。他的武器是軟弱，以此來附加人婚姻之上。維護婚姻，目的在於維持自己的社會符號。愈是沒有生命力量的人，在現實社會中反而愈成功。

我們看到，小說中的男人形象並不禁欲，反而縱慾（性的，攻擊的），但關鍵在於，縱慾也是社會語碼——或佔有女人，或維持婚姻，或欺負弱小。他們的生活與生命是分離的，而且從不渴望統一。種種男人，都說明了社會形態加於人性之上的內容，最終導致行爲與人性的分離、性愛與婚姻的分離、生命與社會的分離。

水家女兒們也處於婚姻與性愛的分離、生命與現實的分離狀態中，但不同於男人的是，她們渴望統一，並爲此努力到底。水家女兒的語碼不同於男性，不是社會語碼，而是生命語碼。她們側向於從情感、精神、性愛去解讀社會。比如水月。水月對「文革」文化顯然是一種誤讀，她於極端的政治形態中讀出的是生命體驗。母親水草因當過曲書仙小老婆而被戴上高帽，而她偏偏把高帽當情趣。《沙家浜》中刁小三追少女，在當時是階級壓迫的語碼，她讀出的是性愛：

演出革命樣板戲《沙家浜》時，誰都不願意扮演被土匪刁小三

　　調戲的少女，水月願意扮演。每次演出時，只要刁小三追著搶她，
　　她都快樂得全身發抖。只要大喊大叫救命呀，她就走進了角色。只
　　是她不是害怕，她是激動，她盼著這麼叫喊，並沒有人來救她，就
　　讓刁小三把她搶走，那該多麼好呀。

這就是水月的生命狀態，是她的「角色」，而不是戲中的角色。所以，儘管郭滿德出於鄉間理性而企圖在相親時強暴她，可她讀出的是眩暈，是歡悅。水月有自己的生命理念，她區分人，「不是看好壞，而是看真假」。好壞是社會意義的，而真假才是生命意義的。所以水月總是與現行社會相左，「別人喜歡的，她都不喜歡。別人不喜歡的，她都喜歡」。她生活在不同於現實的本能世界之中。

　　但水家女兒並沒有獲得生命與生活的統一。先是水秀性與愛的被迫分離，後有水草誤嫁，水月誤嫁，其婚姻與性愛從未統一過。衝突是這種對立的形式，而女性受到迫害則是衝突的結果。從水秀被迫裸體遊行，到水月裸體遊行，幾十年不變。而且，水月受到的人身與人格迫害更加嚴重。女性的生命在哪裏呢？似乎只在女性的追求當中，於是，死亡便成為女性生命存在的形式。既然現實是壓抑生命的，因此，只有死亡，才能脫離現實，生命也藉此得以存在。於是，水秀死了，水蓮死了。

　　不過，作品並沒有停留在男人與女人的對立模式，由於男女人物都處於被生命抑制的狀態，所以作者似乎並非專意為女權辯護，而是著眼於人的原則。書中兩位男子的死，便表明了這一點。曲書仙在被槍決之時，嚇得要死，而水草卻去給曲送飯，「水草的餵飯行為從具體轉化為一種抽象。」顯然，在作者的處理中，這一行為完全與當時的政治無涉，並非對現實政治對抗的實際行為，而純粹是一種生命行為。這一行為使得新興政治鎮壓反對力量這一政治語碼被消解掉，只留下純粹的生命問題，即一個人如何以完善的死而獲得生命的圓滿，因為「死亡的價值就是生命的全部價值」。水草使曲書仙由現實中死亡的恐懼轉而進入以死亡之前的昂揚來完成生命。這裡顯然有一個暗示，即只有脫離現實社會的政治形態語境，才能使生命圓滿。生命與現實無關，而且與價值相左。社會色彩較弱的人，較易獲得生命。

　　李洪恩的死，更表明了男子某種程度上死一生的自覺。李洪恩早先在愛水草時，生命還是完整的。其生命的分離，始於受命打死曲書仙之時。此時，他處於人性與政治原則的衝突中，一者是養育之恩，一者是行政命令，「他覺得他對自己打了一槍」，朝自己的完整生命開槍，他分離了。這一槍使他進入

了現實社會準則，而且越入越深。他長期處於現實的社會形態之中，什麼這樣那樣的一大堆口號、思想、政策，並非源於生命，而是上邊「發」下來的。外在社會行為與生命本體分離，以致初次與水月交合後，馬上又回復到社會狀態，有模有樣地又像個書記了。與水月的交往，使他漸漸進入生命自由狀態，其主要表現就是「平時與別人都是談官話，套話」，而與水月「想說什麼，就說什麼」。他奇怪為什麼黨群之間、黨員與黨員之間，不能進入「不設防狀態」呢？在死亡之前，他有一種奇怪的想法：「自己一輩子不像一個人，而是多個人」，意識到自我原本的分裂狀態。李洪恩的一生表明了生命主體被迫進入社會秩序後生命精神的消失，以及生命對此本能地渴求回歸，而回歸的形式便是對現實社會的遠離。他在政治裏混了一輩子，越混越慘，職位越來越低，由縣裏的書記成了村裏的書記，社會角色越來越弱，可在作者的處理中，離生命越來越近。李洪恩感覺到的死的迫近，事實上是生命精神復歸的臨近。小說指出，他是在極度地性愛亢奮中死去時。可以說，死是生命的形式，性愛不過是其儀式而已，其死亡意義顯然不是現實意義上的，而是哲學意義上的。他以生命為起點，在社會形態中生命幾近消失，而後又回到生命。

在作品中，李洪恩的死是社會批判的最後一筆。我們看到，李洪恩的生命狀態顯然不被現實認可，明明是從水月那裡得到了生命，卻被人說成是被水月害死。之後，他的死亡，也即生命形式又被覆蓋上一層一層現實符號：一整套虛偽、繁縛的現實中通行的喪儀。眾多領導的參加，只是因為李洪恩身上的社會符號（書記、改革家）。爾後，李洪恩的兒子把父親死亡情與愛的意義變成仇與恨的現實行為。我們看到，李洪恩雖然沒有受到現實的迫害，但他與水家女兒一樣，生命遭到曲解，遭到貶抑。

不過，儘管作者立足人權，對人類生命進行哲學式的思索，但文本中的兩套話語的混用卻妨害了這一努力，造成理解上的分裂。其實，對女性生命狀態的描寫，也可以通過現實原則來完成，諸如渴望強姦、婚外戀情，都包含了社會意義。從社會意義升發為生命意義，應該是一條恰當的路子。

第五節　大運河與劉紹棠

一

在當代文壇上，劉紹棠是繼趙樹理、孫犁之後致力於鄉土文學創作的又

一代著名作家。他曾說：「我要以我的全部心血和筆墨，描繪京東北運河農村的20世紀風景，為21世紀的北運河兒女，留下一幅20世紀家鄉的歷史、景觀、民俗和社會學的多彩畫卷，這便是我今生的最大心願。我的名字能和大運河血肉相連，不可分割，便不虛此生。」在其48年的創作生涯中，他以十餘部長篇小說、幾十部中篇小說、上百篇短篇小說和數百篇散論實踐著自己一生最大的心願。

劉紹棠從15歲起就開始了自己的創作道路，即以他的家鄉為創作源泉，寫他家鄉的風土人情與父老鄉親、兄弟姐妹的歷史和時代命運。在他重新獲得創作權利，第一次出席文藝界聚會時即發出宣言：「一生一世謳歌生我養我的勞動人民」。他發表和出版的長中短篇數百萬字的小說，幾乎都是寫他的家鄉運河灘的風土人情，謳歌他的父老鄉親的作品。特別是新時期復出以來，他已完全確定了自己的選材方向、創作主旨和風格基調。這位把運河視為母親的作家，把一生和全部身心都投入到為家鄉粗手大腳的父老鄉親兄弟姐妹「畫像」的鄉土文學創作之中，描寫京東大運河畔的風土人情和時代命運。全覽劉紹棠的作品，一幅幅京東北運河兩岸人民革命鬥爭和社會主義建設的壯麗畫卷展現在眼前，涉及從北伐戰爭、抗日戰爭、解放戰爭到新中國成立以後社會主義建設的各個階段。在這些作品中，他勾勒了北運河半個多世紀以來的歷史面貌，可以說是京東北運河農村歷史的縮影。其小說情節新穎曲折，引人入勝，人物性格鮮明生動，地域特點和泥土氣息相當濃鬱，在當代文壇獨樹一幟。

二

劉紹棠小說的取材，從來沒有離開過他的家鄉京東運河平原。劉紹棠說：「鄉土文學的命根子是深入生活，要下決心在一村一地打深井，而不要昨日走南、今日闖北，明天東奔、今天西走，雲遊四方、露天採礦，搞幾片浮光掠影，給自己的作品鍍上一層彩色，那只能生產鄉土文學的贗品。」他還說：「我在自己生身之地的彈丸小村打下一眼深井，這便是我的創作源泉。」〔註6〕鄉土作家應寫自己的家鄉，這一點聽起來有些狹隘，其實不然。魯迅先生也強調創作的取材最好來源於作家本人親歷和經歷的事件。沈從文也曾說過：「我筆下涉及社會面雖比較廣闊，最親切熟悉的或許還是我的家鄉和一條延長千里的沅水，及各個支流縣鄉村的人和事。這地方人民的愛惡哀樂，生活

〔註6〕劉紹棠：《關於鄉土文學的通信》，《鄉土文學四十年》，文化藝術出版社1991年版，第104頁。

情感的式樣，都各自有其鮮明的特徵。我的生命在這個環境中長成，因之和這一切分不開。」〔註7〕的確，離開了湘西，就不會有沈從文。同樣，離開了大運河，也不會有劉紹棠。深挖「一口井」的意義即在於作家可以將有限的時間和生命集中於一點，達到對生活的深入開掘和深刻瞭解。劉紹棠正是由於非常熟悉自己家鄉的歷史、風俗、人與人的關係，所以他的作品才使讀者感到身臨其境、自然感人。

劉紹棠在短篇小說《紅花》發表以前，很少描寫描寫運河風景。16 歲時他發表了《青枝綠葉》、《擺渡口》和《大青騾子》。以後，小說中景物描寫漸增，一篇篇小說彷彿就像一幅幅水彩畫秀麗斑斕。一年多後，在長篇小說《運河的漿聲》和《夏天》裏，這種對運河鄉風水色的描寫幾乎達到了「工筆畫」的程度。從那個時候開始到 1997 年的四十多年時間裏，劉紹棠懷著赤子般的深情為我們描繪著二百八十里京東運河風光。一船一舍，一草一木，在劉紹棠的生花妙筆下，無一不顯露出獨特的秀美姿容。淋漓酣暢地描寫大運河風光景色之美，正是劉紹棠反映嶄新的農村生活的主要藝術手段。

劉紹棠的小說如同一幅幅充滿生機和活力的田園風景畫。瓜棚柳巷，泥瓦茅棚，籬笆藤蘿，豔陽高照，清風和煦，弱柳扶風，古榆遮陽。河汊縱橫交錯，水窪星羅棋佈，沙崗連綿起伏，水鳥鳴啾，蜻蜓飛舞，還有光屁股戲水的頑童，裸浴的村姑，乘船的大漢，唱情歌的藝人，一切都樸素寧靜，清新和諧。古運河波光鱗鱗，河面上來往穿梭著上京下衛的貨船；兩岸的青紗帳，飄逸著泥土香；碧綠的瓜田裏，翡翠般的西瓜，金盞般的葵花，瑪瑙般的葡萄……讀者從中可聽到運河的水聲、情人的絮語，聞到田園的瓜香。這一切既不同於白洋淀，又有別於黃河畔，也異於江南水鄉，和古樸的蒲柳風情相融合。

不僅如此，劉紹棠總是把對大運河風光景色的描寫，與作品前後的內容、主人公的心境和情緒緊緊地聯繫在一起，或為人物活動提供地點、背景，或為人物活動、事件發展烘託氣氛，成為作品必不可少的組成部分。如在長篇小說《夏天》中，有一處描寫春枝去縣裏反映意見、聽取指示的情節。為了渲染這個積極帶領群眾走社會主義致富之路的基層女幹部的愉快心情，劉紹棠這樣寫道：

> 她跳下炕，漱過口，洗過臉，說了一聲：「娘！我到縣裏去了！」
>
> 也沒聽見她娘的回答，就一直跑出去了。

〔註 7〕沈從文：《沈從文小說選集·題記》。

從運河上昇起的透明的水氣，籠罩著村莊，從青紗帳裏散發出冰涼清新的刺人胸膛的氣味。地頭和路邊一簇簇火紅的野花，翠藍的野喇叭花，都剛剛睡醒，還沒有發放出它們那濃鬱醉人的花香。樹林裏，布穀鳥已經開始歌唱。在渡口，銀白的水鳥也在向遠路的客人啼叫著致以最親切的問候。

這就是運河的黎明，太陽還沒有升起的時候。

春枝彎下腰去，採了幾朵紅的、藍的、白的小野花，紮起插在辮根上，姑娘的時代已經過去了，她不再偷偷唱那撩撥姑娘的心的情歌，然而在內心卻洋溢著比情歌所引起的更幸福的喜悅。

在劉紹棠小說中，不僅有京東北運河兩岸的秀麗風光，還滿載著美好的民風習俗、人情世態以及富有情趣的野史傳說：新春佳節大年夜，全家團圓，吃餃子放鞭炮；端午節掛艾蒿洗臉吃粽子，家家掛葫蘆；七夕夜，天上鵲橋橫駕，牛郎織女相逢，人間民女乞巧，焚香而拜；八五中秋，開瓜賞月。還有那聽書看唱本，辦高蹺會，趕野臺子戲等等。除了這些獨具地域色彩的節令風俗，運河兒女表達愛情的方式也是別具一格的：望日蓮把辮子繞在周橋的脖子上，雲遮月每夜隔河唱情歌，柳葉眉到運河裏放鷹船上搶親……所有這些和風光景物一起，不僅共同構成了人物活動的背景，同時更蘊涵著根深蒂固的民族生存方式和執著樂觀的生存觀念，透露著迷人的地域文化色彩。

三

劉紹棠主張「一生一世謳歌生我養我的勞動人民」。有著「神童作家」之譽的他一起步就顯示出過人的才華。然而，天才作家往往經歷坎坷。他少年成名，卻被剝奪創作權力二十三年之久。他曾說過，在中國作家中，他有兩個「獨一無二」，一個是所有的作品都是寫自己的鄉土，一個是先後在一個小村（出生之地）生活了三十九年。從童年到成名之後，他遭受三災八難，每次都是鄉親們使他死裏逃生。他無法忘恩於生養他庇護他的大運河，更無法忘恩於保護他拯救他的父老鄉親。

在劉紹棠的小說中，他以滿懷感恩戴德的孝敬之心，為我們描繪了一群運河灘人。他們淳樸忠厚、吃苦耐勞、酷愛自由、不畏強暴，有著英勇奮鬥的民族精神和扶弱濟貧的豪俠氣質。這些人物形象沉實、凝重、豐厚、精湛，支撐著劉紹棠大運河鄉土文學體系的大廈。劉紹棠的家鄉通縣地處燕趙一

帶，自古多出慷慨悲歌之士。荊柯刺秦王的故事，兩千年來一直傳爲美談。劉紹棠這樣說過：「我的家鄉農民非常豪爽仗義。久遠的歷史不必追述，明末清初的農民起義餘波，在我們家鄉直到康熙年間才平息下去。清朝末葉，義和團運動又在我家鄉興起……辛亥革命的志士，爲推翻滿清王朝拋頭顱灑熱血……大革命失敗後的農民暴動，抗日戰爭的烽火連天，解放戰爭的硝煙彌漫」。這裡的人民，多少年來深受俠客精神的影響，慷慨大方、捨己爲人的故事比比皆是。他們喜交遊，講義氣，善表達；樸實而不木訥，機智流於外向；男有俠肝義膽，女有剛骨柔腸。從早期的《青枝綠葉》、《紅花》、《大青騾子》到後期的《蒲柳人家》、《瓜棚柳巷》、《小荷才露尖尖角》，劉紹棠通過一大批典型人物，以高超的藝術手法揭示出了家鄉人物獨有的性格和氣質。在歷史篇章中，他們扶弱濟貧，一腔豪俠義氣；在現實篇章中，他們立場堅定，愛憎分明，煥發出新的光彩。寶貴、春果、俞青林、春滿、何梅子、耿林茂、何大學問、一丈青大娘、雲遮月、望日蓮、周檎、何滿子、吳鈎、龍擡頭、蔡椿井、柳岸等等，這些典型人物，有的是滿腔熱情投身社會主義改造，保衛新中國勝利果實的積極分子，有的是反帝反封建的英雄，有的是對人民忠心耿耿的赤子；有的仗義疏財，有的勤勞勇敢，有的大膽潑辣，有的溫柔善良

人性、人情具有超越國家、階級、民族和地域的普遍意義，其表現形式卻因民族、階級、地域而異，這與描繪者生長生活的「風土」有關。儘管劉紹棠筆下的人情各種各樣，有階級之情、故鄉之情、血緣親情、男女之情、朋友之情、鄰里之情等等，但北運河古樸的風土孕育出的多種人情有著共同的特點，那就是多情、重義、樸實、淳厚。他筆下的人物處處體現著赤誠相見、危困相扶的美好品格和高尚情操，複雜而又獨到的人性、人情被描寫得分外眞摯熱忱、優美動人。其間，劉紹棠著墨最多、寫得最成功的要數男女之間的愛情。那通惠河的跳水殉情，青紗帳的滾打戲鬧，柳稞地的談情說愛，葡萄架下的竊竊私語，運河邊的歌聲傳情……運河兒女們愛得剛烈仗義、愛得纏綿動人、愛得眞摯熱烈、愛得樸實智慧。這些都非燕趙風土、運河人情莫屬。正所謂「風土陶冶人情，人情美化風土」，孕育著這樣至眞至純人性人情美的熱土無疑是令人嚮往的。

在劉紹棠爲我們塑造的人物長廊中，最光彩照人的是這大運河女兒形象，如井蘭子、春枝、銀杏、望日蓮、青鳳、春柳嫂子、柳葉眉、蓑嫂、陶

紅杏、楊天香、花碧蓮、水芹、火燒雲、挑簾紅、黃蓮、春雪、雲桂香、碧桃、蛾眉、谷玉桃，等等。這些土生土長的普通農家女兒勤勞善良、豪爽剛烈、多情重義、聰明智慧，對愛情忠貞不渝，爲正義和眞理可以獻出一切，是眞善美的化身。在她們身上，集中表現了令人敬佩的人性人情之美，帶有崇高美的色彩與震撼力。《碧桃》中的女主人公碧桃就是典型的一個。小說講述了她見義勇爲，不顧流言蜚語，替被打成「叛國者」的歸國華僑知識分子戈弋，撫養一個兩歲孩子的動人故事。在那樣的政治環境中，一個未出嫁的農村姑娘撫養與己無關的孩子，遇到的困難和付出的代價可想而知。而且，在這些女性形象上，也體現出濃鬱的運河味兒。小說《花街》中對蓑嫂有這樣一段精彩的描寫：「她雖是快四十的人了，可是一條風吹日曬的身子仍然豐滿茁實。搖櫓划船，撒網收網，挑擔走路，仍然像風擺楊柳一般輕盈嫋娜……」搖櫓、撒網、挑擔，本是男子的活兒，可是運河邊上的農婦卻樣樣拿手，這就畫出了運河邊上農婦的本色：聰明、能幹、勇敢、耐勞。繁重的勞動，艱苦的環境，鍛鍊得她們更結實、更健美，渾身上下充滿著青春活力。

　　女性的命運一直是文學作品常常表現的主題，但通常表現的是女性的不幸，直到《紅樓夢》，才第一次刻畫了女性的才智，不過，其所表現的主要還是名門望族知書達理的大家閨秀，對下層勞動婦女只是偶而捎帶幾筆。「五四」以來，茅盾、巴金、曹禺等現代作家，擴展了表現女性的範圍，但仍未克服這一局限，勞動婦女始終未能在他們的作品裏佔據主導地位。延安文藝運動以後，表現普通勞動女性的作品增多了，但作家著重突出的是她們的英雄業績，而很少描寫其才智和靈性。這種情況在孫犁的作品中有了很大改變，但直到了劉紹棠的大運河文學體系裏才得到了徹底的改觀。他以七百萬字的宏偉規模，不惜筆墨專門描寫、讚美普通勞動婦女的智慧與才幹、道德與情操，爲其在文學作品爭取應得的地位，這不能不說是他對當代文學的特殊貢獻。

四

　　劉紹棠小說的表現形式，也深受著京東運河文化的影響，體現出他濃厚的文化意識。既正面弘揚了運河文化，又見出作家完整的個性人格，開創了具有中國氣派、民族風格、地方特色與鄉土題材的「運河文學」體系。這突出體現在語言運用上。語言是思維的直接顯現。對一個作家來說，語言既反映他的生活、情感，也反映他的觀念和技巧。劉紹棠運河文學的語

言根基，不僅有京東北運河農民口語，而且也有民間藝術語言（評書、曲藝、地方戲等）；不僅受古代詩詞文賦語言影響，而且還有外國小說詩歌因素。劉紹棠的高妙之處，在於將這四種語言融滙成獨具個性風格的運河文學語言。劉紹棠說：「我運用農民口語時，常常以古典詩詞和散文為示範，斟字酌句，推敲歸整；希望能夠多一句不說，多一字不寫，句子要短，字要精當」。這句話道出了他的「融滙」的過程。運河文學語言的「融滙」，是以農民口語為基礎，用古代詩文規範去鍊字、鍊句、煉意，以民間藝術去潤色其音韻，加強表現力，並借鑒外國文學語言細膩深刻的優點，形成自己的語言風格。

在語言運用上，京東農民口語是「運河文學」語言的主體，因此劉紹棠作品的語言，從人物對話到敘述語言，極富鄉土色彩。《蒲柳人家》裏作家有這樣一段描述：「這個女人半百了，卻人老心不老，一心要打扮得『娉娉嫋嫋十三餘，豆蔻年華二月初』。她描眉入鬢，鬢似刀裁，搽胭脂抹粉，臉上桃紅李白。要想俏，女穿孝，她愛穿一身月白；三寸金蓮鳳頭鞋，走起路來扭扭捏捏，兩只長長得的耳環子蕩來蕩去打臉。她本來長著一雙巧手，卻吃饞了，呆懶了；平日橫草不動，豎柴不拿，油瓶倒了也不扶。」這段文字通俗自然，似閒談拉家常，又似藝人說評書；既保留了民間的口語特色，又經過了作家精心提煉。一個豆葉黃老來裝俏，妖妖騷騷，好吃懶做的形象躍然紙上。他自己說：「這二十年來，我跟鄉親們朝夕相處，勞動在一起，生活在一起，每日言來語去，耳濡目染，說話用詞兒，發生了變化；反映在我的小說中，寫人物對話，運用了大量新鮮活潑而又具有個性的口語。」他在自己的一些散論中，也常提到「自幼接受民間故事、小曲、評書、年畫、野臺子戲……的薰陶」，業餘愛好是「愛聽京劇和許多地方劇種」。他認為：「評書的套話，藝術性很低，但是評書藝人在敘事、狀物和人物對話上，使用最富聲色、形象和誇張的口語，吸引了聽眾，小說作者應該學習評書藝人使用口語抓住聽眾的本領。曲藝也是如此。地方戲的最大特色是濃鬱的生活氣息，主要是依靠語言的生動活潑和個性化」。

家鄉人民的口語簡潔明快、通俗幽默、富於表現力，充滿著濃厚的鄉土氣息；民間藝術語言朗朗上口的韻律、生動有趣的表述方式，這些都已化入其小說中，形成一種雅俗共賞，帶有傳統說書味和地方口語味的民族語言。其特點一是行文簡潔，喜用短句，輔以長句，乾淨利落，但並不抽象；二是

善於運用比喻和誇張。「農民口語的最大特點，一個是具體，一個是形象。即便是對於比較抽象的事物的描述，也必定給予具體生動的形象比喻，使人感到看得見，摸得著。」劉紹棠小說中的比喻新穎別致，精警深刻，鮮活貼切，恰到好處，爲作品增色不少。比如：「眼下跟人家打交道，一支煙就是一座過河的橋」。農民口語中有喜愛用誇張的習慣，劉紹棠是個典型的鄉土作家，誇張的手法在他作品中運用得頗爲成功。如「兩家人出門見面，路上相遇，頭上碰撞個青包，誰也不擡一下眼皮。」這是一種程度上的誇張，說明鄰里隔閡之深，具有幽默詼諧的情趣。我們再看《瓜棚柳巷》中的一段描寫：

> 「大嬸！快把手銬腳鐐砸開，逃命吧！」柳梢青焦急催道。
>
> 「不必！」這位人高馬大的投河女人抹了抹嘴，深深吸了一口氣，咬住嘴唇，全身叫勁，猛地大喝一聲，兩臂伸張，雙腳叉開，只見那手銬和腳鐐的鐵鏈，一環一環地碎裂了；然後，兩手五指併攏，就像柔軟無骨，從手銬裏抽了出來，雙腳又一頓地，腳鐐也綻開脫落了。

這武大師姐彷彿《水滸傳》中的梁山好漢，力氣大得驚人。誇張的語言運用爲作品中的人物和故事憑添了傳奇色彩和浪漫氣息。對於劉紹棠的「運河」語言，孫犁曾給以極高的評價：「紹棠幼年，人稱卓異，讀書甚多，加上童年練就的寫作基本功，他的語言功力很深，詞彙非常豐富，下筆恣肆汪洋」。這個評價應當說是中肯的。

後　記

　　本書是我這幾年對於中國當代文學、當代文化的一些思考文字。其中，有一些是關於當代城市文學的，分別發表在《文學評論》、《中國現代文學研究叢刊》、《南方文壇》等刊物的文章。一些對於當下文學的評論，多發表在《光明日報》、《文藝報》等刊物；還有一些對於當代文化，特別是流行文化的研究，發表在《藝術百家》等刊物。關於鄉土文學的文字，發表在《光明日報》、《文藝報》、《小說評論》等刊物。還有極個別的文章尚未發表。這些文章基本上沒有收入集子，現在呈現出來，與同行交流。需要說明的是，一些時評和關於當代文化的文章，係與我的博士生、碩士生合作。合作作者有：劉宏志、井延鳳、王曉雲、吳鵬、章煒、祁洋波、何可人、于俊傑、田昊然、郭興等。

　　本書的出版，端賴北京師範大學的李怡教授。李怡教授近年首倡「民國文學」研究，並與臺灣花木蘭文化出版社同仁共同努力，出版大型的民國文學研究叢書。近來，又與花木蘭文化出版社合作，出版人民共和國時期的當代文學研究叢書。我等感佩李怡教授的努力，也對花木蘭文化出版社的杜主編與高社長贊襄學術的盛舉大感欽佩。對於學術界來說，可謂隆情高誼。希望我們的事業壯大。

張鴻聲　於北京

2014-9-2